パズラー

西澤保彦

高校の同窓会に出席する予定の小説家・日能は、幹事から衝撃の事実を聞く。ずっと亡くなったと思っていたクラスメイトが、実は生きていたのだ。何をどう勘違いしてそう捉えていたのか、訝しみながら同窓会当日を迎えると、さらに謎は深まるばかり……「蓮華の花」。数年ぶりに訪れた書店で購入した文庫本に、謎のメッセージが挟まれており、そこから小学生時代のある出来事に結びつく「時計じかけの小鳥」。師と仰ぐ、都筑道夫の代表作〈退職刑事〉シリーズのパスティーシュ、「贋作『退職刑事』」など、論理的な謎解きにこだわった、六編を収録。

パ ズ ラ ー

謎と論理のエンタテインメント

西 澤 保 彦

創元推理文庫

PUZZLER

by

Yasuhiko Nishizawa

2004

目次

パズラー

謎と論理のエンタテインメント

都筑道夫先生へ

蓮華の花

お盆に、高校時代の同窓会を催す予定なので、ぜひ出席して欲しい――日能克久《ひなせかつひさ》のもとへ、かつての同級生である高柳《たかやなぎ》から、そんな電話が掛かってきたのは、五月のとある夜だった。

「いや、最初はこの正月にやるつもりだったんだが」現在、家業を継いで郷里の時計店の主人におさまっている高柳が幹事なのだという。「結婚している女の子たちは、年末年始は、ほら、どうしても、旦那の実家へ行かなきゃいけないだろ。それで――」

同窓会という言葉に触発されて、日能の脳裡《のうり》に先ず浮かんだのは、田圃《たんぼ》の風景だった。そのイメージに、ひどく郷愁にかられている己れに少し戸惑う。たしかに、当時借家だった自宅の裏には、広い田圃が在《あ》った。しかし、どうして特に田圃のイメージが、そんなにも懐かしく胸に迫ってくるのか、咄嗟《とっさ》には憶い出せない。

「忙しいだろうとは思うけれど、何とか都合をつけてさ、帰ってきてくれよ。みんな、有名人に会いたがっているし」

中央では無名に近い自分を、ひとかどの人物扱いしてくれるのだから、やはり田舎というのはありがたいものだ、と日能は苦笑する。しかし、その田舎に彼は、この二十年、一度も帰っていない。

高校を卒業した後、日能は東京の大学へ進学した。それと前後して父方の祖母が亡くなったため、彼の両親は祖父の世話をするべく長年の借家住まいに別れを告げ、車で二時間ほど離れた町に在る父の実家へと引っ越した。それに伴い日能が帰省する先は、その町へと変更され、生まれてから高校卒業までを過ごした〝郷里〟とは自然に疎遠になった。その事情は日能が大学を卒業して東京で就職した後も、そして仕事を辞めて執筆業に転じたいまも変わっていない。

「二十年ぶり……か」

「そうなんだよ。おれたち、もうすぐ四十なんだよな」日能が思わず洩《も》らした呟《つぶや》きに、高柳は嘆息して返す。「信じられないよ。ほんのこの前まで烏《からす》みたいな学生服を着てたのに。その子供が、もう来年は中学校とくる。そういや、日能、子供は？」

「いや、いない」

「結婚はしているんだろ。何年目？」

「今年が四年目、かな。デビューしたのと籍を入れたのが、ほぼ同時だったから」

「あ、そりゃ危ない」

「何が？」

「四年目というと、そろそろ倦怠《けんたい》期に入っている頃だろ。そんな時に同窓会に出て初恋の相手に会ったりしたら、焼けぼっくいに火がついて不倫に走ってしまったりして」

「ばか。小説の読み過ぎだ。そりゃ」

「あながち冗談でもないんだ、これは。おまえにすごく会いたがっている女の子がいてさあ。いや、もう奥さんなんだから、女の子、ってのはおかしいか」

「誰？」

「いまは安岡《やすおか》さんていうんだが、旧姓は梅木《うめき》。梅木万理子《まりこ》」

「梅木……」

日能の脳裡に、黒い制服を着た髪の長い少女の顔が浮かんでくる。

「知ってる？　彼女、おまえのことが好きだったんだって。大胆なこと言うよね。昔のことはいえ、いまはひとの奥さんの身で」

「ちょ、ちょっと待てよ」ふと、あることに思い当たって、日能はうろたえた。「梅木さんて、たしか……亡くなったはずだろ？」

「あ？」

「梅木万理子さんてたしか、もうかなり前に亡くなられた、とか……」

「何言ってんの、おまえ？　マリちゃんが死んでるわけないだろ。ぴんぴんしてるよ。地元の短大出た後、お見合いで開業医の跡取り息子と結婚して。上の女の子がいま、うちの長男と同級生だ」

「いや、しかし……」

「梅木さんが死んだ、なんて、いったい誰に聞いたの？」

「誰……ということもない。ええと、風の便りに——」

「そりゃきっと、誰か別人と勘違いしているんだぜ。いや、しかし、うちのクラスだった女の子の誰かが死んだ、なんて話は、おれ、聞いていないけどなあ……」

＊

八月。同窓会に合わせて日能は帰省することにした。妻の智子《ともこ》も一緒に。

羽田から出発した飛行機の中で、智子は買ったばかりの雑誌を拡げている。もう既に何度も読んでいる夫のインタビューを飽きずに眺めている。

『――作家というのは、気分が乗った時にだけ原稿を書けばいい職業だとばかり、私は思っていました』

日能の口述を編集者がまとめてくれた記事は、こう始まっている。

『――原稿を書くというのは、やはりクリエイティヴな作業ですから、インスピレーションが湧かないと、どうしようもない。つまり地道さや勤勉さからは一番遠く離れた世界だと思っていました。幼い頃から作家志望だった私は、そういうわけで、気分が乗った時にだけ原稿を書き散らかし、あとはインスピレーションが降ってくるのを待ってさえいれば、いつかは作家になれる、そう勘違いをしていたのです。もちろん、世の中には、そういう方法で作品を完成できる天才肌の作家もいらっしゃるでしょう。しかし、創作法というのは十人十色で、誰もが同じ方法で作品を生み出せるわけではない。

そのことに気づいたのは、私がもっとも尊敬している、ある作家の方のインタビューを目にしたからでした。私は当時、もう大学生になっており、何とか就職せずに済むように（笑）卒業前にデビューしようと、新人賞の応募作に取りかかっていました。しかし書きかけの原稿が増えるばかりで、いつまで経っても、ひとつの作品を完成させることができません。そんな時に、そのインタビューが掲載されている新聞記事を目にしたのです。

その作家の方は、デビュー以前は普通のサラリーマンをなさっていたそうですが、どんなに残業が多くて忙しい日でも、必ず毎日、原稿用紙にして五枚、書き続けることを己れに課していたそうです。五枚というのは決して多い量ではありませんが、毎日続けるとなると、口で言うほど簡単ではありません。時間に余裕がある日はいいけれど、残業が長引いて夜中に帰宅した日でさえ、必ず五枚書かなければいけないのですから、継続するのがいかに困難であるかは、お判りになるでしょう。たとえどんなに疲れていようが、どんなに気が乗らなかろうが、必ず五枚ずつ書き続けなければいけないのです。

その記事を読んで私は大変驚きました。小説というものが、そんなふうに、地道な作業の積み重ねによって完成するということが、何だかとても奇異に思えたからです。これではまるで事務仕事とあまり変わらないではないか、そんなふうにさえ思いました。作家というのは、もっと芸術家にふさわしく、気儘《きまま》な仕事ぶりであるべきだ、みたいな誤解があったせいでしょうか』

「――この作家というのは」智子は雑誌から顔を上げて、「小笠原積木《おがさわらつみき》のことなんだよね」

「うん」

『――そうやって毎日五枚書くことで、その作家はデビュー作を完成したのだそうです。それを読んだ時は、まだ妙に納得できない気持ちでしたが、やがて私自身が大学を卒業して勤めを始めるに当たって、ようやく、その作家が言わんとするところが理解できたのです。勤めと並行して一日何枚というノルマを已れに課すことで、私は夢を追い続けました。それがなければ仕事にかまけて執筆そのものをやめていたでしょう。最初は思うようにいきませんでしたが、やがてひとつひとつ作品が完成するようにもなりました。そうして小説作りのコツを学んだと言ってもいいかもしれません。社会人になってから十年ほどかかりましたが、何とかデビューも果たして、作家に転身することができたというわけです——』

「つまり、小笠原積木はカッちゃんの心の師匠、大恩人てわけよね」

「希望を捨てずに続けられたのは、彼のインタビュー記事のお蔭だものな。だけど、この前、出版社のパーティーで小笠原さんに会った時に、この話をしたんだ。そしたら彼、おれのデビュー作って、学生時代のストックを三日くらいで手直しして投稿したはずだけどなあ、なんて言ってるんだよ」

「なあに、それ」

「でもたしかに、こんなふうにインタビューで語っておられましたけれどって言うと、十何年前のことだから定かじゃないけど、新聞記者に向かって何やら綺麗ごとを喋ったような記憶はあるよ——なんて」

「いい加減なものね」

「彼なりの照れ隠しというか、謙遜なのかもしれないけどね」

智子は雑誌を閉じると手提げカバンの中へ入れた。この日が東京発売なので、まだ田舎の店頭には並んでいない。日能の両親への、お土産《みやげ》にするのだ。

「そうあって欲しいというんでしょ。カッちゃんにとっては人生を変えた言葉だもの。それはともかく……ねえ」

「何だ」

「同窓会の日は、あたしひとりで、お義父《とう》さんとお義母《かあ》さんのところに泊まるわけ？」

同窓会の会場となるのは、高校が在る町のホテルだ。実家に日帰りするのは時間的にきつそうなので、日能はそのホテルに部屋をとって一泊するつもりでいる。

「ま……ひと晩だけじゃないか」

「気が滅入《めい》るなあ。またぞろ、まだ手遅れじゃないわよ、みたいなプレッシャーをかけられたりして」

「まだ手遅れじゃない？」

「孫のこと、よ」

「受け流しておけよ、適当に」

「ひとのことだと思って。カッちゃんがいない時を狙って、お義母さんがあたしに、いったいどんなことを言っているのか、知らないでしょう」

「……どんなことを言ってるの？」

「息子夫婦にないがしろにされている自分たちって、なんて可哀相なんだろう——ひとことで言えば、そういう愚痴《ぐち》よ、要するに。もちろんストレートにそう表現するわけじゃないけれど、世間話するふりして実は何が言いたいのかは見えみえ」

日能は曖昧に頷《うなず》いた。母が何を言いたいのかは彼にも想像がつく。要するに息子の〝成功〟は自分のお蔭だ、ということだ。

日能はデビューする二年ほど前に、勤めていた会社を辞めた。デビュー作が完成し、出版されることがほぼ決定していたからこそだが、結果的には、大幅な手直しのため実際の出版は二年後にずれ込んだ。僅《わず》かばかりの貯金と退職金、そして失業手当てがあったとはいえ、当時既に智子と一緒に暮らし始めていたこともあり生活は楽ではなかった。

それを知った母が、学生時代以来途絶えていた月々いくばくかの仕送りを再開したのである。日能が頼んだわけではない。気持ちだから使ってくれ、という母の言い分を鵜呑《うの》みにして受け取っていたのだ。

普通ならば、ありがたい親心で済む話だ。しかし母は昔から妙に潔《いさぎよ》くないところがあって、自分がこれこれの奉仕をしたという事実を楯《たて》にとって相手に感謝を、時に露骨に、時に婉曲《えんきょく》にねだり、場合によっては強要する性癖がある。それは日能が昔から薄々感じていたことだった。例えば小学校の頃だったと思うが、息子が友だちと一緒に遠方に遊びにいきたがっていると知った母は、車で連れていってやるからと申し出て段取りを組んでくれた。出発する直前、何時にどこでみんなを降ろして何時間後にどこへ迎えにくる——等の予定を確認して母は、「それでいい？」と訊いた。日能は深く考えずに「うん、それでいい」と答えた。すると母は、それでいいとは何という言いぐさなのと厭味《いやみ》を言い始めた。あなたのために車を運転していってやるのだから、どうもありがとうのひとことくらい、ちゃんと付け加えたらどう、と。予想もしなかった言葉に呆気《あっけ》にとられる息子の姿が、あるいは不貞腐《ふてくさ》れているとでも映ったのだろうか、母は声を荒らげて、お礼をちゃんと言いなさい、と迫った。何か変だこんなのと戸惑うあまり、なかなか声が出ない息子が、蚊の鳴くような声でようやく、ありがとう、と呟くまで許さなかった。

そんなことがあって以来、どうやら母は眼に見える形で感謝を表明されないと気が済まない性格で、しかも、頼まれてもいない奉仕を自ら押し売りして歩いた挙げ句、近頃の世間は礼節を忘れていると嘆くようなマッチポンプな側面も併《あわ》せ持っており、実際そのためにあちこちでトラブルを起こしてもいるらしいと判ってきたため、自然に、適当に母の機嫌を取って場をおさめる接し方が身についていった。しかし、そんな対応で自分を偽るにも限度がある、とも判ってくる。

日能がデビューして三年目頃だっただろうか、ぽつぽつ著作のことが田舎の新聞やらテレビに取り上げられるようになった矢先、母から電話が掛かってきた。近所の奥さんが、克久の〝活躍〟を話題にしていた、という他愛ない内容だったが、最後にこんな言葉が付け加えられた。

――それでね、その奥さんがこんなふうに言うわけ。そりゃ克久ちゃんも偉いけど、言ってみれば自分の望みを果たしただけなんだから、ほんとうに偉いのはお母さんよ、ちゃんと息子を支えてあげてさ、って。別にそれだけの話なんだけど。ちょっと報告までに、と思って。

母のこの「ちょっと報告までに」という言い方は昔からお馴染《なじ》みのもので、それは要するに、「これに関してきちんと反応（感謝）しないと許さないわよ」という婉曲な恫喝《どうかつ》で。とても「別にそれだけの話」どころではないのだった。長年の親子関係の中でそれを思い知っていた日能は、デビュー前までの短い間にしろ、母が仕送りをしてくれるということを、親子の縁を切ろうとも絶対に断るべきだったと激しく後悔した。母がこの恩を楯にとってくる展開は、ちょっと考えれば予測がついたはずなのに。何しろ母は、お父さんがもう年金生活に入っているから我が家も決して楽ではないんだけれども他ならぬあなたのためなんだから、という意味の科白《せりふ》を三回電話を掛けてくるうちの一回には必ず付け加えていたのだから。

母は、日能が作家になれたのは自分のお蔭だという〝勲章《くんしょう》〟が欲しいのだ。そして、もし日能がそれを否定するのなら、すぐさま親不孝者のレッテルを息子に貼れる〝保険〟として経済的支援をしていた、ということのようだ。もちろん、親子の間でこういう考え方をするのはひねくれている、と誹《そし》られても仕方があるまい。しかし、この件に関して日能は、たとえ親不孝者のレッテルを貼られようとも絶対に譲ることはできない。

そもそも母は息子が作家になることには反対していたのだ。彼が中学や高校の頃こそ、まだ笑って、せいぜい頑張りなさい、などと励ます余裕もあったが、仕事を辞めると知った時には、作家になるだなんて、あなた一代でできると思ってるの、そんなことはあなたの子供か孫にでも託しなさい、と変な諌《いさ》め方をした。母がそんな諌め方をしたのにはちゃんと理由があって、それは、あたしは単に、そんな大それた希望を叶えるためには〝三代計画〟ぐらいが現実的ではないかと言っているに過ぎないのであって、決して作家になりたいという気持ちそのものに反対しているのではない、という股座膏薬《またぐらこうやく》的立場を保つためだ。それすらも勘繰れば、息子がほんとうに作家になってしまった場合に備えた〝保険〟だったのかもしれないが、とにかく母が反対していたことは事実だ。

それをいまさら、何もかも母の手柄《てがら》だみたいな態度を取られては、やりきれない。日能にしても、自分が一人前になれたのは父のお蔭であり、そして母のお蔭であると認めるにやぶさかではない。しかし十年余り紙屑《かみくず》同然の原稿を地道に書き続けていたのは、父でもなければ母でもないのだ。途中で気力が尽きて、あのままサラリーマンを続けていた可能性だってある。それを誰の指図でもなくやり遂げた成果が、どうして日能以外の者の〝勲章〟になり得るのか。到底理解できないし、絶対に譲れない。

ただ、母が何もかも自分の〝勲章〟にしてしまおうとしている理由は判る。要するに彼女は息子夫婦に大事に扱われたいのだ。年齢的にいって老後の世話も視野に入れているのだろう。そのためには、いつまでも東京に住んでいたりせずに実家で同居しろ、ちゃんと孫の顔も見せろ――智子が言う、「まだ手遅れじゃないとプレッシャーをかけられる」云々とは、つまるところ、そういう婉曲な強要なのだ。

当然ながら智子は当初、日能の同窓会出席を兼ねての帰省の同行を嫌がったが、先の年末年始は仕事が多忙なことを理由にして帰省していない。ここで息子がひとりで帰ってきたりしたら、嫁に対する姑《しゅうとめ》の厭味の材料がひとつ増えるだけだよ、と指摘すると、しぶしぶ付いてきたという次第。

「……ところで、話は全然ちがうんだが」

「いいわよ。不愉快なことは考えないで。無難な話題にしましょ。何？」

「こんな経験をしたこと、ある？　昔の同級生がいて、そのひとは死んだものとばかり思い込んでいたんだが、ところが実際には生きていた――という」

「何、それ？」

日能は、五月に高柳から掛かってきた電話での、梅木万理子に関するやりとりを簡単に説明した。

「――へえ。じゃ、カッちゃん、その梅木さんてひとが既に死んだものと、ずっと思い込んでいたわけなの？」

「そうなんだ。ところが高柳によると、彼女はちゃんと生きているという。お子さんもいて、高柳の長男と同級生なんだとか」

「ふうん。でも、その梅木さんてひとが生きているという事実がある以上、問題点は、はっきりしてるじゃない。そもそも、彼女が死んだという話を、カッちゃんがいったいどこで聞き込んだのか、よ」

「そうなんだが……それが、どうしても憶い出せなくて」

「その高校が在る町というのは、お義母さんたちが住んでいるところからは、ちょっと離れているんでしょ」

「車で二時間くらい、かな。だからぼくは、高校卒業以来その町には一度も帰っていない。東京の大学や専門学校に進学した同級生はたしか何人かいたはずだが、同じ大学にはひとりもいなかった。東京で昔の同級生に会って旧交を温めたことは一度もない。それは就職してからも、脱サラしてからも同様だ。するとぼくは、梅木さんが死亡したなんて話を、いったい誰に聞いたんだろう……？」

「その町には帰っていなくても、お義母さんたちの家のほうには時々帰っていたんでしょ、年末年始とかに」

「うん。だけど、両親と同級生の話をした、なんて記憶はないな。全然なかったかというと自信がないけれど、少なくとも、女の子の話を親父《おやじ》かおふくろとしたのだとしたら、印象に残っているはずだと思う」

「その梅木さんてひと、可愛かった？」

「うーん……可愛い、というのとは、ちょっとちがうかな」

「いいよ、別に遠慮しなくても」

「目鼻だちは整っていたけれど、ちょっときつい顔だちだった——ようなイメージはある。どこか、斜《しゃ》に構えている、みたいな」

「きっと美人よ」

「どうして判る？」

「だって、お医者さんと結婚してるって言ったじゃない。お医者さんは美人と結婚するものと相場が決まっているわ」

「……そうかねえ」

「カッちゃんてば、彼女のこと、好きだったんじゃないの？」

「いや……嫌いじゃなかったとは思うが」

「あたしの考えは、こうよ。カッちゃんさ、高校時代に、その梅木さんてひとが好きで、ラヴレターか何か出したのね」

「え。そんなこと、してないよ」

「まあ、聞いて。ところが、彼女はカッちゃんを振った。カッちゃんはショックを受け、その記憶を〝封印〟してしまう」

「封印？」

「受け入れ難い経験をすると、あたかも、そんな出来事は起こらなかったのだと記憶が改竄《かいざん》される――ほら、小説には、よく出てくるネタじゃない」

「そんな小説ばりのことがぼくに起こった、っていうの？」

「だからこそカッちゃんは彼女を〝殺して〟しまったのよ。想像の中で、ね。可愛さあまって憎さ百倍でさ。このおれを振るなんて、あんな女、死んじまえばいいんだ、と。その歪《ゆが》んだ願望が、長年のあいだに、いつの間にか擬似的な〝記憶〟として、カッちゃんの頭に刷り込まれてしまった――どう？」

「どう、って？」

「ちゃんと説明ついているでしょ?」

「梅木さんが死んでいたと勘違いしていたことの、かい? 全然ついちゃいないよ。第一、ぼくは彼女に愛の告白なんか、したことないんだもの」

「だから、それが、いわゆる〝記憶の改竄〟てやつよ。ピアジェが言うように、人間の記憶とは情報管理能力ではなく、想像力の一種である、と」

日能が智子と知り合ったのは、学生時代、先に名前の出た小笠原積木のファンクラブでだった。そこで出している会報を三つ歳下の彼女と一緒に編集したのが親しくなるきっかけで、彼女自身、小説家志望だったこともあり、こういう〝らしい〟理屈はすらすらと口をついて出る。実際、智子はいまも同人誌活動をしており、今回の帰省にも書きかけのフロッピイを持参してきているほどだ。

「そもそも、どうして彼女が、ぼくを振ったりするんだ」

「おや。ずいぶんと自信過剰な発言を」

「高柳が言ってたんだよ、彼女は実はぼくを好きだったらしい、って。もしそれがほんとうなら、振ったりするはずないだろ」

「そこはそれ、ほんとうは好きなのにお付き合いできない事情なんてものは、いろいろ考えられるでしょ。とにかく、彼女に会ったら訊いてみてごらんなさい」

＊

同窓会に出席したのは総勢四十一名。卒業時のクラスの人数は四十二人だったから、欠席がひとりだけいたことになる。

欠席していたのは鎌田《かまた》という男だった。厳密に言うと、欠席なのではなく、一昨年に死去したのだという。

「――いわゆる突然死、ってやつだったらしいんだ」三次会の席で、そう説明しているのは高柳だ。「地元の銀行に勤めていたんだけれど、ある朝、出勤途中の横断歩道で、いきなり、ぱたりと前のめりに倒れて……すぐに病院へ運ばれたらしいんだが、結局――」

「死因は何だったんだ？」

「詳しくは知らないけど、心筋梗塞《こうそく》とか、そんなことだったらしい」

突然死――いつ同じことが自分に起こってもおかしくない、そんな年齢になってしまったのだな、と日能は実感する。

ホテルの広間での同窓会の後、幾つかのグループに分かれて二次会に流れた。その後、さらに三次会と称して連れてこられたのが、高柳の行きつけというバーだ。三次会のメンバーは高柳と日能、そして旧姓梅木の安岡万理子の三人だけ。高柳が気を回して（もちろん日能に対してではなく万理子に対して）、こんなセッティングをしたらしい。

「日能くんは、まさか――」と、万理子は上眼遣いに微笑《ほほえ》みながら、「その鎌田くんのことを、あたしのことと勘違いしていたわけじゃないわよね？」

智子の予言通り、万理子は美しかった。美しくなっていた、というべきか。彼女は昔、陸上部で、色の浅黒い少女という印象があったのだが、いまは眩《まぶ》しいばかりに白い。化粧のせいだろうか。かつての世を拗《す》ねたかのような仏頂面《ぶっちょうづら》も、穏やかなばかりの余裕に溢《あふ》れている。

「それはないだろ」答えたのは高柳だ。「いくらなんでも、男を女の子とまちがえたりはしないさ。な？」

「うん。それに、鎌田が死んだのは一昨年のことなんだろ。おれが梅木さんのことを死んだと勘違いしてたのは、もっと、ずっと以前から、だったような気がするし――」

「ずっと以前て、いつ頃？」

「そうだな。高校を卒業した後で……大学の頃、かな？　それも入学したばかりの。曖昧だけど、その辺じゃないかな」

「大学の頃、か。誰か同級生に会って昔の話をしたりとか、してないの、東京で」

「いや、それ、実は女房とも飛行機の中で話したんだけど――」

日能は東京で昔の同級生に会った記憶がないことや、実家の両親とそんな話をした記憶もないことを断った上で、智子の言う〝記憶の改竄〟説を披露してみた。

「女房のやつ、梅木さん――いや、いまは安岡さんなんだね――に訊いてみろ、って言うんだよ。そういう、告白をして袖にされた経験があるんじゃないか、って」

「そんなこと、あるわけないわ」万理子は、上眼遣いに日能に視線を据えたまま、首を横に振る。「あたし、ほんとうに、日能くんのことが好きだったんだもの。もし、そんな告白されてたりしたら、絶対に断ったりしていない」

「大胆だね、どうも」高柳は笑って水割りを飲む。「マリちゃんが、そんなに積極的だったなんて、知らなかったなあ」

「慎みのない大人になっちゃったのね」高柳と一緒になって大笑いしながらも、万理子は横眼で日能を見ていた。「でもね、なぜあの頃は素直に、好きです、って言えなかったのかなあ、って思うのよ。真面目な話。それだけ純情だったのかしら。いまこうして、本人を前にしてあっけらかんと言えちゃう自分が、何だかおかしいけれど」

「つまり、いまはそれほど思い詰めていないわけだ」

「そうね。当時は若かったから、けっこう思い詰めてたけれど」どことなく、高柳を安心させるような口調で、「高校を卒業した後、あたし、すぐにお見合いしたの。親の勧めで。でも何しろ、まだ二十歳《はたち》前だったでしょ。短大に入ったばかりなのに、もう結婚を考えなきゃいけないなんて。けっこう悩んだ。それに、その時は、まだ日能くんのこと、忘れられなかったから、知り合いに相談したりしたのよ。どうしたらいいんだろう、って。お見合いをすっぽかして東京へ行っちゃおうか、なんて」

「すごいね、どうも」毒気を抜かれたような表情だった高柳も、万理子の冗談めいた口調に絆《ほだ》されてか、剽軽《ひょうきん》に、「でも結局、思いとどまったということは、東京への逃避行は、ちょっとやめといたほうがいい、とかって忠告されたんだ、みんなに」

「え。どうだったかしら……それに、相談したといっても、誰彼かまわずじゃない。親しかったお友だちにだけ、よ」

「そりゃ、そうだろうけど」

「そういえば、彼女、どんなふうに言ってくれたんだっけ……」何を思ったのか、万理子は顔をしかめた。店内の暗い照明が、ほんの一瞬、驚くほど醜い陰影をそこに刻む。

「憶えていないわ。でも、結局はお見合いして。短大卒業と同時に結婚した——そういえばさ、日能くん」万理子は身を乗り出して、「あたしが死んだと思い込んでいた、というけど、どういう死因で？」

「さあ、何だったかな……」万理子の匂いが急にきつくなったような気がして戸惑いながら、日能は首を傾《かし》げた。「——そうだ。そういえば、交通事故、とか聞いたような気がする」

その時、万理子が微かに頷いたように日能には見えた。

「ということは、テレビのニュースか何かを、観たんじゃないかしら？　つまりね、ほんとうはあたしじゃないんだけれど、誰か知り合いの女性が交通事故で亡くなっているのよ」

「テレビのニュース、ねえ」

「あるいは、新聞記事とか」

「新聞記事……」テレビのニュースと聞いた時とは、明らかにちがう感触が、日能の記憶を刺《し》戟《げき》した。「そうか。新聞記事、か」

「それを、どうしてあたしのことと勘違いしたのかは、判らないけれど——」

「でも、それはおかしいよ」高柳が当然の反論をした。「新聞記事というけど、日能はずっと東京にいたわけだろ。そんなローカルな交通事故死の記事が、東京の新聞に載るとは思えな

──いや、待てよ。その女性が東京在住だったとしたら、東京の新聞に載ったとしても、おかしくないわけか」

「それはちがうわ」万理子は妙に自信たっぷりに、「東京の新聞に載ったのだとしたら、日能くんはそれを、知り合いのこととは思わなかったはずだもの」

まるで整合性のない反論のわりには万理子が妙に自信たっぷりなのが不自然だったが、高柳はその点はまるで追及せず、「じゃあ、やっぱり、東京にいた日能が、そんな田舎の事故の報道を目にする機会は、なかったことになるぜ」

「でも日能くんは、この町に帰ってくるのは二十年ぶりでも、ご両親の家には帰省していたわけでしょ。だったら、ご両親の家で地元の新聞を見たのかもしれないし」

「そういえば」日能は頷いて、「そうだったような気がしてきた」

「ほんとか」

「いや、だけど、仮におれがそういう新聞記事を見たのだとしても、どうしてそれを梅木さん──あ、じゃなくて、安……」

「いいわよ。旧姓で呼んで頂戴。今日は昔を懐かしむために集まっているんだから」

「どうしてそれを、梅木さんのことと勘違いしていたのかな」

「だから多分、あたしとその被害者の名前が似ていたからじゃない?」

「そうだったのかなあ……」

日能としては、新聞記事という言葉に手応えを感じたものの、名前が似ていたという説明にはまったく釈然としない。その主張をしている万理子本人からして、あまり納得していないようでもある。しかし、もし新聞記事が誤解の元なのだとしたら、他に解釈しようがない気もした。

＊

ふたりと別れてホテルの部屋へ戻ってくるのを待ち構えていたかのように、電話が鳴った。フロントが繋いだ相手は、実家の両親でも智子でもなかった。

「――ね、日能くん」万理子の声だ。「さっきの話なんだけど。もしかして、まだ釈然としていないんじゃなくて」

「さっきの話――というと、新聞記事のことかい？　まあね」

「ちょっと言い忘れてたことがあるの。いまから行くわね」

「……ここへ？」

そう問い返した時には、もう電話は切れていた。数分後、ドアにノックの音がして、万理子が現れる。

「……その交通事故の被害者が、あたしと似たような名前だった――というのは、実は、少しおかしいのよね」

「ぼくも何となく、そう思っていたけど」

「でも」ベッドに腰を下ろすと、万理子は日能を見上げた。「二十年前に交通事故で亡くなった女の子がいることはたしかよ。それも、あたしたちの同窓生で」

「……誰だ、それは？」

「ここへ来て」眼を日能に据えたまま、万理子は彼の手を握りしめた。「言ったでしょ、あたし、慎みのない大人になった、って」

結局、彼女が日能に、交通事故死した娘の名前を告げたのは、シーツの下でその裸身を彼にあずけながら、だった。

「──児玉美保《こだまみほ》さん、て知ってる？」

「児玉美保……」

「あたしたちとは、ちがうクラスだったんだけれど」

憶い出した。同窓会のクラスは高校三年生の時のものだが、日能はその児玉美保と一年の時だけ同じクラスだった。

「あたし、中学校が同じだったの、彼女と。だから、高校でクラスが別れてからも、けっこう親しかったんだけれど」

「児玉さん……亡くなっていたのか？」

「飲酒運転の車に撥《は》ねられたの」

「いつ？」

「あたし、まだ短大の一年生で、その冬だったはずだから、あたしたちが高校を卒業したのと同じ年に」

「亡くなっていたのか……」

名前は憶い出したものの、日能は、児玉美保がどんな顔をしていたのか、なかなか憶い出せない。そのイメージを紡ごうとして脳裡に浮かんだのは、田圃の風景だった。

＊

あれは一年生の春。まだ高校に入学したばかりの頃だ。日能は川沿いの細い道を歩いていた。担任だった国語教諭に厭味を言われて気持ちがささくれだっていたことを、よく憶えている。

普段なら大通り沿いに書店を覗いて帰ってくるのだが、その日はそんな気分にならず、遠回りして帰宅しようとしていた。川に沿って進んでゆくと、当時、借家だった自宅の裏の田圃に出るルートだ。

その田圃に、おさげ髪の女の子がいた。畦道《あぜみち》にうずくまって田圃を眺めている。危ないな──咄嗟にそう思ったことを、よく憶えている。まだ陽が長いとはいえ、ひとの気配が一番稀薄になる時間帯だ。それを、女の子がひとりで、こんな場所にいたら……そう思いながら見つめるその視線に気づいたのか、彼女は振り返った。

お互い新入生同士でまだ名前もうろ覚えだったが、それでも同じクラスの生徒だと判ったのだろう。彼女はうっすらと微笑んで寄越す。日能はどう反応しただろう。笑い返す余裕はなかったように思う。無愛想に頷いて見せただけだったか。

「何してんだ、こんなところで？」

「きみこそ——って、えーと」

「日能だよ」

「日能くんこそ、何してんの」

「家に帰るところだよ」

「へえ。この近くなんだ。あたしも実は、帰るところ」

「この近くなのか」

「うん。橋を渡って国道を渡ったら保育園が在るでしょ？　その裏」

「何してんのか知らないけど、寄り道せずに帰ったほうがいいぞ」

その界隈《かいわい》は当時、あまり柄《がら》の良い場所ではなかった。表通りに飲み屋が多かったせいで、夜になると酔っぱらいが田圃にゲロを吐きにくる。夜中に喧嘩している声が日能の家まで響いてくることもあった。

「判った」

素直にそう頷いて美保は立ち上がった。制服の黒いプリーツスカートをはたく、その仕種《しぐさ》が、華奢《きやしや》ではかなげだった印象に、ふと生身の肉体を匂わせる。理由もなくばつの悪い思いをしながら、日能は田圃のほうを向いた。彼女がいったい何を見ていたのか、遅まきながら気になった。しかし何も特別なものは見当たらない。

「……何を見てたんだ？」どうしてそう訊く気になったのか、自分でも判らない。「田圃に何かあるのか？」

「花が咲いてる」

「花……ああ、蓮華《れんげ》か」

季節柄、赤紫が眼前に点在している。美保は日能のほうを見た。

「――どう思う？」

「何だ、どう思うって？」

「蓮華の花を見て、どう思う？」

「どうって。可愛いじゃん」

「そうよね。可愛いと思うよね。あたしね、幼稚園の頃、蓮華の花をたくさん繋げた首飾りを作ってもらって。それを首に掛けてもらったことがあるの」

それがどうしたと思ったが、眼の前の女の子の幼い姿を想像すると、意外にそんな装いが似合うような気もする。そのせいか、自然にこんな科白が口をついて出た。

「……男の子に？」

「まあね」

「メルヘン、だな」

「でしょ？　あたしにとっては一番、大切な思い出よ。でもね、この話をすると、ひとには笑われちゃうの」

「笑われる？　なぜ？」

「なぜ、って。じゃあ、日能くんも知らないんだ」

「何を」

「どうして田圃に蓮華を植えるのか、という理由」

「え。これって植えてるのか？　おれ、自然に生えてるものだとばかり思ってた」

「あ、よかった」

「何が」

「実は、あたしもそうだとばかり思ってたんだ。同じくらい無知なひとがいてくれて、よかった」

「どうせ無知だよ、おれは」

吐き捨てるような口調になった日能に驚いたのか、美保は蚊の鳴くような声で、「……ごめん」

「いや……おれこそ、ごめん。児玉に当たっても仕方ないんだよな」

「何かあったの？　学校で」

「久世《くぜ》のやつにさ」彼らのクラスの担任だ。「さんざん厭味を言われてきた」

「なんで？　何か悪いこと、したの」

「別に。児玉も出しただろ、例の、私の夢って作文」

「うん。日能くんの夢って何？」

「将来は作家になりたい、って書いたんだ。そしたら、おまえなんかになれるわけがない——だってさ」

「へぇえ」

「なれるとすれば、何十年も文章修業や人生の経験を積んだ後の話だ、それでもなれる保証はない——だとさ」

「日能くんは何て言ったの？」

「そんな考え方は古いよ。作家というのはアーティストなんだから。インスピレーションというものが一番大事なんだ。地道な努力なんか、したって無駄だよ」

「そう反論したの、久世先生に？」

「ああ」

「そしたら先生は、何て？」

「漢字もろくに書けない、親の庇護《ひご》の下でろくに苦労もしていない子供に何が判る——だとさ。あんなに大人げないやつだとは思わなかった」

「そう。でも無理もないと思うな」

「って。何が」

「久世先生てさ、ほんとは自分が作家になりたかったのよ」

「……え？」

「というか、いまでもなりたいんじゃないの、できれば。何とかってペンネームで作品を同人誌に発表しているって聞いたから」

「同人誌に……あいつが？」

「想像だけど、先生、きっと昔から、作家になろうとして努力してたのね。でも、なれなかった。自分には才能もあったし、努力もした。でも、なれなかった。そこに、日能くんみたいな、世間知らずの若造が、努力なんかしたって無駄だみたいなことを言ったから、カチンときたんじゃない？」

日能はすっかり意表を衝《つ》かれて、黙り込んでしまった。美保は、そんな彼を尻目に、畦道を歩きながら、

「……日能くんは、どういう作品を書きたいわけ？」

「どんな、って……さあ。何でもいいから、面白いやつ」

「例えば、どんな作家が好き？」

「いまならやっぱり、小笠原積木かな」

「型破りな作風が好きなんだ」

後から思えば、美保が小笠原積木の名前を知っていることを、日能はもっと驚いてもよかったのだが、当時は若者にありがちな、自分が好きなことは世間のみんなも好きでよく知っているはず、みたいな傲慢な思い込みがあったのかもしれない。

「でも、型破りな作風が、型破りな方法で生まれるわけじゃないのよね、きっと。型破りな作品も、やっぱり地道な積み重ねの中から生まれてくる……先生が言いたかったのは、そういうことなんじゃないかな」

「そうは聞こえなかった。あいつは、おれのことが嫌いなんだ。それだけだよ」

「そうじゃないと思う。先生は単に妬《ねた》ましくなっただけよ。だって日能くんは、これからまだ進むべき未来があるけれど、先生の人生にはもう進路変更をするほどの時間的余裕は残されていないわけでしょ。その苛立ちが、つい八つ当たりになってしまったのよ。そういうこと、判ってあげなくちゃ」

当時の日能にとっては、判ってくれなければいけないのは教師のほうであって、どうして生徒がそんな気を遣わなければいけないのか、理解できなかった。

「……児玉って」

「え？」

「変な考え方、するんだな、おまえって」

「うん」えくぼを浮かべて肩を竦《すく》める。「ちょっと性格が捩《ね》じ曲がってる」

「そういえば、さっきの話は、どうなったんだ？」

「さっきの話？」

「どうして蓮華を田圃に植えるのか、っていう話」

「ああ、あれ」美保は、日能から田圃に視線を移して、「肥料にするため、よ」

「肥料……？」

「春先はね、土地を休ませるんだって。その間に蓮華を植える。そして再び耕す時に、そのまま蓮華は、耕耘機《こううんき》で土の中に鋤《す》き込まれて、そして肥料になる」

「肥料……」考えもしなかった答えだったせいで、少しショックを覚える。「メルヘンとは、ほど遠い、な」

「人間も同じ、かもね」

「え?」

「ほら、よく言うじゃない。誰もが花になれるわけではない、って。人間、誰しも自分こそが〝花〟になりたいのよね。主役になりたいのよね。だって、これは自分の人生なんだもの。自分のためにあるんだもの。他の誰のためでもなく、自分のために咲かせたいじゃない。でも、ほんとうに〝花〟になれるのは一部の人間だけ……ある者は〝茎〟になり、ある者は〝根っこ〟にならざるを得ない。いえ、ある者は〝土〟かもしれない。でも、それらはすべて〝花〟が咲くためには、必要なもの、なんだ」

何だか、自分の将来に関して不吉な予言をされたような気分——日能は、そんな子供じみた反発を覚え、黙り込んだ。

「でも、自分が〝茎〟や〝根〟だと最初からわきまえているのは、まだいいほうなのかも。自分は〝花〟だと錯覚するよりは。だって、花は花でも、蓮華の花なのかもしれないんだもの。土の中に鋤き込まれて、そして誰かのための〝肥料〟となる、そのためだけに一生を終える花なのかもしれないんだから」

＊

日能が児玉美保という娘《こ》と個人的に言葉を交わしたのは、あの時だけだ。彼女が言うことを当時の日能がどれだけ理解できていたかは、怪しい。思えばずいぶん、早熟な考え方をする娘だったものだ。

「……そうだったのか」

ショックというよりも、何だか拍子抜けした思いで日能は嘆息した。あるいは、先に鎌田という同級生の突然死を聞かされていたせいだろうか、そういうこともあるだろう、程度の感慨しか浮かんでこない。

「亡くなっていたのか……」

「知ってたんだ、彼女のこと」

「そんなに親しかったわけじゃないけど。大人びた考え方をするひとだな、とは思っていた」

「そうなの。さっき、お見合いを勧められて悩んでいた時、お友だちに相談したと言ったでしょ？　あれ、児玉さんのことよ。彼女、すごく大人だったから、あたし、とても頼りにしてたの」

「それで、彼女、きみにどういうアドバイスをしたんだ？　お見合いをすっぽかして東京へ行きたい、というきみに」

「日能くんが遠くにいるから、そんなふうに思うのよ——たしか、そんなふうに言ったと思うわ。実際にこの場に日能くんがいたら、さほどにも思わないよ、きっと、って」

「なるほど」彼女らしいと思う。「彼女が車に撥ねられたのは、卒業後の冬という話だけど、具体的にいつかは判る？」

「ええと……そういえばクリスマスかクリスマスイヴに、その記事を新聞で見たような記憶がある」

「ということは、地元の新聞には載ったんだね、その記事は」

「その年の暮れに帰省していたのだとしたら、日能くん、あるいは、その記事を目にしたのかもね」

大学一年目の年末年始は帰省した記憶があるから、その可能性はある。しかし……

「しかし、結局同じ疑問に舞い戻ってきてしまうけど、仮にそうだとしても、ぼくはどうして、それをきみのことだと勘違いしていたんだろう?」

「それが判らない。児玉さんとあたしでは、名前が似ているから、という理由はあり得ない。でも、あたしたちの同窓生で交通事故死した女の子は、児玉さん以外にはいないはずだから。日能くんが、彼女とあたしを取り違えていたことはたしかだと思う」

「そうかなあ……」

「話は全然ちがうけど」

「何?」

「日能くん、いつか、あたしを小説に登場させたことがあるでしょ」

「……え?」

「ほら――」

と万理子は、昨年出版された日能の著作名を挙げた。さる文学賞の候補にもなったわりには、もうひとつ注目されなかったが、中央では無名に近い日能にとっては唯一の〝成功作〟だろう。

「あれに、まり子っていうヒロインが出てくるでしょ。あれ、あたしのことよね。すぐに判ったわ」

単なる偶然の一致だ——そう言おうとして日能は、ふと、薄ら寒い気持ちを味わった。シーツの下でからませてくる彼女の素足が、ただ湿っぽく重苦しいものに感じられる。

ほんとうに万理子は自分に恋心を抱いてくれていたのだろうか……そんな疑問すら湧いてくる。いや、児玉美保にお見合いのことを相談したというくらいだから、かつて憎からず想ってくれていたことはほんとうだろう。しかし日能がいまも普通のサラリーマンをやっていたら、いまこうして肌を重ねてくれていただろうか。

彼女も所詮、〝勲章〟が欲しいだけなのか……そう思うと、万理子に母親のイメージが重なる。あたしがインスピレーションになったからこそ、あの作品が書けたのよね——万理子はそう言いたいらしい。

「……あのさ」

「ん？」

「時間——」もう午前零時をとっくに回っている。「大丈夫なの？」

「大丈夫」日能にしてみれば、早く帰らなくていいのか、という遠回しな促しだったのだが、万理子は逆に取ったらしく、彼の胸に熱い吐息を吹きかける。「うちの旦那、主婦もたまには羽を伸ばさなければいけない、という、至ってものわかりのいい男だから」

一旦シーツの下に潜らせた顔を、もぞりと出して、「もちろん、外泊するのは、まずいけどね」と笑った。

その微笑が母の押しつけがましさを連想させ、日能はそっと眼を逸《そ》らす。万理子という存在が初めて、ひどく煩わしくなった。

その刹那《せつな》——憶い出した。

「あ」

それは、新聞記事の切り抜きだ。交通事故死のことが載っている。暴走したトラックが歩道に突っ込み、歩行中の女性が撥ね飛ばされた——そんな内容だった。そして、その女性の名前は……

梅木万理子。そう。たしかに、そう書いてあった。名前の下に十八歳とも書いてあった。あ、同じクラスだった女の子だ——日能はそう思った。だからこそ、いまのいままで万理子が死んだものとばかり思い込んでいたのだ。しかし。

しかし、だとすると、いったいどういうことになるのだ？　あの記事はたしかに、死亡したのは梅木万理子だと書いてあったのだ。絶対に児玉美保なんて名前ではなかった。つまり、美保を万理子と取り違えていたという仮説は、成り立たない。

「……どうしたの？」

「いや……」

すると、あれは万理子と同姓同名の女性が死亡した事故だったのか。それを万理子のことと勘違いしたのだとすれば、一番説得力がある。判ってみれば何のことはない。それが真相だったのだろう。児玉美保が交通事故死したのは、まったく関係のない、単なる偶然の一致だったというわけだ。

だが、しかし……

＊

正午前にホテルをチェックアウトした。ろくに眠っていなかったが、日能は眠気をあまり感じなかった。公衆電話に入って、実家に電話を入れる。

母が出た。智子に代わってもらう。

「——すまないけど、そちらへ着くのが少し遅くなると思う」

「えーっ」母の耳をはばかっているのか、智子は声をひそめて、「そんなのひどい。早く来てよ。もう、あたしひとりじゃ、息苦しくって……」

「暗くならないうちに行くよ。ちょっと、用事ができたんだ」

「何よ。初恋のひとにでも会うの」

「ちがうよ」

そう否定したものの、何だかどきりとしてしまう。といっても昨夜《ゆうべ》、万理子と身体の関係を持ったことに関しては、自分でも意外なくらい罪悪感がない。結婚以前はともかく、結婚後は智子以外の女性と寝るなんて考えられもしなかったのに。浮気って、こんなものなのか……そう拍子抜けさえしている。

では何に、どきりとしたのか……そう考える日能の胸に、もしかしたら児玉美保は自分にとって特別な存在だったかもしれない、という気持ちが、初めて芽生えた。

「同窓生で、亡くなったひとがいるんだ」

「え」

「その墓参りをしてくる」

「そうなんだ」夫の口調が伝染したのか、智子も神妙に、「判ったわ。でも、なるべく早く来て頂戴ね」

墓参りというのは咄嗟に出た言葉だったのだが、もし児玉美保の墓がどこに在るのか判れば、ほんとうにそうするのもいい。そんなことを思っていると、

「あ、そうだ」智子の口調が、がらっと変わる。「カッちゃんの嘘つき」

「何だよ、藪《やぶ》から棒《ぼう》に」

「うちにもワープロあるっていうから安心してたのに、無いじゃないのよ、影も形も」

「無い？　え。そんなはずはないけど」

「だって、無いもん」

「故障でもしたのかな」

「ちがうみたいよ。お義母さんが言うには、うちはワープロなんて一度も買ったこともなければ使ったこともない、って」

「え。そりゃ、おふくろ、何か勘違いしてるな。だって以前、ワープロで打った手紙、もらったことあるよ、本人から。あ。そういえば、いつの間にか手書きの手紙に戻ってたような気もするから、結局、使いこなせなくて処分したんだな、きっと」

「どうでもいいけれど、これじゃ原稿、書けないよ。どうしてくれる。カッちゃんがよけいなこと言わなかったら、自分のラップトップ、持ってきたのに」

「ごめんごめん」

「わざと妨害したんじゃないでしょうね」

智子は冗談めかしていたものの、日能は憂鬱《ゆううつ》になる。普段はそんな気持ちをおくびにも出さないが、智子は心のどこかで夫を妬んでいる。日能のことを人生のパートナーと看做《みな》す以前に、ライバルとして見ている。その証拠に、日能がデビューしたばかりの頃は、それが原因で智子との関係がぎくしゃくして、入籍早々、離婚の危機を迎えたこともある。子供をつくらないのも、彼女が原稿を書く余裕がなくなるからだ。

ふと日能は、自分はいったい何のために苦しい思いをして小説なんかを書いているのだろう、と思う。努力の結晶が活字になる、そのこと自体を素朴に喜んでくれる者なんか、誰もいやしないじゃないか、と。母や万理子のように〝手柄〟の報酬を要求するか、さもなくば智子のように、自分がその位置を奪取したいと妬むだけで……

深く考えるのはやめて、電話を切った。ゆっくりと歩いて、かつて住んでいた借家が在る場所へ向かう。

あの日のように川沿いに歩いてみる。しかし周囲の風景は、記憶の中にあるそれとは、まるでちがう。

児玉美保と出会った、あの畦道は、完全に舗装されている。昔住んでいた借家は取り壊され、田圃は埋め立てられていた。跡地は、いつの間にできたのか、巨大なパチンコ屋の駐車場になっている。

児玉美保の家はたしか……記憶を頼りに、橋を渡る。国道に出ると、横断歩道を渡って保育園に着いた。日能の記憶では木造だったはずの建物は鉄筋コンクリートになっている。

その保育園の裏へ回ってみたことは一度もない。だが、記憶がたしかならば、そこに児玉美保の家が在るはずだ。と――

そこに在ったのは、二階建ての共同住宅だった。最初はアパートかと思ったのだが、門柱に掲げられた看板を見ると、日能も聞いたことのある母子寮の名称が、そこに記されている。

こんなところに母子寮が在ったのか……十八年暮らした土地なのに、いままで全然、知らなかった。

「……あの、すみません」建物から出てきた中年の女性を呼び止めた。「こちらに住んでおられた児玉さんて方のこと、ご存じないですか？」

「児玉さん？」

「美保さんという、お嬢さんがいらっしゃったと思うんですけど……」

ああ、と女性は頷いた。「いましたよ。でも、もう……」

「引っ越されたんですか」

「いえ。亡くなられました」

「亡くなられた……」

「もうずいぶん昔のことになるけど、お嬢さんが交通事故で亡くなられて。そのことが、こたえたんでしょう。お母さんも、すっかり弱られて。それで、あとを追うようにして」

「……病死された、とか？」

「いえ、その……ご自分、で」

言葉を濁す女性に日能は、児玉家の墓が在る場所を知っているか訊いてみた。駅の裏山に母子寮の共同墓地が在るから、多分そこだ、という。

タクシーを拾うために、再び国道沿いに歩いていると、ふと市民図書館の建物が眼に入った。お盆で休館日かもしれないと思いながらも一応、行ってみる。

開いていた。夏休みの宿題をやりにきたのだろう。小学生や中学生で溢れている。それらに混じって日能は、昔の地元新聞の閲覧を申し込む。

いまから約二十年前の、彼が高校を卒業した年の十二月二十四日、そして二十五日の新聞を調べてみる。児玉美保の記事は、二十五日のほうに載っていた。

記事の内容そのものは、万理子に聞いたこと以上の収穫はなかった。飲酒運転の乗用車が歩道に乗り上げ、通行人——児玉美保を撥ね飛ばした。彼女はすぐに病院に運ばれたが間もなく死亡した——それだけだ。ただ、その事故現場がここからそう遠くない場所であることが、日能は妙に気になる。

行ってみようか……そう考えていると、ふと唐突に、記憶が甦《よみがえ》った。梅木万理子という名前の女性が車に撥ねられて死亡したという記事——あれは、そうだ、この年の十月三日の新聞だった。しかし……

日能は、それまで曖昧だった己れの記憶が突然、鮮烈に甦ったことに、ひどく戸惑う。十月という月だけではなく三日という日付までいきなり特定できてしまった。いったい、どうして……

危うく呻《うめ》き声が洩れそうになる。忘れられるわけがないではないか。十月三日の地元新聞には、あの小笠原積木のインタビュー記事が載っていたのだから。日能の人生を変えた記事だ。忘れられるわけがない。

そうだ。完全に憶い出した。あの〝梅木万理子交通事故死〟の記事は、小笠原積木のインタビューの横に、ごく小さく掲載されていたのだ。それを見て日能は、あ、これはたしか高校で同じクラスだった娘だ、そうか、死んでしまったのか、気の毒に……そう思ったのだ。そう思い込んでいたのだ。この二十年の間、ずっと。

慌てて十月三日の記事を探した。そして日能は今度こそ、ほんとうに呻いてしまった。無いのだ。たしかに十月三日の地元新聞だったはずなのに、梅木万理子死亡記事は、どこにも見当たらない。

いや、そればかりではない。あの小笠原積木のインタビュー、あれが、どこにも載っていないのだ。ほんとうに、どこにも載っていない。

どういうことだ……これはいったい、どういうことなんだ……

我に返ると日能は、いつの間にか図書館を出て、国道沿いを歩いている。熱にうかされたような状態から、ふと醒めると、己れが何者だったのか判らなくなる。いや、自分は日能克久だ。しかし、この二十年間の出来事はすべて夢か幻で、自分は未《いま》だに高校生であるかのような錯覚が、ぐらぐらと頭蓋《ずがい》を揺すってくる。

おれはいったい……日能は、必死で理性を立てなおす。いったい、あの記事をどこで見たんだ？　あの十月三日の記事を。

東京で、か。多分そうだろう。あの年の十月頃といえば、おれは東京にいた。しかし、記事自体は地元の新聞のものだった。それも、まちがいない。ということは……ということは、田舎から誰かに記事を送ってもらったのか？　誰かに——それは両親しか考えられないが。しかし。

日能はいつの間にか、記事に載っていた、美保の事故現場にやってきている。「ハガキ・名刺」という印刷屋の看板の前に公衆電話が在った。ボックスに入ると、震える手で再び父の実家の番号を押す。しかし、呼び出し音を聞くまでもなく受話器を元に戻した。

印刷屋……

日能は息を呑む。そして息の吐き方を忘れてしまったかのように喘《あえ》ぎながら、電話ボックスを出た。

その店の玄関を開ける。作業衣を着た中年男性が、印刷機の前に顔を向けたまま、名刺ですか、と訊く。

「いえ……あの、ちょっと、お訊きしたいことが」

「何でしょう」

「あの、この前の道で以前、交通事故があった、とか……二十年前、に」

作業の手を止めずに主人は頷く。「そういえば、ありましたね。それが？」

「その時、女の子が撥ねられた、とか」

「女の子――児玉さんのこと？」

「ご存じなんですか」驚いた。「よく憶えておられますね」

「何しろ、この玄関に車が突っ込んできたんだからね。その後しばらく仕事にならなかったし。そりゃもう。ちょっとやそっとで忘れられるもんじゃない。そこらじゅう、何もかも真っ赤に……あ、いや」主人はようやく手を止めて日能を見た。「あの、ところで、どちらさま？」

「児玉さんと、同じ学校だった者なんですけど……あの、知らなくて。彼女のこと」

「ああ」痛ましげに、主人は手の汚れを拭きながら、「可哀相にねえ、ほんとに。この玄関を出ようとしたところだったんですよ。きっと、自分の身に何が起こったのかも、判らなかったんじゃないかな」

「児玉さん、もしかして、この店でお勤めだったんですか？」

「いや、そうじゃなくて。ええと、あの時はたしか――そうだ。お金を払いにきてたんじゃなかったかな」

「お金……」

「そう。印刷代」

「何の印刷代、ですか」

「それがね。原稿を持ってきて、新聞記事みたいに組んでくれ、とかって……ずいぶん妙なことを頼むんだなあ、と思ったから、いまでもよく憶えているけれど」

「新聞記事、って……どんな内容の？」

「さて。さすがに、そこまでは、ね。でも、何か大事なことらしかったから、それらしく作りましたけどね」

「事故があったのは十二月二十四日でしたよね。その日にお金を払いにきた――ということは、実際にその印刷を頼んだのは、いったい、いつ頃……？」

「それも忘れたな。でも、普通に考えれば、十月か十一月頃だったと思いますよ」

＊

なぜ……山道を登りながら、日能はそう問い続ける。なぜなんだ、児玉さん、なぜ、きみは、あんなものを、ぼくに……

日能は完全に憶い出した。例の小笠原積木のインタビュー記事は、封書で送られてきたのだ。コピーされて。

コピーが入っていた封書の宛て名書き、同封の手紙、すべてワープロだった。あなたが興味を抱きそうな記事を見つけたから送ります——手紙にはそうあった。それが母からのものだと、日能は疑いもしなかった。

しかし、ちがうのだ。あれは児玉美保が、架空の記事を作り上げた上に、母の名前を騙《かた》って東京の日能に送りつけたものだった。

どうして美保は、そんなことをしたのだろう？　いったい何の目的で……

考えられるのは、万理子のことだ。当時、美保は万理子に、お見合いの件で相談を受けている。あるいは、万理子が死亡したという記事を見せることで、ひとつの確認を行ったのかもしれない。すなわち、もし日能も万理子に想いを寄せているのならば、東京から飛んで帰ってくるかもしれない、という。あるいは来ないかもしれないが、一応ふたりのためにチャンスを設けておこう——そんなつもりだったのかもしれない。つまり、メインは小笠原積木ではなく、小さく扱われた万理子の記事だったのだ。いや……

いや、ほんとうにそうだったのだろうか。美保にとってメインは、ほんとうに万理子のほうだったのか。あの小笠原積木のインタビュー、あの〝フィクション〟はほんとうに、付け足しに過ぎなかったのだろうか？　実は、あちらのほうが、美保にとっての真の〝目的〟だったのではないか。

児玉さん……足が震える。昨夜、万理子から、美保が二十年前に死亡していると聞かされた時には覚えなかった喪失感。日能は混乱していた。児玉美保がいてくれなければ自分は何もできない、そんなくるおしい気持ちにすらかられる。この二十年、一度たりとも、その名前すら憶い出しもしなかった少女が。

これまで、すべてを自分独りの力で築き上げてきたという自負が、まるで砂でつくった勲章のように、はかなく崩れ、指の間からこぼれ落ちてゆく感覚。

万理子と寝た己れを、初めて忌まわしく思った。何かが胸を掻《か》き毟《むし》る。それが罪悪感なのかどうかも判らない。それが智子に対するものなのか、美保に対するものなのかも、判らない。ただひたすら、きつい山道を登るだけ。何でもいい、彼女のよすがとなるものを抱きしめ美保の思い出と一体となりたい。いや、ならなければ、すべてが無駄になってしまう……そんな焦燥に衝き動かされて。

しかし、ようやく児玉美保の墓を見つけた日能は、絶望と、自分が失ってしまったものの大きさに、その場に膝をついた。

視界が、ぼやけて、息切れした嗚咽《おえつ》が洩れる。

誰が供えたのだろう、墓石は〝環〟を纏《まと》っている。それは、首飾りを模してつくったものに、ちがいなかった。

干からびた蓮華の花で。

卵が割れた後で

1

その死体は草むらの上に偃臥《えんが》していた。首が捩《ね》じれて、顔が横を向いている。顔面は赤黒く腫《は》れ上がり、濁った眼球が炒《い》った豆のように爆《は》ぜ返っている。典型的な東洋系独特の凹凸の少ない容貌だ。

「――エド」死体の傍らで跪《ひざまず》いていたマシュウ・クエイド刑事は、おもむろに立ち上がると相棒のエド・プラマーに顎《あご》をしゃくって見せた。「何だと思う?」

現在、フロリダのこの地方には、大型のハリケーンが接近しているらしい。脳天まで禿《は》げ上がって耳の付近に綿埃《わたぼこり》みたいにしか残っていないマシュウの灰色の髪を、風がなぶり上げている。同じように、その東洋人独特の光沢の黒髪を風になぶられている死体の傍らに、エドは屈み込んでみた。

マシュウが何を訊いているのか、エドにはすぐに判った。被害者はコーデュロイのズボンに濃紺のシャツを着ているが、そのシャツの左の肘《ひじ》の部分に、透明の蜘蛛《くも》の巣状の染みが付着している。ところどころ黄色い。白い紙切れのような細かいかけらが、その周囲にへばりついていた。

「卵――」死体の肘に鼻を近づけて嗅いでみるまでもなく、独特の臭気が、かなりきつく漂っている。腐臭だった。「だな」

「やっぱりそうか」

「何だと思ったんだ?」

「卵だとは思ったんだが」

マシュウは肩を竦《すく》めて、フロリダでも有数のリゾート地らしからぬ灰色の空を仰いだ。まるで眼下の死体よりもハリケーンのほうが気になっているかのような仕種《しぐさ》で。

「ヘイ、ランス」時折道を抜けようとする車の整理をパトカーの近くで同僚としている制服姿の黒人警官を、エドは手ぶりで呼び寄せた。「被害者の持ち物らしい買い物袋が見つかった、とか言ってただろ?」

「ええ。幸い、発見時は、まだ風が吹き始める前だったから。あっちで」ランスは視線は動かさずに親指だけを動かしてエドの背後を示した。「〝神父さま〟があらためてます」

「中味は」〝神父さま〟ことウォーレン・ウォラー主任警部のほうを肩越しに窺《うかが》いながらエドは訊いた。「何だ?」

「ポテトチップス」ランスは制帽を取ると空を仰いで、やはり天候が気になっているような素振りを見せながら、「それだけです」

「チップス用のディップとかは?」

「ありませんでした。チップスだけ」

「例えば、調理用卵などは？」

「いいえ。ただ、あちら――」

ランスは今度は、大きなアクション付きで視線を動かしながら、ひとさし指でエドの背後を示した。エドは振り返って見た。

両側を草むらに挟まれた、舗装もされていない狭い田舎道だ。被害者が倒れている方向に向かって右にカーブしながらしばらく行くと、六車線のインターステイトにぶち当たるとは、ちょっと想像できないほどさびれた場所である。付近には民家も見当たらない。

「あっちに、酒瓶が転がってました」

なるほど。〝神父さま〟が焦げ茶色のボトルを調べている。死体から十メートルほどインターステイト寄りだろうか。

「――モノは？」

「〝ケンタッキー・ジェントルマン〟」

「バーボンか。しかし酒盛りするつもりだったのだとしたら、チップスだけというのは、いかにも寂しいが」

「当然」マシュウは近所にあるドラッグストアの名前を口にした。「〈マーフィーズ〉で買ったんだろうな、両方とも」

「多分。チップスにもバーボンにも、あそこの価格シールが貼ってありましたから」

「しかしチップスは買い物袋にちゃんと入っているのに、どうしてバーボンはあんなに離れたところに転がっているんだ」

「さあ。瓶が自分で飛んで行ったわけじゃないとは思うんですが」

「――さてさて、皆さん」

場違いに陽気な声で三人に近寄ってきたのは〝神父さま〟ことウォーレン・ウォラー主任警部だ。やはりハリケーンのことが気になるのか、時折灰色の空を仰いでいる。でっぷりした肥満体と高い教育を窺わせる訛《なま》りのない綺麗な英語が、笑いを誘う組み合わせだ。

「何か新しい発見がありましたか。この哀れな中国人の友人の、非業《ひごう》の死に報いられそうなほど有益な？」

「主任」マシュウは咳払いをして耳の周囲を掻《か》いた。指にからまった綿埃のような抜け毛を見て一瞬眼《む》を剝いたが、すぐに落ち着いた声音《こわね》に戻る。「中国人ではありませんよ、この被害者は」

「あら。それは大変。私、とんでもない早とちりをしてしまっていましたね」この間延びした〝おかま《スイスイ》〟っぽさが、普段はともかく現場では、部下たちをイライラさせているのだとは微塵《みじん》も自覚していない笑顔。「ええと。韓国人でしたっけ？」

「日本人です」

エドは、死体のポケットに入っていた財布からマーフィーズ・カレッジの学生証を抜き取って、〝神父さま〟に示した。

「ヒロユキ・サイトウ、国籍日本、年齢は二十四――ああ、なるほど。そうでしたか。マーフイーズ・〝ドラッグ〟・カレッジの学生さんでしたか、彼は」

「厳密に言いますと、大学生ではない。ELSプログラムの研修生です」

「ELS？　ああ。知っています。外国人向けの英語学校ですね。しかしマーフィーズ・〝ドラッグ〟・カレッジが、いつの間にそんな事業に手を染めていたのです？」

「フロリダ長老派大学から、マーフィーズ・カレッジに名前が変わってからですよ」

マシュウはいつになく渋い顔だ。彼は昔、刑事になる前に、〈マーフィーズ〉雑貨《ドラッグ》チェーンの会長であるマーフィー・クラムをヘリコプターで〝輸送〟させられた経験がある。その際、かの御大《おんたい》は飛行中のパイロットであるマシュウに、キャビネットに入っているピーナッツを取ってくれと平然と命令したものだ。経営難の老舗《しにせ》大学に多額の寄付をするかわりに自分の名前を冠せよ、などと無茶を言うような人格がどの程度のものなのかは、最初から推《お》して知るべしではあったが。

「大学の経営状態は慢性的に逼迫《ひっぱく》している。裕福な外国人留学生に、もっと金を落としてもらおうって魂胆です。大学へ入れてやるから、その前に別に授業料払って語学研修をやれ、と。留学生たちのほうも、研修さえ済めば資格試験《SAT》も語学試験《TOEFL》も免除にしてもらえるってことで、双方大喜びという按配《あんばい》」

「なるほど、なるほど。マーフィーズ・〝ドラッグ〟も、なかなか手広くやっておりますな。さしずめ扱うものは七面鳥《ターキー》からトルコ人《ターキッシュ》まで、というところですか。いやはや」

「しかし」〝神父さま〟と付き合いの長いエドは、涼しい顔で彼の暑苦しい駄洒落《だじゃれ》を受け流した。「これで二十四とは思えないな。東洋人は若く見えるって言うが、まるでハイスクールにでも通っていそうな感じで」

「おお。そうですね、エド。二十四といえばあなたの娘さんと同い歳だ」

「私の娘じゃありません」エドはつい、露骨な顰《しか》め面《つら》を主任に晒《さら》してしまった。「元妻の娘です」

「ところで、死因は」エドの反応に頓着しているのかいないのか、相変わらずはしゃいだような口調からはまったく判断できない。「何なのでしょうか」

「詳しいことは判りませんが」エドの家庭の事情にある程度通じているマシュウも自然に執り成す口調になる。「暴行を受けたとおぼしき形跡からして、外傷性のショック死ではないかと。刺創や弾痕は見当たらないし」

「暴行」巨体を苦労して屈めながら〝神父さま〟は、被害者の無残に腫れ上がった顔面を覗き込んだ。「すると犯人は、強盗の類いでしょうか」

「とは限らない」エドは声音を平静に戻しながら、被害者の財布を差し出した。「所持金もクレジットカードも手つかずのままだ」

「ほう。ふむふむ。なるほど。全部で百五十二ドル七十五セント。学生にしては結構な懐具合ですな。アメリカン・エキスプレスもＶＩＳＡカードも手つかず。なるほど。裕福なる日本人、という感じだが。しかし、そんな結構な身分の日本人青年が、また何だってこんな寂しい道をわざわざ歩いて買い物に出かけていたんでしょうか。車を持っていなかったのかな。免許証は？」

「見当たりません。でも車のグローブボックスに常備していたのかも。フロリダの州免許ではなくて国際免許証だったとしたら、持ち歩くにはサイズがちとかさばりますしね。そうだとすると被害者が歩いて買い物に行っていたとは一概に言えない。たしかに大学のキャンパスから歩いてこられない距離ではありません。だけど構内は敷地が広いですからね、あそこは。寮から敷地の外へ出るまでが大変だから歩いたら三十分はかかると思いますよ、〈マーフィーズ〉まで。やっぱり、車じゃないかな。運転していた車は犯人か、あるいは犯行後に通りかかった不心得者が奪って行ったかもしれないわけだし」

〝神父さま〟がマシュウに何か答えようとした時、まるで木から果実が落下してくるかのような雨粒がマシュウの禿頭を叩いていた。あっという間に、プールの底の栓を抜いたみたいな土砂降りになる。

エドたちは慌てず、用意していたレインコートを着込むとフードで頭部を覆った。被害者の死体にシーツをかけて担架で救急車へと運び入れさせ、自分たちは再び現場へと戻ってくる。

「何年ぶりかな」遺留品を探そうと身を屈めながらマシュウは、顔に叩きつける風と雨に閉口気味である。「ハリケーンは」

「水泳用のゴーグルが要るな、これは」

だが結局新たな遺留品を発見するには至らず、エドたちは現場の捜索を打ち切った。覆面パトに戻って顔を拭いていると、無線で連絡が入った。すぐ隣りに駐車している〝神父さま〟からだ。

「第一発見者のミズ・ウェルフォードのお話を聞こうと思いますが、どうです、御一緒なさいませんか」

「判りました」

「私の車についてきてください」

「というと、本部へ一旦戻ると？」

「いえいえ。ウェルフォード邸ですよ」エドとマシュウが雨に濡れた顔を見合わせていることを見透かしたみたいに、陽気な笑い声が無線から洩《も》れてくる。「こんなお天気ですからね、温かい紅茶とクッキーを提供してくださるそうですよ。お言葉に甘えようではありませんか。あ。他の者たちには内緒ですよ、これ。あくまでも私たち三人の間だけの秘密ですからね。あはは。いや楽しみだ」

　仕事中にこんな軽口を聞かされたら、本気で言ってんのかなこのおっさん、と誰しも思うだろう。かつてはエドとマシュウもそう思った。だがいまではもう何とも思わない。もちろん〝神父さま〟がいつも大真面目であることを、ふたりともよく知っているからだ。

　ウェルフォード邸は、現場から車で五分程度の距離にあった。未亡人の独り暮らしにしては、やや大きめの家。

　ガレージの前に停めてある車はGMの大型車。買って間もないと思われるのに、外装があちこちひしゃげている。

といっても彼女が特に運転が下手だという意味にはならない。リゾートタウンの強みで道路が広く車線が無闇に多いこの街では、どうしてもハンドル捌《さば》きがおおらかになってしまう。追突事故なぞ、もはや事故のうちには入らない。だからこの街の住民は大抵、最初から中古の、外装が堅固な大型車を買う。まちがってもトヨタの新車なぞには乗らない。

ウェルフォード夫人の訛りの無い綺麗な英語は、彼女が〝北部〟からの、典型的な老後引退転居組のひとりであることを示していたが、車の運転ぶりといい、この地方の老女独特のパステル主調の少女趣味な装いといい、すっかりこの街の風景に溶け込んでしまっているようだ。

「――今朝の八時頃だったと思いますわ、あの可哀相な若者を見つけたのは」

ほんとうに三人に紅茶とクッキーを振る舞っておいてから、ミズ・ウェルフォードはそう説明し始めた。いい香りでしょ、と自分が淹《い》れた紅茶を自画自賛する。あたくしね、眼も耳もこの通り衰えてきてますけど、鼻だけはまだまだ若い娘《こ》にも負けないくらい鋭いんですのよ。

「あたくしね、日曜日の朝はいつも〈ハワード・ジョンソン〉で朝食を摂《と》るんです。それでいつものように車をあの道で走らせていたのです。そしたら草むらの中に、何か黒いものが見えて。最初は毛玉みたいな、犬か何かかと思ったんですけど、近づいてみたら、あの若者の頭髪だったのです。倒れている様子が普通じゃないので車を停め、近寄って調べてみたのです。そしたら、もう何とも表現のしようもないほど酷《ひど》い顔をしていて。死んでいることはすぐに判りました。それで慌てて近くのドラッグストアから警察に電話したのです」

「〈マーフィーズ〉ですね」

「ええ、そうです」

「他に何か」〝神父さま〟が嬉々《きき》としてクッキーを頬張っているため、いきおい質問はエドがすることになる。「気がつかれたことはありませんか」

「どんなことでしょうかしら、例えば」

「何か不審な、どこか尋常ではない印象を受けるようなことは、なかったですか。どんな些細《ささい》なことでも結構ですが」

「さあ。特にこれといって」

「買い物袋には気がつかれていた？」

「〈マーフィーズ〉のでしょ？ もちろん。あの若者の近くに落ちていましたから。彼の向きからして、買い物の帰りに襲われたんだな、とすぐに判りました。怖いわ。ここら辺りはマイアミとちがって凶悪犯罪は少ない、平和な街だとばかり思っていましたのに。それがこんな近所で、こんな恐ろしい事件が起こるなんて、まるで悪い夢のよう。あの可哀相な若者は、いったい、いつ頃殺されてしまったのかしら？」

エドはつい、お伺いを立てるみたいに〝神父さま〟のほうを見てしまった。案の定、クッキーを味わうのに忙しい男のお気楽な、よきにはからえ式の頷《うなず》きが返ってくる。

「専門家の所見を待たないことには確実なことは言えませんが、我々の経験からすると、死後約半日といったところです」

「すると、昨夜の八時頃ですか」

「死体発見時のことに戻りますが、被害者、または犯人の遺留品とおぼしきものに気づきませんでしたか？　さきほど言った〈マーフィーズ〉の買い物袋以外に」

「さあ。とんと」

「おかしなことをお訊きしますが、調理用卵とか、あるいはそのパッケージなどは見当たりませんでしたか？」

「卵……ですか？」

老眼鏡の奥の砂色の瞳を夫人は瞬《しばたた》く。質問をエドに任せたまましきりに綿埃のような残り毛をいじっているマシュウにつられたみたいに、自分のプラチナブロンドの髪を直す仕種をしておいてから、

「さあ、全然気がつかなかったわ。でもなぜ、卵なんですの？」

「被害者の肘の部分で、卵が潰れていたものですから」

「肘の部分？」独《ひと》り言《ご》ちるように呟《つぶや》いたかと思うと夫人はどこか別の次元を覗き込むような表情になった。何かを憶い出そうとしているらしかったが、結局溜め息をついた。「さてさて。いったい何のおまじないなんでしょうね、それは」

ようやくクッキーをたいらげた〝神父さま〟がエドの代わりにあれこれ質問を始めたが、有益な証言は出てこなかった。途中から質問はウェルフォード夫人への個人的なそれに変化してゆき、彼女がいかに美しいかと褒《ほ》めちぎるお世辞の嵐になってしまっていたが、エドもマシュウも忍耐強くそれをやり過ごした。いつものことである。

ウェルフォード邸を辞去する頃、雨と風はますます激しくなっていた。ここからマーフィーズ・カレッジのキャンパスまで車で五分ほど。昼食前の大学職員や学生たちに会いにゆくにはちょうどいい時間帯だ。何なら学生たちとは学食で話してもいい。そんなことを考えながらエドが車のエンジンをかけた途端、無線連絡が入った。

「——悪い知らせです」やはり隣りで車にエンジンをかけたばかりの〝神父さま〟からだった。「どうも、本部の誰かが妙な気を回したようですね。たったいま連絡がありまして、ミスタ・マーフィー・クラムが市警の介入を拒否する旨を通達してきたそうです」

「何の冗談ですか、そりゃ」以前からクラム御大を快く思っていないマシュウは、思い切り鼻で嗤《わら》う。「やっこさんが拒否しようがどうしようが、我々は介入しますぜ」

「ミスタ・クラムが拒否しているだけではありません。どうも彼に御注進あそばした者は上層部にいらっしゃるようですね。御丁寧に勧告を出してきました。曰《いわ》く、指示があるまで勝手な捜査はするな、特にミスタ・クラムの私有地に入ることはまかりならん、と」

「大学のどこが私有地ですか。第一あの、どでかい敷地の中には市バスが通っている。市民が乗降する停留所が、少なくとも三カ所はあるんですぜ。立派な公共の場だ」

「判っておりますとも」マシュウと同じくらい腸《はらわた》が煮えくり返っているはずの〝神父さま〟の口調は相変わらず陽気で、ほとんどはしゃいでいるようにしか聞こえない。彼と付き合いの長いエドやマシュウでさえ、ほんとうにはしゃいでいるんじゃないのかと思ってしまうほどだった。「簡単なからくりです。ミスタ・クラムにしても、最後まで突っ張り通すつもりはない。

ただ五月が始まったばかりという、この時期が問題なのです。あと数日頑張れば大学は夏期休暇に入る。学生たちがいなくなれば、後はどこをどう捜索されようが構わないというつもりなのでしょう」

「冗談じゃない。だからこそ急がなきゃいけないわけじゃないですか。学生の中に犯人がいる可能性は極めて高いんだから」

「判っております。このままには絶対に、しておきませんとも。でも今日のところは、黙って引き上げると致しましょう」

「しかし、主任――」

「お腹立ちごもっともですが、何せこんな天気です。出直してみるのも案外悪いことではないかもしれませんよ」

エドと顔を見合わせておいてからマシュウは、無線機が吹き飛びそうなほど大きな溜め息を洩らした。「了解」

雨と風がフロントガラスを叩いている。ワイパーなど既に役に立たなくなっている。インターステイトに出ようとすると、風で倒れたのだろう、現場へと通じる小道が木で塞《ふさ》がっていた。仕方なく、さらに裏道を迂回《うかい》することにする。

こんな日に外出するのは自殺行為だと判断して、殺人犯も案外、自宅にじっとしていたりしてな――エドは、そんな埒《らち》もないことを考えた。

マシュウと別れてエドが自宅へ帰ってきたのは、その日の午後八時だった。肝心の大学キャンパスへの出入りを差し止められているのだから話にならない。結局収穫らしい収穫は、出入国管理局へ照会して、被害者の斉藤寛之《さいとうひろゆき》がこの四月に入国したばかりであることが判明したくらいだ。

どちらにしろ出直しである。明日には、このいまいましいハリケーンも通過してくれるだろう。エドは車を自宅のアプローチへ乗り入れようとしてふと、ガレージの前に駐車してある小豆《あずき》色のポンティアックに気がついた。ジェインの車ではない。いや、ひょっとしたら買い換えたのか?

車のドアを開けた途端、頭からバケツの水を被せられた状態になる。着込んでいたレインコートのフードを立てて、エドは自宅へと駆け込んだ。

「――ジェイン?」

同居しているガールフレンドを呼ばわったが返事はない。しかし居間には明かりが灯っている。時間的にいって、待ちくたびれて眠り込んでいるなんてことはまだないはずだが。そう訝《いぶか》っていると、ジェイン・シェパードのポートレイトが入った写真立てを飾ってある箪笥《たんす》の陰から、アッシュブロンドのひと影が現れた。

「ハロー、エド」タンクトップにショーツ姿の彼女は、彼に微笑《ほほえ》んで見せた。「お邪魔してるわ」

「エル……」動揺を隠そうとした勢いで、ついくだらないことを口にしてしまう。「驚かすなよ。FBI《ビュウロ》が箪笥《ビュウロ》の陰から出てくるなんて、冗談にしてもでき過ぎてる」

「つまらない洒落ですこと」エルヴィラ・ヴァレンタインはエドにくちづけると軽く睨《にら》んできた。「少なくとも、元父親が娘を歓待するには、つまらなさ過ぎるわよ」

「上司の影響ってやつかな、これも」

「〝神父さま〟？　あの有能な上司から学ぶべきことは他にもあるでしょ」

「――ジェインは？」

「あの、ひとの話を聞かないブリュネットのことなら、ついさっきあたしがここへ来た時、どこかへ飛び出して行ったわよ」

「エル」エドは髪から垂れる雫《しずく》を拭うのを止めた。「何を言ったんだ、彼女に？」

「極めて友好的に挨拶をしただけ。あらこんにちは、あたしエル、エドの娘よ、よろしくね、って」

「それだけじゃ、ないだろ」

「それだけよ」

「ジェインは何と？」

「あなたが彼の娘？　って眼を剝いて叫んだわ。何にそんなに驚いたのか知らないけど、変なひと。とにかくこんな天気でしょ？　あたしもずぶ濡れだったから、シャワーを使わせていただくわってバスルームに行ったの。出てきたら、もうどこかへ飛び出していて、いなかった。失礼な女ね。ボーイフレンドの娘には、もうちょっと愛想良くしても罰は当たらないと思うんだけど」

「彼女から愛想を引き出したかったのなら、もうひとこと付け加えるだけでよかった。エドの前妻は、最初妊娠した時まだ十五だったと。だから——」

「家族のプライヴァシイを、ぺらぺら喋る趣味は、あたしにはありません」

「エル。きみは知らないだろうけれど、おれとジェインはほんの三日前、ド派手な喧嘩をやらかして、やっと昨日仲直りをしたばかりだったんだ」

「それが？　あたしに関係がある話には聞こえないわね、どう考えても」

「おれがこれから何をやるつもりか判る？」

「いいえ。なあに？」

「とりあえずシャワーを浴びる」何を言っても無駄だ。そんなことは最初から判っているのに、エルに降参するのには、いつも時間がかかる。「まったく、ひどい天気だ」

「ほんと。車で来て正解だったわ。飛行機はもちろん飛ばないし、グレイハウンドも運行見合わせだそうよ。アムトラックも何年か前に脱線転覆事故を起こして以来、神経質になってるみたいね。早々と不通になってる。街から脱出するためには車がないとだめな状態」

「よく知ってるな」

「〝神父さま〟に聞いたから」

エドは上の空でその答えに頷きながらバスルームに向かった。熱いシャワーを浴びて落ち着いてからようやく、彼女の科白《せりふ》が意味することに気がつく。

「……主任に会ったのか？」バスローブ姿のまま飛び出した。「いつ？　どこで？」

「直接会ったわけじゃないけれど、エドの彼女が飛び出して行った後、本部へ電話を入れたのよ。そしたら〝神父さま〟が出て、エドならさっき帰りましたよ、って」

「きみがここへ来ていると、伝えたのか」

「〝神父さま〟に？　ええ」

「そもそも」何か悪い予感に襲われながら、食事の用意をしている彼女を見つめる。

「ここへ何しに来たんだ、きみは？　おれの再婚を妨害するだけのために、フロリダくんだりまで降りてきたわけじゃあるまい」

「あら。再婚の予定があるの？　エド。それはおめでとう。プリシラも喜ぶわ」

「……プリシラは」ようやくエドは、最初に元妻の現状を〝娘〟に訊くべきだったと反省する。

「元気か」

「お蔭さまで。彼女の三番目の夫も、腹違いのあたしの弟も、至って元気」

「仕事なのか、今回のフロリダ訪問は」

「ええ。知ってると思うけど、ロサンジェルスで韓国人の男女が次々と六人も惨殺される事件があった。犯人はコリアン・ソサエティと以前から対立していた白人男性。その犯人と以前一緒に暮らしていた女性が、タンパに住んでるの。彼について話を聞きにきたってわけ。犯行経《C》緯資料《AR》作成の一環として」

「きみに任せられるだけあって、ずいぶん簡単な仕事だな」

「まあね」エドの皮肉にも彼女は、にんまりと笑って返す。「でも行動科学課《BSU》にとっては必要不可欠な事後処理よ」

「そんな話も、主任に伝えたのか」

「あら。彼、ちゃんと知ってたわよ。なるほど、あの事件のことですね、って。犯人の元愛人が近所に住んでいるから、はるばるインタビューに来たわけだ、って。何の説明もしていないのに」

「なぜそんなに詳しいんだ、あのひとは」

「あたしに訊かないで。エドの上司でしょ、〝神父さま〟は」

翌日どういう展開になるのか、エドには予測がついた。はたして〝神父さま〟は、エルヴィラの存在を可能な限り利用してマーフィー御大に圧力をかけ返したらしい。曰く、FBI捜査官が街へ来ている（これは嘘ではない）。ロスで起こった韓国人連続惨殺事件との関連で、FBIはヒロユキ・サイトウ殺害事件に並々ならぬ関心を寄せている（これは嘘もいいところ）。社会的関心の極めて高い猟奇事件の解明を、かのマーフィーズの会長が阻《はば》んだという事実がマスコミにリークでもされたら、さしずめ〈ナショナル・エンクワイア〉辺りは大喜びするでしょうな、云々の嘘八百。にこにこと陽気な表情を崩さずとも、あれでなかなか執念深い御仁《ごじん》なのだ、〝神父さま〟は。

2

翌日、からりと晴れ上がった青空の下、エドとマシュウはマーフィーズ・カレッジ・キャンパス内の、長い長いエントランスで車を走らせていた。

「――懐かしいな、ここも」エドにハンドルを任せたまま、マシュウはそう呟いた。「何年ぶりかな」

「懐かしい、というと？」

「学生だったことがあるんだ、ここの」エドに打ち明けるのは初めてのことだ。「結局中退したが、まだマーフィーズ・カレッジなんて俗悪な名前に変わる前の話さ。専攻はロシア文学だったが、その時の主任教授も、もういない。マーフィーズ・マネー介入時のごたごたを巡って追い出されたひとりさ」

昨日のハリケーンがまるで嘘のように照りつける太陽の下、広大な芝生の上では上半身裸の男子学生たちがラクロスやフリスビーに興じている。その光景を慈しむような、それでいて忌避しているかのような、複雑な表情をマシュウは見せた。

「厳格なミッションスクールだったんだぜ、ここは。長老派の。その証拠に立派なチャペルも健在だ。なのに、誰かさんの宗派だとかって無茶な意向で、いまそこでやっているのはカトリックのミサときている。まあ、それはまだいい。キャンパスには遊技場があるんだが、隣接する形でいまはそこに、何とパブができている。週末と言わず学生たちはそこでビールを飲んだくれるわけだ」

「聞いている限りではたしかに、ミッションスクールらしからぬ現状だな」

「それもこれも留学生のせいさ。娯楽がなきゃあ、やつらが居ついてくれない。それがすべての錦の御旗《みはた》というわけだが、なぜそんなにやつらの御機嫌ばっかりとらなきゃいけないのかな。おれには判らないよ。言っちゃ何だが、留学生には金のあるやつが多い。逆に言えば金がなきゃここへは来られない。コロンビアとかラテンアメリカのやつらは特にそうだ。貧富の差が激しいからな。アラブ人だってオイルマネーで札束が唸《うな》っているやつらの子息が暇を持て余してやってくる。英語を勉強するという名目でな。もちろん実情は遊びに来るんだよ。何のことはない。ELSは観光ビザでよりももっと長く滞在して遊びたい連中のニーズに応えてるだけなんだ。もちろん日本人だってそうだ。滞在中に何回も新車を買い換えるような連中さ。桁外《けたはず》れの金持ちが、自由と娯楽の国、アメリカで遊びたいだけなんだ。ELSとその研修資格認定をしている大学は、そいつらの受け皿になっているだけさ。経済的事情のために。金。金。金。何もかも金のためさ。まあ百歩譲ってそれもよしとしよう。すべては金のためだ、とな。だけどキャンパスの中にパブを作るのは、いったい何のためなんだ？　金が有り余っている連中はキャンパスのしけたパブなんかで飲みやしない。トランザムの新車でダウンタウンへ繰り出すに決まっている。大学構内に娯楽施設なんかあったって関係ないんだ。休暇になれば、デイトナでもサラソタでもマイアミでもキイウエストでも、どこへでも行けるんだから」

「ディズニーワールドも在《あ》れば、シーワールドも在るわけだしな」

「その通り。タンパまで行きゃドルフィンズの試合だって観られる。どっちみち遊びたい連中は外へ外へと出てゆく。この街は保守的で刺戟《しげき》が少ないなんて現状はすぐに判るからな。そしたら、ELSは全米に在るから、ニューヨークにでもシカゴにでも、とにかく都会へと移るに決まっている。そんな、どっちみち居つくはずのない連中のために、どうして古き良き校風とその学舎を改悪しなきゃいけない？　お蔭で昔は南部のハーバードとまで謳《うた》われたこの大学も、いまじゃ三流もいいところ。得体の知れない外国人たちが多過ぎるからと優秀な学生たちが敬遠するようになっちまって。残るはスポーツ奨学金目当てか、どこも受け入れてくれなかったスカばかり、って寸法さ。おれはなさけないよ。かつてこの長老派大学を愛した者のひとりとしては」

「マシュウ。もしかして、おまえが中退した理由というのは――」

「ああ」エドの身体越しにガードハウスの警備員にIDを示す。「マーフィー御大がめちゃくちゃにしちまったからさ。中退した後しばらくウォーターフロントで警備をしていたんだが、あいつにヘリコプターをチャーターされた時は、このままメキシコ湾に突き落としてやろうかと思ったぜ。ほんとに」

ガードハウスを過ぎると、すぐにELS区画だ。語学研修生たちを管理している事務所で、斉藤寛之の身上書を手に入れる。

ヒロユキ・サイトウは日本のフクシマ県出身（それがどこなのかはさておいて）。某私立大

学経済学部を卒業後、渡米。年齢二十四歳。独身。

授業態度や成績はあまり芳しくない。キャンパスへの乗り入れ許可の車輛登録を照会してみると、マシュウの読み通り、被害者は車を所有していた。赤いムスタング。

登録されている駐車場を調べたが該当車輛は見当たらない。早速本部へ車種とナンバーを報告──犯行時もしくは後、該当車輛が盗難に遭った可能性大。至急調査されたし。

ELSプログラムに在籍している日本人研修生は被害者を除き十七名。うち五名が某大手電機メーカーの企業研修生だが、全員が一昨日からジョージアにあるアメリカ支店及び州知事表敬訪問のため不在であったことが判明。二名が休暇願いを出して旅行中。一名が家庭の事情で日本へ帰国中であることもそれぞれ判明。残る九名に事情聴取をする。

最初は個別に話を聞くつもりだったが、大半の者が英語力不足でさっぱり埒が明かない。斉藤寛之が殺されたという事実すら伝わらない相手までいる。仕方なく一番英語力のあるトミサワという男子研修生に通訳をしてもらい、全員まとめての事情聴取となった。

斉藤寛之が殺された事実がようやく伝わっても驚いている者は少数派だった。ピンときていない表情を隠さない者や、中には薄笑いを浮かべている者もいる。身元確認のために持参した被害者の顔写真を、まるで特殊メークアップが売りの映画でも観ているかのようなノリで面白がっている者までいる。被害者自身この街へ来てからまだ一カ月足らずなのだから付き合いがあまり深くないこともたしかだが、エドとマシュウにとってはどう判断すればいいのか悩んでしまう反応ではあった。

収穫らしい収穫もなく研修生たちの事情聴取を終えると、エドとマシュウは今度は大学のほうの事務所へと向かった。

大学には日本人留学生がふたりいた。大西克也《おおにしかつや》という男子学生と、平松緑《ひらまつみどり》という女子学生だ。寮へ連絡を取ってもらい、先ず大西克也と学食で会うことにする。

「――いずれ判ることだから、隠しだてしないで言っておきますが」

カツヤは、ネイティヴさながらの綺麗な英語を操った。どこかへぶつけでもしたのだろうか、眼の下に青黒い痣《あざ》ができており、身体の動きも妙に、ぎくしゃくしている。

「実は、殺されたヒロユキとぼくは、日本では同郷なんです」

「というと、フクシマだね？」

「そうです」もう調べてあるのかと驚いたらしく眼を剝く。驚いたのを恥じてでもいるのか、妙に気負った態度で暑苦しい長髪を搔き上げた。「同じ中学校の同級生でした」

「被害者とは、かなり親しかったわけか」

「ま、そう言ってもいいでしょう。彼が留学の際このELSを選んだのは、ぼくという知り合いがいるから何かと好都合だと思ったからだ、と本人は言ってましたから」

「高校、大学は別々だったの？」

「ぼくは高校の時からこちらのハイスクールに留学してましたから。卒業した後、一旦日本に帰国して大学へ進学していたんですが、結局馴染《なじ》めなくて。こちらの大学へ進みなおしたんです」

「道理で英語がうまいわけだ。予備知識無しにきみと会っていたら、日系アメリカ人と信じて疑わなかったことだろう」

「ヒロユキは、いったいどういう人間だったんだろうか」留学生全般に対して馴染めない感情があるせいか、マシュウの口調は明らかにエドよりも素っ気ない。「友人であるきみの眼から見て？」

「いい加減なやつでしたね」

「ほう。例えば、どういうふうに？」

「そもそも、留学の動機からしていい加減でした。彼は二年留年してやっと日本の大学を卒業しているんですが、ほんとうは大学院へ進みたかったんだそうです。しかし試験で落ちてしまった。普通ならそこで学業を諦めて就職するところですが、彼はまだ仕事に就くのは嫌だったらしい」

「怠け者だったのか」

「でしょうね。裕福な家庭で甘やかされて育ったやつだから。まだ若いし、遊び足りないという気持ちが強かったんでしょう。だから大学院へ進むという名目で学生生活を引き延ばしたかったんだが、それが挫折したものだから米国留学へと方針転換したわけです。いかにも安易でしょ？」

「少なくとも、信念のひとという印象はないね。すると彼は、ＥＬＳを修了したらマーフィーズか、それとも他の大学へと進学するつもりだったのか」

「多分。そうすれば、あと数年は遊べるわけですから」

「大学で遊ぶという感覚が判らない」マシュウはつい仕事を忘れてしまったようだ。「大学は勉強するところだ。第一、遊んでいたら単位が取れない。卒業もできない」

「いいんですよ、卒業なんかできなくても。ああいう連中は。留学していたというだけで箔《はく》が付くんです、日本の社会では。卒業しているかどうかなんて関係ない。何々大学中退というのが立派な学歴として通用する社会ですからね。だけどそれは、入学するのが困難だという前提があって初めて成立する価値観です。例えばあいつは、このマーフィーズへ入学するために別に苦労なんかしやしなかったことでしょう。生きていればの話だけれど。ＥＬＳ課程が認定されてますからね、ここでは。普通のアメリカ人の高校生なら誰でも受けなくてはならない資格《SA》試《T》験や、普通の留学生なら誰でも受けなくてはいけない語学試験《TOEFL》を、すべて免除という形で入ってくる。それでも、アメリカの大学に留学してたってことで日本に帰ればそれなりに箔として通用する。ちょろいもん《ピース・オブ・ケイク》でしょ？」

「きみ自身は、どうやってこのマーフィーズに入ってきた？」

「もちろん、ちゃんと語学試験《TOEFL》を受けましたよ。身上書はこちらのハイスクールのものを取り寄せたから、ちゃんと資格試験《SAT》も受けている。その上でここへ入学したんです」

「それじゃ、ヒロユキみたいな人間は許せないんじゃないのか、きみとしては」

「許し難いですね、はっきり言って。ああいう安易な留学生が多いばっかりに、ここでは外国人というだけで色メガネで見られてしまう。金のために試験も無しに受け入れてもらっている低能どもが、ってね。でも、ぼくが殺したわけじゃありませんよ、ヒロユキを。そんな理由でいちいちひとを殺さなきゃいけないほど、こちらは屈折していない」

「彼を恨んでいた人物に心当たりは？」

「白い眼で見ていたやつは、いっぱいいたと思いますよ。何せここに来てからまだ一カ月も経っちゃいないのに、いきなり新車のムスタングを即金で買ってしまったんですからね。学生は中古車があたりまえだというのに」

「きみも中古車組か」

「いいえ。ぼくは、免許はありますが、車は持っていません。アメリカの、特にこんな田舎町では、車が無いと生活できないとよく言われるけれど、それは普通の住民の場合でしょ。大学で寮生活をしている分には全然支障はない。外出するのは近くのドラッグストアに買い物に行く時ぐらい。だったら歩けばいい。でもヒロユキみたいに勉強はどうでもいい連中は、何はさておいても先ず車を買う。車が無いと遠出もできず、従って、充分遊ぶことができないからです」

「なるほど」

「とはいえ、そんな理由で殺されるのなら、ＥＬＳには殺されなきゃいけないアラビックやスパニッシュが、ごまんといるという理屈にもなりますけどね」

エドはカツヤの一昨日の夜八時以降のアリバイを訊いてみた。寮の自分の部屋にいたという。だが個室に住んでいるので証言を裏付けてくれるルームメイトの類いはいない。

「ところで、その眼の痣はどうしたんだ。転びでもしたの？」

「シャワーを浴びようと思ってバスルームに入ろうとしたら、内側からドアを乱暴に開けたやつがいまして。友人とふざけてたらしいんだが。それが当たってしまった」

学食を後にするとエドとマシュウは、女子寮のラウンジで平松緑と落ち合った。日本で会社勤めをした後、一念発起して留学してきたという。事前に事務課で見せてもらった身上書によると彼女の年齢は三十のはずだったが、とてもそんな歳には見えない。エルヴィラよりも十歳は若く見える、とエドは思った。

ミドリは被害者と面識があることは認めたが、言葉を交わすほどにはまだ親しくなっていなかった、と証言した。

ミドリは始終冷静な物腰を崩さなかったが、一度だけ、表情の乏しい東洋人にしては鮮明に動揺を示した瞬間があった。それは被害者の顔写真を念のため見せた時だった。

エドもマシュウもそれを、あまりにも無残な死に顔に衝撃を受けたせいだろうと思っていたが、彼女はこう呟いていた。

「……このシャツ」

「何です？　被害者のシャツが、どうかしたんですか？」

「いえ——何でもありません」

冷静さを取り戻したミドリは、エドとマシュウが何度訊き直しても、何でもないと繰り返すだけだった。不審を覚えたふたりが、ほんとうに被害者とは言葉も交わしたことは無いのかと再度確認すると、一度も無いと再び断言した。

ところが、ミドリの証言に重大な疑惑が持ち上がることになった。エドとマシュウが引き上げようと駐車場に戻ってみると、先刻事情聴取をしたばかりのELSの生徒のひとりが、ふたりの刑事を待っていた。通訳をやってくれたトミサワという男だ。

「——皆がいるところでは言いにくいことだったものですから」

そう前置きをしておいてからトミサワは、被害者であるヒロユキとカツヤの間で深刻な揉め事があったらしいと、たどたどしいながらもはっきりとした英語で語った。彼は日本の高校で英語教師をしているという。実用的英語力向上のためELSに来ており、修了後はまた仕事に戻るつもりらしい。

「大西さんは我々日本人とあまり付き合おうとはしないんです。アメリカに来てまで日本語を喋るのは嫌だとか何かそんなポリシーがあるらしくて。ところが斉藤さんとは同郷で、しかも同級生ということで仕方なくお付き合いをしていたみたいです」

「つまりカツヤはヒロユキと仕方なく交流を持ってはいたんだけれども、本心では彼のことを疎《うと》んじていたわけか？」

「そうですね。斉藤さんはあまり英語が喋れないこともあって、何かといえば大西さんを頼っていたようです。それを大西さんは嫌々ながらも断れなかった、みたいな話を聞いたことがあります」

「それは判ったが、深刻というほどのトラブルとは思えない」

「それが、斉藤さん、大西さんのガールフレンドに手を出してしまったらしくて」

「ガールフレンド？」

「平松緑さんという、大学生です」

「ミドリはそんなにカツヤと親しいのか。しかし、ヒロユキが彼女に手を出したというのは、具体的にどういうこと？」

「デートに誘ったりしたそうです。具体的にどこまで親しくなっていたのかは判りませんが、平松さんが斉藤さんのムスタングに乗せてもらっているところなら、私も目撃したことがあります」

エドとマシュウは顔を見合わせた。

だが、ミドリにもう一度話を聞きに行こうとした時、〝神父さま〟から連絡が入った。至急ミズ・ウェルフォード邸へ向かってくれとのこと。事件に関して何か重要なことを憶い出したと彼女から連絡があったという。

ミドリの件は後回しにして、エドとマシュウは大学キャンパスを後にした。

「――ようやく憶い出しましたわ。あの卵のことを。ほんとに歳をとるとだめね。あんなに憤っていたこともすっかり忘れてしまっていたんだから」と夫人は挨拶もそこそこにそう嘆いた。「数週間前でしたかしら、同じ悪ふざけを目撃したことがあったんです。それもまさに、あの道で」

「悪ふざけ、と言いますと？」

「ですから、車から通行人に卵をぶつける、という悪ふざけですわ。夜、何時頃だったかは忘れましたけど、車を走らせていたら道端を東洋人ふうの男性が歩いていたの。ヘッドライトの光の中に浮かび上がった横顔をちらっと見ただけだから何国人なのかはちよっと判らないんですけどね。〈マーフィーズ〉ドラッグの買い物袋を持っていましたわ。多分留学生だと思うんですけれど」

「そうでしょうね。車が無いから歩いて買い物に行っていたわけだ。それが？」

「そしたら、あたくしの前を走っていた車に乗っていた男がいきなり、その東洋人ふうの男性を追い抜きざま、彼に向かって何かをぶつけたじゃありませんか。その時はでも、それが卵だとは判りませんでした。いま考えてみるとまちがいありません。あれは卵だったんですわ。だってその男性の背中が、まるで刷毛《はけ》でペンキを掃いたみたいにドロリと光っているのが、追い抜く際に見えたんですもの。まあ何て酷い悪戯《いたずら》をするのかしら、と呆《あき》れてしまいましたわ。車に乗っていた男たちは、まるで贔屓《ひいき》のフットボールチームの応援をしているみたいな奇声を上げて喜んでたんですのよ。神経を疑ってしまうわ。アメリカの恥ですよ」

「というと、その車を運転していたのはアメリカ人だったんですか？」

「あら。困ったわ。そうね。そう言われれば顔を見たわけじゃありません。でも男たちの罵声《ばせい》は聞こえました。この阿呆《あほ》たれ、さっさと手前《てめえ》の国へ帰りやがれ、って。もちろん実際にはもっと汚い、思わず石鹸で口を洗ってやりたくなるような汚い言い回しでしたけれど、まあそういった意味の罵声が。女の声も混じっていましたけれど、たしかに南部訛りの英語でした」

「車種とかは、憶い出せますか」

「グリーンのステーションワゴンでした。たしか、ビュイックだったと思います。でもナンバーまでは憶えていませんわ」

それだけ判っていれば調べる方法は、いくらでもある。数週間前のその悪戯の犯人と、ヒロユキに卵をぶつけたのが同一人物だとすれば、彼らはその道を頻繁に利用していると考えられる。

3

はたしてその数日後、グリーンのステーションワゴンが通過するところを、現場付近で張っていたパトカーが発見。職務質問をした結果、運転していた連中の身元が割れた。

男たちは近所に住むテッド・ウィルスン十九歳と、その双子の弟テリイ・ウィルスン。共に〈ピッツァハット〉の従業員。そしてどちらのガールフレンドなのかは判然としないが、いつもウィルスン兄弟とつるんでいるカーリー・バブリーノの三人組である。

不貞腐《ふてくさ》れながらもウィルスン兄弟は、歩行者を狙って卵をぶつけているのが自分たちの仕業《しわざ》であることを認めた。

「あの道は、おれたちのいつもの帰り道なんだよ。そしたら時々、道端を歩いているやつらがいることに気がついた。近所に家も無いあんな寂しい道を、何を好きこのんで歩いてんのかと最初は不思議だった。しかも判で押したみたいに皆〈マーフィーズ〉の買い物袋をかかえてやがる。ははあ。大学の留学生たちだなと、しばらくして判ったよ。歩いて買い物に行かなきゃいけない学生たちは、あの裏道を歩いて往復するしかない。インターステイトの端っこを歩くのは、ちょっと危な過ぎるからな。判ったはいいが、あんまり頻繁に見るもんだから眼ざわりになってきた。それでワゴンの中に卵を常備しておくことにしたってわけさ。やつらが眼に入ったら即、グシャッとやれるようにな」

「どうして学生たちに悪さをするんだ。腐った卵をぶつけるなんて立派な傷害罪だってことが判ってるのか?」

「学生たちに、じゃない」妙なこだわりを感じさせる声でテッドが唸った。ウェルフォード夫人の証言通り、甲高い典型的な南部訛りである。いやこれはテリイのほうだろうか。同じ顔をしているものだから油断するとすぐに見分けがつかなくなってしまう。

「外国人たちにだよ。外国人。それも東洋人」

「なぜ、東洋人を狙ってそんな悪さを?」

「決まってるじゃねえか。いい車に乗ってやがるからよ。これみよがしに。特に日本人の糞《くそ》たちが」

「おいおい。言ってることが矛盾してるぞ。おまえたちが襲ったのは歩いていた東洋人なんだろ。つまり車を持っていない者たちだ。その彼らに八つ当たりをするのは、筋違いってものじゃないか」

「いま持ってなくても、すぐに買うに決まってやがるんだ。何しろ金を持ってっから。この前、ええとあれは、ハリケーンの前日だったっけ、肘に思い切りぶつけてやったやつも、ムスタングに乗ってやがった」

「ムスタング？　ひょっとして、赤いムスタングか？」

「そうだよ」そう答えたのはヒスパニック系の娘のカーリーだ。妙に夢見るような眼つきになっている。「んもうメッチャ、かっこいいの《ニードオ》。あたいが大好きなヤツ」

「だから胸糞悪いんだよ《ビューク・マイ・ガッツ・アウト》」剝き出しにした憎悪の中に、中古のステーションワゴンしか持てない者の悲哀が滲《にじ》み出ている。「おまけに何だよ、日本人たちの、車を異様に磨くあの性癖は？　え？　宝石か何かとまちがえてやがるんじゃねえのか？　それともワックス会社から賄賂でも貰ってやがるのかね。どっちにせよ、異常だぜ。車なんか靴と同じなんだからよ。あっちこっちぶつけて何ぼのものじゃねえか。なのに、ほんのこれっぱかしの傷がついただけで、この世の終わりみたいに喚《わめ》きやがる。手前が怪我したほうがよかったとでも思ってるんじゃないのかね、もしかして」

「ずいぶんと閉口させられた経験があるみたいだな、日本人ドライバーには。え？」

「去年だったかな、接触事故を起こしたことがあるんだよ。〈バーガーキング〉でだったかな。スーツ姿のビジネスマンふうだった。おニューのコブラなんかに乗ってやがって」

「あれもカッコいいんだよねえ」双子たちの勢いを萎《な》えさせるようなことを、カーリーは平気で言う。「あたいやっぱり、フォードの車が好きだなあ」

「顕微鏡で見なきゃ判らないような傷がドアについただけで、気がふれたみたいに喚きやがってよ。修理代寄越せだの、賠償金払えだの。あんまりやかましいから一発殴ってやった。そしたら、メガネの奥の眼ェ剝いて逃げていきやがんの。ざまあみろって」

「血気盛んなことだ。すると、問題の赤いムスタングのドライバーにも、卵をぶつけただけでは気が済まなかったんじゃないか？」

「何ぃ。そりゃどういう意味だよ」

「いいから。最初から詳しく経緯《いきさつ》を説明してみろ。ハリケーンの前日の一件だ」

「詳しくも何もねえよ。あの夜、いつものように車で家に帰ってたんだよ、おれたち」

「何時頃だ？」

「九時には、なってなかったと思う。そしたら、あの赤いムスタングが道の端に停まってるじゃねえか。テールをこっちに向けて。ライトを点《つ》けたまま」

「停まって何をしていた？　そんなところで」

「そんなことおれが知るかよ。とにかく、日本人らしい若い男がムスタングの前方から回って運転席へ向かおうとしているのが見えた。男はおれたちの車に気づいて一旦やり過ごそうとしたんだろうな、立ち止まった。ヘッドライトが眩《まぶ》しかったんだろ、やつはおれたちのほうから眼を逸《そ》らせた。そこを狙って用意していた卵をぶつけたのさ。見事に肘の部分に当たった。ムスタングのヘッドライトで標的は丸見えだったからな。外しっこなし」

「その男の服装は？」

「服装って？　別に。普通だよ。普通のシャツにズボン」

「濃紺のシャツか？」

「ええと。そんなんだったと思うよ」

「それから？」

「それからって？　それだけだよ。追い抜きざま卵をぶつけて、おれたちゃ走り去った。それだけさ」

「おいおい。それだけじゃないだろ」エドは軽い口調で促した。「まだ続きがあるだろ。最後まで言えよ、いいから」

「続き、って……」

「卵をぶつけられた男は、そのまま阿呆面を晒して立ちんぼうのまま、おまえたちの車を見送ったのか？　そうじゃないだろ？」

それまでどちらが相手より多く喋れるか互いに競うかのように喋りまくっていたウィルスン兄弟は、急に黙り込んでしまった。あるいは、自分たちが通行人に卵をぶつけるという悪さだけで警察に事情聴取されているわけではないという可能性に、遅まきながら思い当たったのかもしれない。

「じゃあおれが言ってやろうか？　卵をぶつけられた男は怒って、おまえたちの車めがけて何かを放り投げてきた。そうだろ？」

双子は黙ったままだ。

「それはな、バーボンのボトルだ。おそらく男は、〈マーフィーズ〉に買い物に行っていたんだろ。もちろん買い物袋はムスタングの中にあった。卵をぶつけられた男は車の中に手を突っ込んだ。たまたま触れたボトルを摑んで、袋ごと引きずり出した。摑んだものをそのまま、おまえたちの車めがけて力任せに投げつけた。ボトルだけが飛んでゆき、買い物袋とその底に残っていたポテトチップスは草むらの中に落ちた。怒りに任せた無茶苦茶な反応だったが、このボトルがたまたまおまえたちの車に命中してしまった。そうだろ？　おいおい。急に静かになったな。どうしたんだ。全部おれに喋らせるつもりか？」

「テッドとテリイのせいじゃないよ」カーリーは事態を認識していないのか、どこか呑気《のんき》な口調で暴露する。本人は執り成しているつもりなのだろう。「あいつが悪いんだよ。だってワゴンの天井がへこんじゃったんだよ、凄《すご》い音がして。あれがバーボンのボトルだったとは気がつかなかったけどさ」

「たまたまボトルは割れもせず、そのまま草むらの上に転がったわけだ。買い物袋とチップスが落ちた場所から約十メートルほど離れた場所にな。当然おまえたちはワゴンを停めただろう。バックしたのか、それとも自分の足で走ったのかは知らんが、ともかく男のもとへ戻った。そうだな？」

ごまかしきれないと諦めたのか、兄弟たちは渋々という感じで頷いた。

「そしてふたりがかりで男を袋叩きにした。こういうことだな？」

「一発殴っただけだ」

「一発？」

「いや……つまり」双子はきまり悪そうな表情を互いに見合わせた。「おれは一発だった、という意味だ」

「あ。ひでえな、テッド。あとは全部おれがやったと言うつもりかよ。一発だけだったのはおれのほうだぜ。あいつの顔面に、こう、ストレートを喰らわしただけだもん」

「おれはあいつの腹を殴っただけだ。というか、撫でただけだ。顔は、やっていない」

「嘘つけ。死ぬほど蹴り上げてたじゃねえかよ、その爪先で」

「何発どこを何で殴ったかは、後でもっと詳しく聞こうじゃないか。それで？　男を袋叩きにした後、どうした？」

「どうもしないよ。急にぐったりして、草むらの上にノビちまった。それでおれたちも気が済んで引き上げた」

「男はそのままにしてか？」

「そうだよ」

「ムスタングは？」

「そのままだよ。あのね。何が言いたいんだよ。まさか、おれたちがそのムスタングを盗んだとでも？　見損なうなよ。泥棒じゃないんだぜ、おれたちは」

「なるほど。たしかにおまえたちの容疑は泥棒じゃないな。もっと重い」

「な……何？」

「傷害致死罪だ」

――ウィルスン兄弟が逮捕されるのと前後して、ヒロユキのムスタングを盗んだ犯人も明らかになった。ビーチの駐車場で緊急手配されていた赤いムスタングが発見され、それに乗ろうとしていた男が現行犯逮捕されたのだ。男は、スコット・デッカートという名前の、マーフィーズ大学の学生だった。乱暴な運転でもしたのか、赤いムスタングの助手席側のドアが少しへこんでいる。

スコットの証言によると、彼もハリケーンの前夜〈マーフィーズ〉ドラッグストアに自転車で買い物に行っていたという。そこで現場の道端に、赤いムスタングが停まっているのを見つけた。

ライトが点いたままなのに運転席には誰もいない。その車の近くには、東洋人ふうの若い男が俯《うつぶ》せになって倒れている。脈を取ってみたが既に死亡している。どうやら強盗か何かに襲われたらしいと思って運転席を覗いてみると、キーが差しっぱなしになっている。それでつい出来心が湧いてムスタングを乗り逃げする気になった。自分が乗ってきた自転車をトランクの蓋を開けたまま積み込むと、死体を現場に放置したまま走り去った。ただ助手席側のドアのへこみについては覚えはない、盗んだ時には気がつかなかったが、多分最初からへこんでいたのではないか。

スコットの証言をまとめると、だいたいこんなところである。死んでいた男の服装をスコットはよく覚えていて、コーデュロイのズボンに濃紺のシャツだったと証言した。肘の部分で腐った卵が潰れていてかなり臭《にお》ったので、記憶に残っていたという。スコットが遭遇した死体はヒロユキ・サイトウのものであることにまちがいはなかった。

一応犯人は逮捕されたが、事件が全面解決を見たわけではない。ウィルスン兄弟が傷害致死罪で起訴されるかどうかは、微妙な状況である。彼らが日本人の若者に暴行を働いた事実は動かないにしろ、その傷が原因で彼が死に至ったかどうかは不明だからである。その辺りが裁判の争点に当然なってくる。

「もっと決め手が欲しいですね」

〝神父さま〟がそう呟いた時、エドもマシュウも当然ウィルスン兄弟の起訴事実の証拠固めのことだろうと思っていたのだが、続く言葉は意外な内容であった。

「あの双子がヒロユキを殺したのではないという、証拠になるような決め手が」

4

「あたしも、どちらかといえば〝神父さま〟の意見に賛成だわ」

食後のコーヒーを皆に配るエルヴィラは職業的な表情と口調だ。例の殺人犯の元愛人へのインタビューや他の事後処理など、フロリダでの仕事を無事終え、明日はヴァージニアのＦＢＩアカデミーに戻る予定である。フロリダを離れる前に彼女にぜひ一度会っておきたいという〝神父さま〟たっての要望で今夜の晩餐会《ばんさんかい》となったのだ。

「話を聞いていると、ウィルスン兄弟は単なる暴行犯人に過ぎなくて、殺人犯人ではないように思えてくる」

「おいおい。よせよ、エル」未《いま》だにエルとの関係についての誤解がとけずジェイン・シェパードと仲直りできないでいるエドは、その恨みが手伝ってか、我知らず責める口調になってしまう。「そんなわけないだろ。状況は、こんなにもはっきりしている」

「はっきりしていないこともあるわ」

「例えば？」エルヴィラに好意を抱いているマシュウも、一件落着したはずの事件を蒸し返されるのはあまり嬉しくないようで、エドに追随している表情だ。「何がはっきりしていないと言うんだい、エル」

「その時、被害者がムスタングから降りていた理由よ。ウィルスン兄弟のワゴンが通りかかった際、男はムスタングの運転席に向かおうとしていた。そうよね？　つまり現場で一旦ムスタングを停めて、車から降りていたわけよね、彼は。そんな、近くに民家も何も無いような寂しい道端に、いったい何の用があったのかしら？」

「パンクでもしたんじゃないか」エドは、熱意の無い声だ。「で、タイヤを交換しようとしていた、と」

「発見されたムスタングのスペアは」エルヴィラはマシュウのほうに顔を向ける。「使用済みだったの？」

「いいや。まっさらだった」

「じゃあ、タイヤの交換をしようとしていたという説明は成り立たないわけね。スコットという学生が乗り逃げしているんだから、ガス欠になったわけでもない」

「急に用を足したくなったんじゃないか。腹具合が悪くなって」

「見逃せない可能性ね。だけどもしそうだとしたら、ウィルスン兄弟のワゴンが通りかかった時は用を足し終わってたはずよね。だって運転席に戻ろうとしていたんだから。もし終わっていなかったのなら車の陰でワゴンをやり過ごしたはずだから。でも、現場に被害者が用を足したとおぼしき形跡はあった?」

「いや」首を横に振ったエドは、案外これは重要な問題なのかもしれない、という気持ちになってきた。「無かった」

「あと、考えられる可能性は?」

「誰かを車に乗せようとしていた、というのはどうだ?」マシュウはコーヒーカップを置いて腕組みをした。つい癖で綿埃のような頭髪をいじろうとしているのに気づいて思いとどまる。

「誰かとあの場所で落ち合う約束をしていたのかもしれない。あるいは、ヒッチハイクをしようとしていた誰かを拾ってやろうとしていたのかも」

「でもそんな人物がいたのだとしたら、ウィルスン兄弟たちがその存在に気がついていたはずでしょ?」

「被害者が兄弟たちと揉め事になったので、その人物は関わり合いを避けるために逃げたのかもしれない」

「双子と女の子に全然気づかれずに？　それはちょっと無理があるんじゃない、マシュウ。それに知り合いにせよヒッチハイカーにせよ、誰かを車に乗せてあげようとするのに、運転手である自分が車から降りる必要は全然無いんじゃないの」

「うむ。それもそうだ。それでは、ええと。彼が道端で車から降りたのは単なる気まぐれ——なんて説明では納得してもらえないんだろうな。じゃ、おれは降参だ。もう何も思いつかない。エルは何か考えがあるのかな？」

「まあね」

「ぜひ拝聴したいね」

「マシュウのそれとは逆の考え方よ」

「逆？　逆とは？」

「誰かを乗せようとしていたんじゃなくて、逆に誰かを降ろそうとしていた」

「誰かって誰のことだ。いや待て、エル。さっきのおれの説と、それじゃ同じだ。誰かを降ろしてやろうとするために自分が車から降りる必要なんか、全然無い」

「そうかしら。その誰かが自分で車から降りられない状態にあったとしたら、どう？」

「自分で降りられない状態？　怪我でもしてたっていうのか」

「ううん——死んでたのよ」

啞然《あぜん》となっているエドとマシュウとは対照的に、〝神父さま〟は無邪気な微笑みを絶やさずにエルヴィラの説に聞き入っている。

「正確に言うと、殺されていたの。その死体を車から降ろそうとしていたのだとしたら、どう。これは運転席から降りるしかないわけでしょ？」

「な、何を言い出すんだ急に。エル、どうしてここで、死体がもう一個増えなきゃいけないんだ？」

「死体は増えてなんかいないわ。その死体はヒロユキだったのよ」

「な……」助けを求めるかのようにエドのほうを一瞥《いちべつ》しておいてから改めて、マシュウは口をあんぐりと開ける。「何？」

「こういうことよ。ウィルスン兄弟のワゴンが通りかかった時、ヒロユキは既に殺されていたの。その死体は、彼自身のムスタングで運ばれてきたところだったわけ。そして死体を運搬していた人物——もちろんヒロユキを殺した真犯人——は、ひとけのない現場に死体を放置してゆくつもりだった。そこへウィルスン兄弟が通りかかった。そしてその犯人に卵をぶつけた」

「誰なんだ、その真犯人というのは」

「当然、東洋人でしょうね。日本人と断言してもいいと思うわ。そしてヒロユキを殺す動機を持っている男」

「……カツヤ、か」エドは思わず叫んでしまった。「カツヤ・オオニシ」

「まちがいないと思うわ。カツヤはもともと、ヒロユキの安易な人生観に対して批判的だった。金銭的に裕福なヒロユキに対する劣等意識も当然あったのでしょう。そこへ持ってきて、ガールフレンドであるミドリを奪われそうになって一気に殺意が燃え上がった。あるいは既に、ミドリはヒロユキのほうに乗り換えていたのかもしれないわ」

「ミドリ本人は認めていないが……」

あの後ミドリに何度かヒロユキとの関係を問い質《ただ》した結果、彼女は赤いムスタングに乗せてもらったことはあるとは認めたものの、それはあくまでも同じ日本人同士のよしみでショッピングモールへの足を提供してもらっただけであって、特別深い仲というわけではなかったと、基本的主張は頑として変えなかったのだが。

「だが充分、あり得ることだ」

「具体的にどこで殺したのかは判らないけれど、衝動的な犯行だったと思う。最初はそんなつもりじゃなかったんだけど、言い争いとかしているうちについ殴ってしまった。一度暴力をふるってしまうと、それまでのヒロユキに対する否定的感情が一気に爆発して歯止めが利かなくなってしまったのね。だからヒロユキがぐったりと動かなくなってしまった時、カツヤは慌てたんだと思う。とにかく死体を処分しなければならない。カツヤは死体をムスタングに積むと、ヒロユキが買い物の帰りに強盗に襲われたという状況をつくるために〈マーフィーズ〉でチップスとバーボンを買った。最初の計画では、ヒロユキが歩いて〈マーフィーズ〉へ買い物へ行ったという状況をつくるつもりだったんだと思う。後でムスタングをどこかへ乗り捨てておけば、ヒロユキが車を盗まれたから買い物に歩いて行かざるを得なかったという状況がつくれる。もちろんその場合、死体から財布やカードを抜いておくつもりだったんでしょう。ところがカツヤは途中で計画を変更した」

「どうして？　あ。もしかして、ウィルスン兄弟のワゴンが通りかかったから、か？」

「そうよ。肘に卵をぶつけられたカツヤは咄嗟《とっさ》に、これを利用することを思いついた。バーボンのボトルをワゴンにぶつけて、ウィルスン兄弟に喧嘩を売る。はたしてウィルスン兄弟はワゴンから降りてきて、カツヤを叩きのめした」

「カツヤのあの眼の痣……」マシュウは身を乗り出した。「あれはテッドかテリイに殴られてできたものだったのか」

「カツヤは気絶するふりをして草むらに倒れた。そしてワゴンが走り去った後、起き上がると、卵をぶつけられた自分のシャツとヒロユキのシャツを交換したのよ」

「すると、ミドリは知っていたのか？　ヒロユキが着ていた濃紺のシャツが、実はカツヤのものだということを。写真を見せられた時点で既に、彼女はこのことに気がついていたんだな。だからあんなに動揺していたんだ」

「そのシャツはミドリがカツヤにプレゼントしたとか、そういう曰く付きのものだったのかも。カツヤは多分、あの道で日本人歩行者を狙って卵をぶつけている連中の話を噂か何かで聞いて知っていたんじゃないかしら。だから計画を変更して、ムスタングもヒロユキの財布も現場に放置しておけば、ウィルスン兄弟を殺人犯人に仕立て上げられると踏んだ。強盗などでなく喧嘩が発展した挙げ句の傷害致死であると、でっち上げられる、と。ウィルスン兄弟が警察に見つかって逮捕されるかどうかの見込みは半々だったけれど、連中が警察に見つかるという可能性に賭けた。そして事実その通りになった」

「偶然をうまく利用したわけか。ウィルスン兄弟が取り調べられて死体の写真を見せられても、連中に自分とヒロユキの見分けがつくはずはないと踏んだんだな。東洋人の顔は特徴らしい特徴が無くてどれも同じに見えるから。しかしカツヤの眼には、あんな大きな痣が残ってしまった。誰かに不審に思われやしないかと心配じゃなかったのかな」

「そこよ。身体にできた傷とかは服で隠せるけれど、眼の痣は隠しようがない。普段掛けないサングラスなんか掛けたりしたら余計にめだつ。だからカツヤは犯行の翌日、この街から一時脱出するつもりでいたのだと思う」

「脱出？」

「何か理由をこじつけて、街から離れるの。もちろん永久に逃亡するわけじゃなくて、眼の痣が消えるまでね。数日したらキャンパスに戻ってくるつもりだった。だけどハリケーンのために、その思惑は諦めざるを得なくなってしまった」

「なるほど。カツヤは車を持っていない。グレイハウンドもアムトラックも運行していない。もちろん飛行機も飛ばない。だから諦めてキャンパスに留《とど》まった」

「痣だけで自分の犯行が立証されるはずはないと思い直したのかもね。でも、ミドリが自分のシャツを憶えているとまでは予想できなかったのでしょう。幸い、彼女はカツヤを告発するつもりはなかったようだけど。あるいは、シャツが入れ代わっていることは判ったものの、それが何を意味するのかまでは彼女には理解できなかっただけかもしれない」

「なるほど」陽気な微笑を絶やさずに聞き入っていた〝神父さま〟は、感心したように頷いた。

「うん。なるほど」

「それは」彼の口調に割り切れないものを敏感に聞きとったエルヴィラは、少し拗《す》ねたように肩を竦めた。「完全に納得した、という頷き方じゃありませんね、〝神父さま〟」

「いえいえ。とんでもない。納得しておりますとも、エル。お見事です。あ。だけど完全には承服しかねる点もひとつふたつ、無いこともないですね、そういう意味では完全に納得していないかもしれません。でも、大筋では納得しておりますよ。ほんとです。ほんとに感服しております」

「判りました。それは判りましたから、納得できていない部分というのを教えてくださいましな」

「カツヤが、卵をぶつけられた自分のシャツをヒロユキのそれと交換した、というのはその通りだと思うんです。私もその点に関しては一切異存はございません。ただね、エル、あなたの説明には一カ所、決定的な矛盾が含まれています」

「矛盾？　どういう矛盾ですの？」

「いいですか。ウィルスン兄弟のワゴンが通りかかった時、カツヤはムスタングの運転席へ乗り込もうとしていたのでしょう？　ということは、あなたの仮説が正しいとすれば、カツヤはその時既に、ヒロユキの死体を車の外へ降ろし終わっていたことになる。そうですね？」

「その通りです。草むらの上に転がされていたはずですわ」

「では、そのヒロユキの死体に、ウィルスン兄弟たちが気がつかなかったのはなぜなのでしょう？」

「それは単に、夜だったからじゃありませんか？　ちょうどライトの角度の関係で、暗闇の死角に入っていたのでしょう」

「それはあり得ることです。しかし、エル、こうはお思いになりませんか。そのことをカツヤが予測し得る道理はない、と」

「え？」

「こういうことなのです。カツヤはヒロユキの死体を降ろし終わっていた。死体はそこに転がっています。にもかかわらず彼はバーボンのボトルをワゴンに投げつけ、ウィルスン兄弟に喧嘩を売った。自分が暴行を受けることによって、あたかもヒロユキが彼らに袋叩きにされてしまったかのような偽装を施すためなのだとすれば、これはカツヤにとってあまりにも危険な賭けです。だって、そうではありませんか。ワゴンから降りてきた男たちがそこに転がっているヒロユキの死体に気がついて騒ぎ出したら、どうなります？　カツヤの思惑通り自分が暴行を受けるどころではなくなります。そうでしょ？　なるほど、たまたま死体が死角に入ってウィルスン兄弟たちには見えなかった、というのはあり得ることでしょう。しかし――」

「カツヤに、絶対そうなるという確信が得られたはずはない――そう、おっしゃりたいのですか？」

「まさしく、そう言いたいのです」

「じゃあ、カツヤはウィルスン兄弟が死体に気づくことを覚悟の上でボトルをワゴンに投げつけたのかしら……」エルヴィラは助けを求めるみたいにエドのほうを見た。「そうなると、カツヤの行動の意味も変わってくるわけだけど――」

「いやいや、エル。そんなふうに自説を軌道修正する必要はありませんよ。彼らが死体に気づく心配はないと判った上で、カツヤはボトルを投げつけたのですから」

え？　と声を上げたのはエルヴィラだけではなかった。それではさっき言っていたことと話がちがうではないか。

「逆に考えればいいのです。つまり、カツヤがボトルを投げつけた時、ヒロユキの死体はそこに無かったのです」

「もちろんムスタングの中ですよ。おそらく後部座席でしょう」

「というと……どこにあったんですの？」

「でも……」

「逆に考えるのですよ、エル。カツヤはヒロユキの死体を降ろそうとしていたのではないのです。逆なのです。ワゴンが通りかかった時カツヤは、ヒロユキの死体をムスタングに積み終わったところだったのです。だからこそ彼は、運転席にいなかった。ヒロユキを一刻も早く運ぶために」

「運ぶ？　どこへ――」

「病院ですよ」

今度はエルヴィラが、その眼と口を大きく開ける番だった。

「カツヤはあの晩、〈マーフィーズ〉へ買い物へ行っていた。もちろん徒歩で。おそらくその帰り道で、でしょう、倒れているヒロユキを発見したのです」

「倒れていた……じゃあ、ヒロユキを殺したのは？」

「もちろん、カツヤではありません。彼はカツヤが通りかかった時、既に死んでいたのです。横にはライトが点いたままのムスタングがあった。わけが判らないままカツヤは、ヒロユキをムスタングに乗せた。死んでいることはすぐに判ったでしょう。でも、もしかしたらという気持ちで病院に運ぼうとした。ところが運転席に向かおうとしたところで、例のワゴンが通りかかった。卵をぶつけられて彼はカッとなった。我を忘れて、買ってあったバーボンを投げつけたのでしょう。あるいは以前にも同じ場所で卵をぶつけられた経験があったのかもしれませんね。カツヤは買い物に行く時はもっぱら歩きだったようだから。またか、という感じで。ヒロユキを病院に運ばなければならないという状況も何もかも憤怒《ふんぬ》のために吹っ飛んでしまったのだと思います。あるいは、一旦は彼を助けてやらなければという道義的使命感に動かされかけていたが、よく考えてみれば自分は常日頃からヒロユキのことをあまり快く思ってはいなかったじゃないかと冷めた気持ちになったのかもしれない。とにかく、ヒロユキのことはもうどうでもよくなった。卵をぶつけた相手に対する怒りが先行したのです。叩きのめしてやろうと思っていたら、相手はひとりではなかったため、逆に叩きのめされてしまった。それがカツヤは口惜しくてたまらなかったと思うんです。何とかあのワゴンの連中に仕返しをする方法はないものか、と考えた。そして思いついたのです——ヒロユキの死体を利用する方法を」

「死体を利用する……ですって？」

「さっきあなたがおっしゃった通りのことですよ、エル。卵の残骸が付いた自分のシャツを、ヒロユキのシャツと交換したのです。そして一旦は後部座席に積んでいたヒロユキの死体を再び草むらの上へ引きずり出して、ムスタングと一緒に放置した。こうしておけば、ワゴンの連中がヒロユキをリンチにして殺してしまったかのような状況が出来上がります。もちろん、連中がはたして警察に眼をつけられるかどうかは賭けです。だが連中と連中の悪さに詳しい誰かが告発してくれるかもしれない。そうなれば連中は殺人犯として起訴されるかもしれない。そうなれば自分の仕返しは成就される。カツヤはそれに賭けたのです。そして彼はその賭けに、ほとんど勝つところでした」

「じゃあ……誰が犯人なんです？」〝神父さま〟の、それこそ教会で説教でもしているかのような穏やかな口調にエドは思わず苛立った声を上げてしまう。「カツヤが現場を通りかかった時、既にヒロユキは死んでいた。それがもし正しいのだとしたら、真犯人はいったい誰だと言うのです？」

「問題はそれなのです。だいたい見当はついているのだが、残念ながら確証が無い。決め手が無いのです」

「だいたい見当はついている？　ちょっと主任。それならそうと早く教えてください。証拠固めなんか私たちに任せて――」

「誰なんです？」苛立つエドを宥《なだ》めるつもりが、マシュウもやはり苛立たしげな口調になってしまった。「それはいったい」

「待てよ。そうか。トミサリだな」

「トミサワ?」

「ミドリを巡るカツヤとヒロユキの三角関係を暴露してくれた男だよ」エドは一杯喰わされたという苦い表情になった。「あんな密告をなぜわざわざしてくれたのか、その理由をもっと考えてみるべきだった。もちろん、カツヤとヒロユキの間に確執があったのはほんとうのことだろう。だけど、ミドリを巡る争奪戦にはトミサワ本人も加わっていたのかもしれない。ただでさえ日本人たちは群れたがるって言うじゃないか。ましてやキャンパス内では日本人女性の数は限られている。狭い〝閉鎖社会〟の中で色恋沙汰《ざた》を巡るトラブルが、外からは窺い知れぬほど深刻になっていたとしても、少しもおかしくない。赤いムスタングを乗り回すヒロユキは、カツヤにとってばかりでなく、トミサワにとっても強力なライバルだったんだ」

「彼女に関することで、何か言い争いにでもなったのかな。彼女を奪われてしまいそうだという危機感にトミサワが耐えかねて。それが暴力沙汰に発展して、結果的に殺してしまった、と?」

「そうだよ。その可能性はある。トミサワのアリバイは、ELSの寮にいた、というものだった。スイス人のルームメイトもいるんだが、ひと晩じゅう監視したり、されたりしていたわけではないから――」

「ミドリのほうは、どうなの?」

「え？　ミドリだって？」

「男女関係を巡るトラブルが原因だったのだとしたら、ミドリだって怪しいわ。以前に乗せてもらったことがあるんだったら、問題のその夜も、彼女はヒロユキのムスタングに乗せてもらっていたのかもしれないでしょ。ひとけのない田舎道でヒロユキがわざと車を停めて、いかがわしい行為に及ぼうとしたのかもしれない。それに抵抗したミドリが、彼を誤って殺してしまった、という可能性だって考えられるわけでしょ。現場の状況や死因から、男性の仕業だと決めつけるのは早計よ。鈍器か何かを凶器として使ったのなら、女性にだって犯行可能だったはずだから」

「その通りですね、エル」

「まさか、主任」意外なところで〝神父さま〟が頷いたので、マシュウは驚いた。思わず自制を忘れて髪を掻《か》き毟《むし》ってしまう。「まさか、ミドリの仕業だと言うんですか？　たしかに彼女にもはっきりとしたアリバイは無い。ずっと寮の部屋にいたと言ってはいるが、ルームメイトが四六時中監視していたわけではないという事情は、トミサワと同じです。しかし、彼女が犯人だというのは――」

「ミドリが犯人だとは言っておりませんし、思ってもいませんよ、私は」

「は？」

「ただ、エルはなかなか鋭いところを衝《つ》いているな、と言っているだけです」

「どういうことです？　もっと、はっきりおっしゃってくださいよ。カツヤでもミドリでもないのだとしたら、いったい誰が犯人だと主任はお考えなんです？」

「お気づきではありませんでしたか。関係者の中に、矛盾したというか、変な証言をした人物がいましたでしょう？」

「変な証言？　どんな証言です」

「もちろん、卵のことです。被害者の肘で潰れていた卵は、腐っていたため異臭を放っていた。顔を近づけて嗅いでみるまでもなくプンプン臭っていたというのに、全然それに気づいていなかった方がいましたでしょう？　しかも、問題の死体の第一発見者であるにもかかわらず、です」

「ちょっと、主任……それは」

「ウェルフォード夫人はおっしゃっていましたよね、我々に紅茶を淹れてくださった時。眼も耳も衰えてきたが、まだまだ嗅覚は現役だという意味のことを。そんな方が、被害者のシャツに付着していた卵のことは、我々が訊くまで、いや、訊いた後でさえも、まったくピンときてはいないようでした。曰く、卵なんかには全然気がつかなかったわ、いったい何のおまじないなんでしょうね、と」

ウェルフォード邸での事情聴取の場面を憶い出しているのだろう、エドとマシュウの顔色が変わった。驚きが半分、クッキーにかぶりついてばっかりだったくせに、ちゃんとそんな矛盾に気がついているなんて狡《ずる》いじゃないですか、と文句でも言いたげな戸惑いが半分だった。

「ね？　これはいかにも不自然です。どうしてなのかと私、考えました。合理的解釈はひとつしかありません。つまりハリケーンの日の朝、ウェルフォード夫人は自分の車の中からヒロユキの死体を見ただけで、実際には死体に近寄って調べたりはしていない、ということです。そのまま〈マーフィーズ〉へ行って警察へ通報した。だから卵には気づかなかったのです」

「しかし……じゃあどうして彼女は、ヒロユキが死んでいることが判ったんです?」

「前の夜、他ならぬ自分が殺していたからです。もちろんその時は、ヒロユキの肘には卵なんか付着していなくて、しかも彼はまったく別のシャツを着ていました。カツヤが現場へ通りかかったのは、夫人が立ち去った後のことです。驚いてヒロユキをムスタングに乗せ病院へ運ぼうとしていたカツヤに、ウィルスン兄弟が卵をぶつけ、カツヤが自分のシャツとヒロユキのそれとを交換するのは、さらにそのまた後のことになるわけです」

「動機は……」理屈は腑に落ちたものの、ウェルフォード夫人の上品で穏やかなイメージと事件との落差に、エドは困惑してしまう。「動機は何なんです?」

「まったくの想像ですが、夫人の車とヒロユキのムスタングが、接触事故を起こしたのではないでしょうか」

「接触事故?」

「ムスタングの助手席側のドアについていたへこみですよ。あれは車を盗んだスコット某がやったことではなくて、夫人のGMがぶつけた痕なのではないかと思うのです。我々から見れば、大したことのない傷でした。夫人にしても、あの程度の接触は事故のうちに入らないという認識でいたと思います。ところがヒロユキのほうはちがっていた。彼は自分の車を異様に綺麗にしてておかなければ気が済まないタイプの日本人でした。ちょっと謝っただけでそのまま走り去ろうとする夫人の態度に怒って追いかけてきた。その激昂《げっこう》ぶりが夫人にとっては強盗かレイピストか、とにかく凶悪犯罪者のそれに見えたのでしょうね。しかもヒロユキは、まだ全然と言っていいほど英語が喋れなかった。彼は多分、弁償しろという意味のことを伝えたかったんでしょうが、まったく通じなかった。ますます夫人は恐ろしくなってしまったのだと思います。むりやり車から引きずり降ろされそうになった夫人は、抵抗しなければ自分が殺されると勘違いしてしまった。何を使ったのかは判りませんが、その時車に積んでいた何かを手に取り、必死でヒロユキを殴りつけたのでしょう。無我夢中で。何度も何度も。そして彼が倒れたので慌てて逃げた。まさか殺してしまったとまでは思っていなかった。言わば誤解による過剰防衛といったところです。しかし、これはあくまでも想像に過ぎません。はたして立証が可能かどうか」

「できないことは、ない」仮説に圧倒されていたエドは、我に返って勢い込んだ。「ムスタングの傷から、夫人のGMの塗料が検出されれば――」

「ええ。接触事故については立証できるでしょうね。でも、そこから先が問題で。とにかくこの件に関しては、しばらく私に任せて頂けませんか」

「と言いますと?」

「個人的には、夫人が自首することを望んでいるのです。いや、多分そうなさるのではないでしょうか。さっきも言ったように、ヒロユキを殴ったのは、彼女の主観の中ではあくまでも正当防衛だった。まさか殺してしまったとは思わなかった。ところが翌朝、朝食のために〈ハワード・ジョンソン〉に向かう途中で、ヒロユキが倒れていることに気がついた。昨夜自分が殴り倒したあの男にちがいないと、すぐに判った。ひと晩じゅうあのまま倒れていたということは、もう死んでしまっているにちがいない。だけどこのままにはしておけないと、夫人は〈マーフィーズ〉から警察に通報しました」

「何が、おっしゃりたいんですか？」

「夫人は良心を忘れてはいない、と言いたいのです。でなければ、自ら警察に通報なんかせずともよかったのですからね。いまは動揺しているせいで、何とか自分の罪を糊塗《こと》できないものかと躍起《やっき》になっている。ウィルスン兄弟の悪さを憶い出して告発したのも、何とか彼らに罪を被《かぶ》せられないものかという、あさましい期待があってのことだったと思います。しかし、やがては罪悪感のほうが勝つ。あの方はそういう人間だと、私は思っています」

「何を悠長なことを言ってるんですか。とにかく車を――」

調べてみるべきですよ、と勢い込むエドの腕をそっと引っ張ると、エルヴィラは首を横に振って見せた。

「言ったでしょ？　エド。あなたが〝神父さま〟から学ばなきゃいけないことは、駄洒落以外にちゃんとあるんだ――って」

時計じかけの小鳥

高木奈々《たかぎなな》がひさしぶりに〈三好書店《みよし》〉の前を通りかかることになったのは、高校に入学して通学路が変わったからだ。そういえば、彼女が最後にこの店へ来たのはいつ頃だっただろう？

たしか小学生のある時期までは、かなり頻繁に立ち寄っていたように憶えている。当時はまだ木造平屋の建物で、よく小学校の友人たちと一緒にマンガを立ち読みしては、昔気質《かたぎ》で頑固そうな書店の主人に叱られたものだった。子供たちは一旦は止めるふりをしながらも平然と立ち読みに戻るので、店主が癇癪玉《かんしゃくだま》を破裂させることもしばしば。やんちゃ盛りの男の子たちはハタキで追いたてられた腹いせに、何でえケチ、ハゲダヌキ、などと憎まれ口を叩き、禿頭で猪首《いくび》の店主をさらに怒らせたりしていたっけ。

中学校は奈々の自宅を挟んで〈三好書店〉とは逆方向にあったため、その三年間、店を訪れることはおろか、この界隈《かいわい》を闊歩《かっぽ》する機会もなかった。それが高校に入学したことで再び通学路が変わったので、登下校の都度あちこち微妙にルートを変えて散策しているうちに、かつてのテリトリーへ舞い戻ってみると、何もかも見違えてしまう。

「うわあ」自宅兼店舗とおぼしき、鉄筋コンクリートの三階建てビルに変貌した〈三好書店〉を、奈々は口を開けて見上げた。「すっかりきれいになっちゃって。まるで別のお店みたい」

「そうだね」小学生の頃からずっと奈々と同じ学校へ通っている栗田満智子《くりたまちこ》は、心なしか気のない返事。「ま、これも時代の流れってやつでしょ」

「あれ。ちょっとちょっと。満智子」書店の前を素通りしようとする友人を、奈々は慌てて呼び止めた。「せっかくだからさ。寄っていこうよ。ねえ」

「何」メタルフレームのメガネをなおしながら、奈々をちらりと横眼で窺《うかが》う。「何か急いで買わなきゃいけないものでもあるの？　参考書？　辞書？」

「え。ううん。別に。そんなんじゃないんだけど。ただ――」

「だったら、また今度でいいじゃん」満智子が学生カバンを持ちなおした拍子にその角がプリーツスカート越しに彼女の膝に当たる。どこか苛立たしげで、怒っているみたいな仕種《しぐさ》。それが自分でも気になったのか、取り繕《つくろ》うように愛想の好い声に変わる。「それよりさ、お好み焼きでも食べにいかない？　あたし、おなか減っちゃって。夕食までもちそうにないんだよね」

「うん。いいね。わたしも食べたい。けど、本を見てから後でも――」

「いますぐ付き合ってくれるなら、奢《おご》ってあげてもいいんだけどな」

　普段は財布の紐が、コンクリートでも流し込んであるんじゃないかと疑うばかりに固いはずの満智子のそのひとことで、奈々はとりあえず〈三好書店〉は忘れることにして、商店街にあるお好み焼き屋へ入った。これまた改築したばかりらしく、広くて綺麗な店内は、奈々や満智子のように学生カバンを持った制服姿の男の子や女の子たちで、ほぼ満席状態である。

「――そういえば」イカタマのタネを焼けた鉄板の上に延ばしながら奈々は、ふと別のテーブルにいる他校の制服姿の男の子たちを見て呟《つぶや》いた。「平井《ひらい》くんや牛島《うしじま》くんたち、どうしてるのかな、いまごろ」

「そんなふうにあいつらのことを懐かしむのは、いささか気が早すぎない？」ソースの焦げる匂いに微笑を浮かべていた満智子は再び憮然となる。「まだ二カ月くらいしか経っていないじゃない」

いまは五月で、奈々たちは中学校を卒業して高校一年生になったばかりだ。

「だって、なにしろ小学校の時から、ずーっと一緒だったんだし。それがいまは、それぞれ別々の高校に通っているなんて。変な感じ、なんだか」

「まあね。そうかもね」

「満智子だって寂しいでしょ？」

「寂しいというのは、ちと大袈裟《おおげさ》かな」

「平井くん、満智子と同じ学校へ行きたかったでしょうに」

「なんでよ」

「んもう」奈々は頬を緩めながら、トイレを我慢しているみたいに、いやいやをして見せる。

「判ってるくせにー」

「仕方ないよ。あいつの偏差値じゃ、どう足掻《あが》いても無理だったんだもん、あたしたちの学校」

拗《す》ねたような顔をしている奈々に気づいて、苦笑して見せる。「これが今生《こんじょう》の別れってわけでもないでしょ？　同じ町に住んでいるんだし。休みの日とか、会おうと思えばいつでも会えるじゃない」

本気でそう割り切っているのだとしたら、満智子ってクールだなあ、と奈々は感嘆せずにはいられない。自分なんか、『できることなら彼女と同じ大学へ行きたいといまから切望しているくらいなのに、と。地元に留《とど》まるにせよ留まらないにせよ、親友である満智子と別々の大学へ行かなければならなくなるかもしれない、そう考えるだけで奈々は焦り、切なくなってしまう。

「――あ。無事に解決したんだ」と、満智子は奈々の気を逸《そ》らせようとするみたいに、店内の天井近くに設置されているテレビの画面を彼女の肩越しに見上げた。「よかったよかった」

つられて奈々が身体を捩《よ》じって振り返ってみると、『――誘拐されていた女子児童、無事に保護される』という臨時ニュースが流れている。『警察は身代金の受け渡し場所として指定された公園へ現れた若い男を逮捕』と続けてテロップが出た。

『犯人は、警察の取り調べに対し』女性アナウンサーが淡々と述べている。『金なんか要らなかった、ただ女の子を、小鳥のように籠の中に入れて眺めていたかっただけ、などと供述しており――』

「げ。気持ちわりいやつ」嫌悪感もあらわに満智子は鼻を鳴らした。「だから営利目的の誘拐じゃなかったんだ、とでも言い訳しているつもりなのかしらね、これで」

「いかれたふりして罪を逃れよう、っていう作戦なんじゃない?」

「まさか。よけいに心証が悪くなるだけだと思うよ。ばかだこいつ」

「それにしても、誘拐事件なんかが起こってたんだ。あれ。しかもこの近所じゃない。全然知らなかった、わたし」

「あたりまえよ。こういう事件はね、被害者の身の安全のために、全面解決するまでは報道を自粛するものなの」

「そうなんだ。満智子ったら、さすがミステリマニア。よく知って――ん？」テレビに映っている風景に見覚えがあるような気がして奈々は、そう声を上げた。「あれれ。ここって、あの児童公園じゃない？ ほら。満智子の家の近くの――」

「え」

既に臨時ニュースには興味を失いかけていたらしい満智子はヘラを操る手を止め、驚いたように再び顔を上げた。

「ね？ ほら。さっき、ちらっとだけど、満智子の家も映ったみたい――」

しばらく硬直していた満智子は、不機嫌さを押し殺したような声で、ぼそりと「物騒な世の中ね……ほんとに」と呟いた。

「そうだよね。すぐご近所だなんて、いやだよねえ。それでなくとも――」

「それよりさ」不躾《ぶしつけ》に奈々を遮った満智子の笑顔は少し引きつっている。「中間テストが終わったら、どこかへ遊びにいこうか。平井くんたちにも声をかけて。ね？」

「え。あ。うん。いいねっ」

その唐突さに少し戸惑ったものの、奈々は彼女の提案を素直に喜んだ。それが呼び水になってか、中学校の卒業式以来会っていない男友だちの話題にしばらく花が咲く。

すっかりノスタルジイにかられてしまった奈々は、お好み焼き屋を出て満智子と別れた後、ひとりで〈三好書店〉へ引き返した。小学生の頃、満智子や、さっき話題に出た平井貴之《たかゆき》、牛島幹久《みきひさ》たちと一緒に、よくこの書店へ通ったものだ。もっとも実際に本を買ったことは、奈々が記憶する限り一度もない。毎度毎度が、平積みになった書籍の上にマンガ本を拡げて寛《くつろ》ごうとする奈々たちと、ハタキで追い立てようとするハゲダヌキこと店主との攻防の巻であった。

ハゲダヌキとは、しかし、ちょっとあんまりな渾名《あだな》だよね。命名した張本人は平井くんだったあだなかな、それとも牛島くんだったかな。奈々は本名を知らない店主の風貌を思い描くと自分なりの新しい呼び名をあれこれ考えながら、改築されて以来初めて、〈三好書店〉の中へ入った。

しかし、レジの背後に座って店番をしている男性は、奈々が思い描いていた禿頭で猪首の老店主とは別人だった。茄子《なす》型フレームの色メガネに、ちりちりパーマをかけた、恰幅のよい中年男。

小首を傾《かし》げた奈々は、すぐに憶い出した。そうだ。昔とはずいぶん風貌がちがうけれど、ハゲダヌキの息子さんだ——と。奈々たちが小学生の頃にも時々、店に出てきて手伝いをしているところを見かけた。たまに父親の代わりに店番をしていたこともあったっけ。当時はもっと痩せていて、髪はザンバラふう、メガネのフレームも角張ったデザインだった。押し出しの強い父親とは対照的に、妙に世を拗ねた卑屈そうな面持ちで、言われなければ親子とはとても思えなかったものだけれど、その印象は外見的に老店主に近くなってきた現在も、あまり変わっていない。

あ……奈々はようやく憶い出した。ハゲダヌキこと老店主は、もうとっくに亡くなっているんだ、と。あれは、そうだ、六年前。奈々たちが小学四年生の年の五月十四日のこと。どうして日付まで特定できるのかというと、実はこの日、奈々にとって忘れられない出来事が起こっているからである。それも、人生の転機と呼んでも決して大袈裟ではないような。

そういえば、六年前にハゲダヌキさん（結局他の呼び名を考えつきそうにないので、せめてタヌキさんにしようかしら）が亡くなった直後だった――この〈三好書店〉が全面的に改築されたと聞こえてきたのは。聞こえてきた、というのは、いつもマンガの立ち読みを巡っては喧嘩し、時には険悪な雰囲気になったりもしていたタヌキさんが死んだと知ったことで、なんとなく奈々たちの足がこの書店から遠のいてしまったためである。いきなり店の建物が一新されたのはタヌキさんの生命保険が下りたお蔭だ、と口さがない大人たちは噂したものだ。ひょっとして最初からそれが目当てで息子（こちらはさしずめパンダさんね、と奈々は現在の店主の色メガネを見てそんなふうに思ったり）が殺したんじゃないか、とまで。

奈々は後から知ったことだが、息子のパンダさんには動機があったのだという。六年前からさらに遡《さかのぼ》ることその前年、パンダさんのお嫁さんが自殺をした。原因は、タヌキさんに手込めにされたことを苦にしての首吊りだと、なんとも生臭い噂が町内を駆け巡ったものだった。むろん真偽のほどは誰にも判らないけれど、少なくともパンダさんがそう勘繰って父親を恨んでいたのは、どうやらほんとうのことらしい。

加えてタヌキさんが死んだ五月十四日に、パンダさんは不審な行動をとっていたという。本来はその日パンダさんのほうが店番だったのだが、知人を名乗る電話に呼び出されてわざわざ父親に代わってもらった。ところが指定された待ち合わせ場所には誰も現れず、どうやら悪戯《いたずら》電話だったらしいと腹立たしく思いながら店へ戻ってみたら、レジの背後で父親が冷たくなっていた――パンダさんはそう主張したそうだ。つまり、父親が死んだ時、自分は店にはいなかったのだ、と言い張る彼の姿が逆に疑わしく見えたのだろう。商店街や近所のひとたちは口々に、あれは息子が自殺した嫁の仇《かたき》をとったのだ、などと無責任な噂話に興じたわけである。

　しかし実際には事件性など何もなかった。タヌキさんの死因は単なる心不全だったからである。かつては息子の嫁に迫ったなどと極端な〝武勇伝〟が出回るほど豪胆だったタヌキさんも、過度の飲酒や不規則な生活など長年の不摂生が祟《たた》ってか、その頃は成人病の巣窟《そうくつ》のような身体になってしまって、心臓を患《わずら》っていたらしい。

　小学生の頃、彼女自身が意識して耳をそばだてていたのか、それとも周囲の大人たちが子供の目前で無防備過ぎたのか、どちらかは判然としないけれど、奈々は自分がこれまで断片的に拾い集めていた情報が、まるで高層ビルの建築過程をコマ撮りで見ているかのように、ひとつの物語として鮮明に組み上がってゆくがままに任せながら、店内をぶらぶらと歩き回る。

　改築された書店の内装は、当然のことながら奈々の記憶と合致する部分がひとつとしてない。パンダさんの身内なのか、それとも単なるバイトなのか、職種をまちがえていそうなほど濃い化粧の若い娘が雑誌を整理しているさまも、違和感があるというのは大袈裟かもしれないにせよ、なんだか馴染《なじ》みにくい眺めだ。しかしその一方、新しいはずの〈三好書店〉は少しも新鮮な感じがしなかった。経費節約のためなのか、それとも単なる無精なのか、コミック等がビニールで梱包《こんぽう》されておらず、立ち読みし放題なのも昔のままだ。考えてみれば、改築しても敷地面積は変わらないわけだから、鉄筋で立派にかまえようとした分だけ却《かえ》って貧相に見えてしまうのかもしれない。おまけに節電でもしているのか、店内は妙に薄暗い。

店内の見栄えばかりではなく、書籍の品揃えもあまり豊富とは思えない。文庫本のコーナーなんか昔のほうがもっと充実していたような気がするなあ。それとも、こちらが成長した分だけ見る眼が厳しくなったとか？ 奈々はそんなことを考えながら何げなしに推理小説コーナーのタイトルを順番にチェックしていた。その時ふと、『二人で探偵を』という文庫本が眼にとまる。作者はアガサ・クリスティ。

先刻別れたばかりの栗田満智子は早熟な活字マニアで、既に小学生の頃から文庫本を読んでいる。特に推理小説が大好きで、エラリー・クイーンやジョン・ディクスン・カーなど海外のミステリ作家の名前や、その作品群に関する蘊蓄《うんちく》を彼女の口からよく聞かされたものである。もっとも最近の満智子の興味は、綾辻行人《あやつじゆきと》や有栖川有栖《ありすがわありす》など主に日本作家へ移っているようだが。

満智子の影響もあり、奈々が文庫本を初めて読んだのは中学生の時で、それがアガサ・クリスティの『パーカー・パインの事件簿』や『クィン氏の事件簿』などだった。当初はミステリというからにはどんなに難解で複雑怪奇なストーリーが展開されるのかと身構えていたのが、たまたま手に取ったのがいずれも短編集だったせいもあってか、意外に読みやすく、とても楽しんだことを憶えている。お蔭で奈々もいまや、いっぱしの読書家気どりだ。そういえばここ最近、高校入試で忙しかったこともあり、まともに読書もしていない。よし。今夜はひとつ、クリスティの世界に遊んじゃお。

勢い込んで『二人で探偵を』を手に取った奈々は、そこで初めて文庫の装幀がずいぶん古めかしいことに気がついた。背表紙に、内容が推理小説であることを示す、クエスチョンマークで白抜きされた帽子姿の男のシルエットがデザインされている。しかし、このジャンル分類マークはたしか当の版元が廃止して、既に久しいはずだが？

よく見るとカバーの白い部分が黒ずみ、紙は黄ばんでいる。相当古くから――おそらく店の改築以前から――デッドストックになっていたにちがいないこの『二人で探偵を』が、〈三好書店〉の〝新陳代謝〟の末期的症状を如実に物語っているような気がした。きれいになった店内とは裏腹に、商売自体はあまり繁盛していないのかもしれない。そう思い当たって周囲を見回してみると、夕刻の中途半端な時間帯とはいえ、お客は奈々ひとりしかいない。

それでも奈々は『二人で探偵を』をレジへと持っていった。多少汚れていても読めればいいわけだし、それに古いぶんだけ新装幀版よりもひょっとしたら百円くらい安いかもしれないというセコい期待もあった。

パンダさんは無愛想な表情のまま、じろりと値踏みするみたいな眼で奈々を見たが、何も言わず――カバーを掛けるかどうかさえも訊かずに――『二人で探偵を』を不器用そうな手つきで小さな袋に入れた。それはいいのだが、呆《あき》れたことにこの新店主、補充注文用スリップを文庫本から抜き取ろうともしない。なんだか投げやりというか、すさんだ雰囲気。

こんなのでちゃんと商売になってんのかなあ、とよけいな心配をしながら店を出ようとした奈々は、ふとレジのカウンターの陰に写真立てが置かれているのに気がついた。もちろん、わざわざ立ち止まったりはしなかったけれど、三十代とおぼしきショートヘアの、ふくよかな女性の顔が一瞬、はっきりと見てとれる。

誰だろう。どこかで見たことがあるような顔だちである。普通に考えればパンダさんの奥さんだろう。七年前に自殺したという。写真自体は古いものらしく、自ら生命を断つことになる己れの運命など微塵《みじん》も窺わせない清々しい笑みを女性は浮かべていた。もしも噂がほんとうだとしたら、彼女が義父に性的関係を強要されたのは、おそらく写真が撮影されたのよりも後のことなのだろう。そう思い当たって奈々は、底が見えない暗い深淵《しんえん》を覗き込んだような気分に陥った。

それにしても……家路につきながら奈々は首を傾げる。写真の女性がパンダさんの奥さんだとしたら、どうして見覚えがあるような気がするのだろう。奈々が憶えている限りでは、奥さんとおぼしき女性が店番をしていたことは一度もない。店の外で顔を合わせた記憶もない。にもかかわらず、自分はあの女性の面影に直接触れたことがある、という実感が、自宅に近づくにつれてますます強くなってゆく。

家に帰り着くと、珍しく母がいた。どうしたのと奈々が訊くと、これからまた出かけなくてはいけない、と言う。どうやら接待があるようだ。着替えのため一旦帰宅していただけらしい。

「ごめんね」

娘のほうを見もせずに発せられる機械的な母の科白《せりふ》。それは、何も用意していないから食事は自分で適当に何とかしてくれ、という意味だ。

「うん」

奈々もそれがよく判っているので、やはり機械的に頷《うなず》く。気をつけてね、と母を送り出した後、着替えをして少し寛いでから、夕食の用意にとりかかった。

さっきのお好み焼きでけっこうおなかは膨れているので、簡単に済ませることにする。奈々は母の手料理など、もう何年も食べていない。出勤時刻ぎりぎりまで眠っている母のために朝食を用意してやるのも娘の役目として、この母子家庭内ではすっかり定着してしまっている。

仕方のないことだ。母は忙しいのだから。そしてその責任の一端は自分にある、奈々はそう認識していた。

＊

六年前の五月十四日。奈々は小学四年生だった。連休が終わったばかりで遊び足りない気持ちに浮かれていたのだろうか、彼女はこの日、生まれて初めて学校をサボってしまったのである。その前日から友人たちと示し合わせて。

同級生で当時から仲のよかった平井貴之と牛島幹久と一緒に朝登校するふりをして、鍵っ子だった満智子の家に集まった。栗田家は環境の良い住宅街にあり、二階の満智子の部屋から(先刻お好み焼き屋でも話題に出た)近所の児童公園が一望のもとに見下ろせる。ただでさえ子供の眼に他人の家は物珍しく映る上、栗田家は広々していて、奈々の興味を惹くものがたくさんあり、まるで遊園地へ来たみたいに、はしゃいでしまった。

こんなに広い家なんだから隠れんぼでもしようか、と誰かが言い出した。あるいは奈々だったかもしれない。ただし外へ出るのはルール違反。奈々は秘境を探検するような心持ちで満智子の両親の寝室へと辿《たど》り着き、ウォークインクローゼットに隠れた。その中で息をひそめていると、かすかにだが、屋外の気配が伝わってくる。貴之なのか幹久なのか判らなかったが、聞き覚えのある男の子の声に気づいた時は、あ、外へ出ちゃいけないのにズルしてる、と抗議しにゆきたくなるのを奈々はぐっと我慢する。そのお蔭もあってか、オニの満智子は最後まで奈々だけは見つけることができなかった。隠れんぼに勝利した勢いに乗った奈々は、それまで見たこともなかったテレビゲームやヴォイスチェンジャーなど無数に揃った玩具を片端から楽しんだ。時間を忘れて夢中で遊んだ。めくるめく、最高の一日であるはずだった。学校をサボったことが両親にばれさえしなければ。

ばれないわけはない。学校側から自宅に連絡があったのだろう、日が暮れて帰宅した奈々を待っていたのは、怖い顔をした両親だった。そんなに早い時間帯に家にいる父を見るのも初めてなら、あんなに怒った母を見るのも奈々は初めてだった。そして、厳格な父とは対照的に、どちらかといえば放任主義的なはずの母に頬を叩かれたのも、あの六年前の五月十四日だけ。

奈々が帰宅するまでのあいだ、両親はかなり言い争いをしていたようで、その険悪な雰囲気は幼かった彼女にも、ひしひしと感じ取ることができた。爾来《じらい》、娘の教育方針を巡って母と父はことあるごとに対立するようになり、奈々が小学六年生の時、ついに離婚してしまう。どういう事情なのかは判らないが、妻と娘を置いて借家を出ていったのは父のほうだった。

離婚後、母は何人かの男性と恋愛をしたようだが、いずれも再婚には至っていない。結局は父のことが忘れられないのだろう。少なくとも奈々はそう確信している。しかしその父は既に別の女性と再婚しており、子供もできている。

本来なら、多少の喧嘩をしながらも似合いの夫婦として一生添い遂げていたはずの父と母の幸福を奪ってしまったのは、幼かったとはいえ思慮の足りなかった、この自分自身なのだ……と。奈々はあの日、心配のあまりだろう、白眼と黒眼の区別がつかなくなるほど眼球を真紅に染めて泣き喚《わめ》きながら娘を叱っていた母の姿を思い返すたびに、そう自責の念にかられるのである。

＊

あ。そうか――昨夜《ゆうべ》の残りものの大根の煮物でもそもそと夕食を摂《と》っていた奈々はふと、あることに思い当たった。先刻〈三好書店〉のレジの陰にあった写真立ての女性の顔が、奈々の母に似ていることに。もっとも現在の彼女の相貌はそれほどでもないが、髪形といい、どこか無防備な色香といい、昔のアルバムの中の写真に写っている母は、パンダさんの奥さんにそっくりだ。道理で。どこかで見たことがあると思ったはずだ。単に時代的な流行で、大半の女性が同じようなヘアスタイルとメークアップ一色に染まっていただけの話かもしれないけれど。

食事を終えた奈々は宿題にとりかかる。さらに予習、復習と効率よく勉強をこなす。とにかく学校の成績だけは上位をキープしなければ……満智子や他の友人たちと一緒にいる時はへらへらと遊んで過ごすふりをしている奈々だが、実は隠れガリ勉である。脛《すね》かじりの身で勉強もきちんとやれないようでは、思慮の足りない、再び母を悲しませるような人間になってしまう、それどころか、今度こそ母を決定的に不幸にしてしまいかねない、それだけは避けなければ――奈々が中学時代から成績優秀なのは、そんな強迫観念にかられての成果だった。

高校生になって初めての中間テストが目前に控えている。頑張らなくちゃ。とりあえず学年で二十位以内の成績に喰い込むことが、奈々の目標だった。

そういえば今日は五月十四日だっけ――勉強を終えた自分へのご褒美に、買ってきたばかりの『二人で探偵を』を手に取った奈々は改めて、そう思い当たり、読み始める前にいつもの〝儀式〟にとりかかることにした。購入した日付と自分の名前を奥付に書き込むのである。これは母の癖の真似だ。母は本を買うと必ずその日に、英語で日付と高木美佐枝《みさえ》のイニシャルT.M.を奥付に記す。それを真似しているうちに奈々も、すっかり習慣になってしまった。

高木奈々のイニシャル T.N. と、今日の日付 MAY 14、そして今年の西暦を記そうと、奈々は『二人で探偵を』を開いた。すると。

「あら?」

本の真ん中あたりに紙片が挟み込まれている。補充注文用のスリップでもレシートでもない。ただのメモ用紙だ。ずいぶん変色しているが、そこに書かれている内容は、はっきりと読みとれる。

ミヨシショテンニコレヲウレ

定規で引いたみたいに不自然な字体を眼で追いながら、奈々の口からは自然に声が出ていた。
「……〈三好書店〉に……これを売れ？」

というふうに読めるけど。「これ」って何のことかしら。いや、それよりも、なぜこんなメモが挟まれているんだろ？

首を傾げながら奥付を開いた奈々は、再び驚くことになったが、今度は声も出ない。なんと、奥付には既に青いインクで H.M. MAY 14 と書き込まれているではないか。ただし、西暦は今年ではなく六年前のそれになっているが。

「もしかして……わたしって」しばらくして奈々はようやく、そう呟いた。「古本を売りつけられたのかな？」

他に考えようがない。挟まれていたメモ用紙（あるいは、栞《しおり》がわりに使われていたのだろうか？）といい、奥付の書き込みといい、明らかにこの『二人で探偵を』は、かつて奈々以外の所有者がいた事実を示している。それを新本と同じ値段で売るなんて、ちょっとあんまりなんじゃない？　古い装幀のはうが少し安いかも、などとセコい計算をした自分を棚に上げて奈々は憤慨しまくり。

でも、待てよ……ひとしきり憤慨しているうちに奈々は奇妙な思いにかられた。いくらなんでも古本と知って新本の棚に並べておく店なんてあるものだろうか、と。もちろん、職業倫理が欠落しているだけの話かもしれない。実際、改築された〈三好書店〉は昔と比べると、あまり良心的な経営をしているようには思えなかった。

しかし、それにしても疑問は残る。そもそもこれは誰の古本なのだろう。〈三好書店〉の身内のものとは考えにくい。自分が読み終えた古本を知らん顔をして客に売りつけるつもりなら、こんな書き込みはしないはずだ。いくらなんでも、その程度の配慮はするだろう。だとすれば、どういう経緯《いきさつ》でこの古本は店の棚に並ぶことになったのか。パンダ新店主（もしくはタヌキ旧店主？）は、いったいどこからこれを手に入れたのか。

「あ。そうか」ふと奈々は、さきほどのメモ用紙を手に取った。「買い取ったんだ、誰かから？」

つまり「〈三好書店〉に、これを売れ」の「これ」は、この『二人で探偵を』を指していたわけか。買い取った主人は、古本と知りながら自分の店に商品として並べた――

「……んなわけ、ないじゃない」

変である。まったく筋が通らない。

先ず、古本屋でもない書店に古本を売れ、というのがおかしい。同じ指示を下すにしても口頭で済ませればいいわけで、わざわざこんなメモを渡す必要はない。変な字体で全部カタカナというのも不自然だし。

それらの疑問は別にしても、一番おかしいのは〈三好書店〉がこの『二人で探偵を』を買い取ったらしい、という点だ。仮に奈々でも誰でもいいが、ともかくこの本をいまから書店へ持っていって「買い取って欲しい」と頼んだとしよう。はたして承諾してもらえるか。そんなわけはない。態《てい》のいい返品と看做《みな》され、断られるのがオチだ。それとも〈三好書店〉はお金を払ったわけではなくて、交渉の結果タダで引き取ったとか？　それも変な話だ。

お金を払ったにせよ、タダだったにせよ、店の棚に並んでいた以上、とにかく〈三好書店〉はこの『二人で探偵を』を引き取ったわけだ。それは旧店主のタヌキさん、新店主のパンダさん、どちらの判断だったのか。

もとの所有者が書き込んだとおぼしき日付は、おそらく購入した日のものだろう。従って〈三好書店〉へこの本を持ち込んだのは当然、それ以降のはずで——まてよ。六年前の五月十四日って、タヌキさんが亡くなった日だ。ということは、この本を引き取ると決めたのはパンダさんのほうだった、と。時系列からすると、そういう理屈になりそうだけれど。

「六年前の……五月十四日……」

妙に胸騒ぎのする符合だ。もちろん、この手の偶然は起こり得ないことではないが、奈々はすっかり落ち着きをなくしてしまう。やがて己れの不安の原因が日付よりも、むしろ書き込みの筆跡のほうにあると思い当たった彼女は、あっ、と声を上げた。

「こ、これって」まじまじとアルファベットと数字の筆跡を見つめる。「まさか」

慌てて、リビングに置いてあるカラーボックスから母の愛読書のハウツー本を何冊か抜いてきて奥付を開いてみた。似ている。『二人で探偵を』の奥付に記された文字と。というより、どう見ても同一人物の筆跡でしかあり得ない。

「で、でも？」

母ならT.M.と署名するはずである。なぜH.M.なのか？　たしかH.M.ってディクスン・カーの作品に登場する探偵の名前じゃなかったっけ。満智子にそう教えてもらったことがあるような気が。

「あ。なーんだ」

判ってみれば何のことはない。この書き込みは六年前にされているのだから。当然、母はその時、夫の広沢《ひろさわ》姓を名乗っていた。つまりH.M.だ。そうだったのか。って。いや。納得している場合じゃない。よけいにわけが判らない。

だとすると、この『二人で探偵を』の前所有者は、奈々の母の高木美佐枝という結論になってしまうが、そんなことがあり得るのだろうか。奈々が知る限り、母はミステリなどにはまったく興味のない人間である。もちろん、何かの気まぐれでアガサ・クリスティの著作を買ったりは絶対にしない、とまでは言い切れない。しかし、真に重要な疑問はまったく別のところにある。

仮にこの書き込みを信用するならば、母が『二人で探偵を』を買ったのは六年前の五月十四日。つまり、奈々が小学校の授業をサボったあの日だ、ということになってしまう。ここが問題なのだ。

奈々は登校するふりをして満智子の家へ遊びにいった。当時のクラス担任は教育熱心な男性教諭で、欠席している生徒の保護者への連絡は迅速に行っただろう。それも朝の早い時間帯に。少なくとも、午前十時よりも後だったとは考えにくい。そして、この界隈も含めて町内の書店は、どこも朝十時が開店なのである。

当時、母の美佐枝は勤めに出てはおらず、午前中に家事をして午後に買い物に出るのが習慣だった。在宅だった彼女にクラス担任からの連絡は即座に伝わったはずで、母は朝の早い段階から奈々が学校へは行っていないことを知っていた。それから夕方までずっと、娘はいったいどうしたのかと心配し続けていただろう。近所を探し回ったり、夫の勤め先に連絡を入れたり、何か情報が入ってこないものかと自宅の電話の前で祈ってみたり。本人に具体的に確認してみたことがあるわけではないけれど、とにかくありとあらゆる手段に訴えて奈々の行方《ゆくえ》を突き止めようと躍起《やっき》になっていたはずで、とてもではないが書店などへのんびり赴く精神的余裕があったとは考えられない。ましてや普段読まないミステリを、ちょっと買ってみようかしら、なんて気まぐれを起こす道理もない。

仮にその日、書店へ赴いて普段読まないジャンルの本を買ってみようという気まぐれを起こす程度に母に精神的余裕があったとすれば、それは学校のクラス担任から、奈々が学校へ来ていないとの連絡を受ける前のことだったとしか考えられない。しかし、その時間帯には町内の書店は、まだどこも閉まっていたはずなのだ。

結論として奈々は、こう断定せざるを得ない——この『二人で探偵を』を母が買ったはずはない、と。仮に買ったのだとしても、それは少なくとも六年前の五月十四日のことではあり得ない、と。しかし。

しかし、にもかかわらず、この本の奥付にはまぎれもなく母の筆跡で、六年前のあの時の日付が、はっきりと書き込まれているのである。これはいったいどういうふうに解釈するべきなのか？

母本人に訊いてみれば何か判るかもしれないが、奈々はそれだけはしたくない。六年前の五月十四日の話題は、母はどうなのかは知らないが、奈々にとっては依然として大いなるタブーなのである。

『二人で探偵を』を前にして奈々は、すっかり途方に暮れてしまった。せっかく今夜はクリスティの世界を堪能できると楽しみにしていたのに。もはや、小説を読んでいる場合ではない。自分に突きつけられた現実の謎を解明しなければ。しかし、いったい何をどんなふうに考えればいいのだろう？　何かとっかかりはないものか。

あれこれ呻吟《しんぎん》しているうちに奈々は、ふと〈三好書店〉のパンダさんが補充注文用スリップを抜かなかったことを憶い出した。判ってみれば、抜かなかったというより、最初からこの文庫にはスリップが挟まっていなかったわけだが、察するにパンダさんがあんなふうにスリップを抜こうともしないのは今日に限った話ではないのだろう。仮に他の書店だったら、レジへ持っていった段階でこれが古本だと判明していたはずだ。抜こうにもスリップが挟まっていない上に、変なメモ用紙が挟んであったり、奥付に書き込みがしてあったり、で。

ちょっと納得したような気分になったものの、実質的な進展は何もない。奈々は気分を変えて、風呂に入ることにした。

母は今夜も午前さまだろう。営業を任されている以上、接待も男性社員並みにこなさなければならない。着替えのために一旦自宅へ戻っていたぐらいだから、今夜は相当重要な席と思われる。

『二人で探偵を』のことをしばらく忘れるつもりが、ぬるま湯につかっているうちに、奈々の思考はどうしても六年前の五月十四日に舞い戻ってしまう。もし母が在宅だったら、まずまちがいなく、娘はのぼせて倒れているんじゃないかと心配して様子を見にくるくらい長湯をして。日付を書きまちがえた、ということは、まずあるまい。何をする時でも母はカレンダーや手帳を確認する性格だ。もちろん、絶対にとまでは断言できないが、とりあえず、母はあの『二人で探偵を』を六年前の五月十四日に購入した――その前提に立って、ちょっと考えてみよう。

こういうことだったのではないか。母はたしかにその日、どの店かまでは特定できないが、書店へ赴いた。ただし、自分の意思によってではない。さきほども検証したように、母はその段階で既に娘の奈々が登校していないことをクラス担任によって知らされていたはずだからだ。仮に母が自分の意思で書店へ行ったとすれば、それは奈々を探すためだろう。その場合、途中で普段読まないミステリを買う気になるとは到底考えられない。従って、書店へ赴いたのも『二人で探偵を』を買ったのも母にはちがいないのだが、それは本人の意思による行動ではなかった――そう解釈すべきではあるまいか？

本人の意思ではなかったのだとすれば、誰かに、そうしろと指示されたとしか考えられない。では母に、書店へ赴くよう伝えたのは誰か。なぜ、そんな指示をしたのか。母が娘の行方を探しているのを知って、どこそこの書店で見かけましたよ、と情報を提供してくれた知人でもいたのか？　しかし、奈々はあの日、家を出て平井貴之と牛島幹久と待ち合わせた後、まっすぐに満智子の家へ向かっている。書店はもちろん、どこにも寄ってはいない。あるいは別の女の子の姿をたまたま書店で目撃した者がおり、それを奈々と勘違いして誤った情報を母にもたらしてしまった、とか？　いや。仮にそうだとしても、そんな人物が母に『二人で探偵を』をついでに買いなさい、なんて指示をするはずはないし、母がそれに従う道理もない。

あ。まてよ。バスタブの中でうっかり身体をすべらせて鼻までお湯に沈んでしまった奈々は、慌てて身体を起こしながら両掌《りょうて》で頬を拭った。ある。あり得る。誰かが母に、書店へ赴いてそこで『二人で探偵を』を買えと指示し、それに母が従ってもおかしくない状況が、ひとつだけある。

それは奈々が誘拐された場合だ。正しくは母が、奈々が誘拐されてしまったと思い込んでいる状況下で、誘拐犯人だと自称する人物が彼女に、書店へ行って『二人で探偵を』を買えと指示したとする。母はどうするか。従うだろう。従わなかったら娘は生きてかえってこられないかもしれない、と気も狂わんばかりになって……

あれ。でも――奈々が首を傾げると、うなじからすべり落ちた水滴が、残響しない鈴みたいな音をたてた。でも、そんな変な指示をされたとしたら母は、このひと、ほんとに誘拐犯人なのかしら、と疑ったのではないだろうか。本物なら身代金を用意しろと先ず指示するはずじゃないの、と。

ん。そうか。既にバスタブがそのまま棺桶《かんおけ》になりそうなくらい長湯をしてしまった奈々は、ようやく上がって身体を拭いた。そう。そうだ。身代金だ。犯人は身代金の受け取り態勢を整えるために、そんな奇妙な指示をしたのではないだろうか？　どこの店かはともかく、あらかじめ店内の棚にある文庫にメモを挟んでおき、母にその書店へ向かわせ、問題の『二人で探偵を』を買わせる。中に次の指示が入っている、読んでそれに従え、と。

そして——

でも、それだと変だよね。行き詰まった奈々は、風呂上がりのジュースをひとくち。もしこれらの仮説通り『二人で探偵を』の中に犯人の指示が挟まれていたのだとしたら、母は文庫自体を買う必要はないことになる。メモだけを抜き取ればいい。彼女にしてみれば一刻も早く娘を取り返さなければと焦っているわけだし。犯人の立場にしてみても、次の指示を伝えることが目的ならば、何もわざわざ『二人で探偵を』を母に買わせる必要はなかったはずで。

にもかかわらず母はこの本を買った。ということは犯人側にも、彼女にこれを買わせる必要があったという理屈になりはしまいか。換言すれば、この『二人で探偵を』を母に持たせなければいけない理由が何かあった。そういう理屈になる。

「例えば、それは——」

目印にする、という目的だ。仮に犯人が母の顔をよく知らない人間であったとすれば、これはさほど無理のある考え方ではない。この文庫本をよく見えるように持って身代金の受け渡し場所で待機していろ、そんなふうに指示をしたのかもしれない。あるいは、第三者の注意を惹かないよう、読書をしているふりをしろ、そんなふうに注文したのかもしれない。

母はそれに従ったのだ。そう考えれば、娘の誘拐劇という極限状況下にあったにもかかわらず、母が奥付に書き込みをしたのも頷ける。犯人に、さりげなく行動しろ、と命令されていた母は、本を読むふりをする前に無意識に奥付に日付とイニシャルを記すという、いつもの癖から入ったのだ。何もかも平常に振る舞わなければ娘に危害が加えられるかもしれない、その不安が母をして、こんな書き込みを残さしめた。書き終わって、さて読書をするふりをしようと本を開いた母は、ようやく挟まれているメモに気づく。そこにはこう記されていた。

「ミヨシショテンニコレヲウレ……か」

パジャマ姿の奈々は腕組みをする。つまり犯人は母に、この『二人で探偵を』を〈三好書店〉の店員に差し出せ——そういう意味の指示をしたわけだ。それが何かの合図になっていたのだろう。当然、差し出された店員のほうも事情に通じていたと考えられ——なんと。驚くべきことに、書店関係者が誘拐の共犯、もしくは主犯だったという可能性が導かれてしまったが、仮にそうだとすると、それは旧店主のタヌキさんか、それともパンダさんのほうか?

「でも……」夢中で推論を推し進めてきた奈々は、ふとそこで我に返った。「でも、よく考えてみたら、わたし、誘拐なんかされていないんだよね」

そう。ちょうどその時、奈々は満智子や男の子たちと一緒に遊び惚《ほう》けていたのだ。誰にも攫《さら》われてなんかいない。軟禁も監禁もされていない。つまり犯人は、奈々が学校をサボっている状況を利用して偽装誘拐をでっち上げた――そう考えられる。

しかし、仮に〈三好書店〉関係者が犯人だとして、どうして彼、もしくは彼らは、奈々がその日、学校をサボっていることを知り得たのか？

「もしかして、どこかから見張っていたのかな……わたしたちのことを？」

今日、見てきたばかりのパンダさんの、表面的にはいつも自己を卑下しているかのような、それでいて他者の身体に自分と同じような血と涙が流れているとは認められないとでも言わんばかりの冷たい無機質的な眼つきを憶い出し、ふと奈々の背中に悪寒が走る。そういう陰湿な計画だとしたら、タヌキさんよりもパンダさんのほうが首謀者っぽいイメージだなあ、なんて思ったり。

しかし、よくよく考えてみるとずいぶん杜撰《ずさん》な計画である。どうやってかはともかく、奈々が学校をサボることを知り、偽装誘拐をでっち上げたのはいいとして、その後、どうするつもりだったのか。どんなに遅くとも、その日の夜までに奈々が帰宅することなぞ、判りきっていただろうに。

犯人は奈々が帰宅する前に身代金を奪い去らなければならない。そのための猶予は、たった半日。当然、身代金の額も自ずから限定される。奈々の実父は平凡な会社員である。自宅に置いてある現金なんかたかが知れているし、預金だって正確な数字は判らないものの、唸《うな》るほどあったはずはない。どう考えても、その日のうちに大した金額は用意できない。そんな道理は犯人だって、ちょっと考えてみれば判っただろうに。

あるいは犯人は、所詮は偽装誘拐、それほどの大金でなくても小遣い程度の金をせしめられれば御《おん》の字と最初から割り切っていた、とか？　なるほど。そうかもしれない。そう考えると納得できる点もある。あの日、奈々が帰宅した時、自宅に刑事や警官の姿はなかった。それまで待機していたような雰囲気や気配も感じられなかった。つまり両親は最初から警察には通報しなかったのだろう。それは身代金の要求額が、借金などをして必死で調達する必要もなければ、その程度で娘を返してもらえるのならいますぐに支払うと両親に決意させられる程度のものだったからにちがいない。

さて。身代金の受け渡しは具体的にどのように行われたのか。どこか別の書店で『二人で探偵を』を買った母は、その中に挟まれていたメモの指示に従い、〈三好書店〉へ向かう。そしてその文庫本を、ほんとうに買い取ってもらえると思っていたかどうかはともかく、レジにいる店番に差し出す。なるほど。それが目印になるわけだ。奈々が知る限り、母は昔から〈三好書店〉を利用したことはない。その日の店番がタヌキさんだったか、それともパンダさんだったかは判らないが、どちらにしろ母の顔を見分けられなかったのだ。目印によって相手を確認した犯人は、おもむろに母に向かって、それじゃ金を出してもらおうか、と……

いや、まて。ちがう。判る。あの日、どちらが店番だったのかは判っている。タヌキさんのほうだ。本来ならパンダさんが店番のはずが、本人の弁によれば、知人の名を騙《かた》る電話に呼び出されたため、父親に代わってもらった、と。そう証言しているのだ。そして、その留守のあいだにタヌキさんは心不全で亡くなって――

「あ……」

椅子から跳び上がった拍子に奈々はコップをひっくり返してしまった。少しだけ残っていたジュースが、まるで彼女から逃走する生き物のようにテーブルの上に拡がったが、それを拭く余裕すら彼女にはない。

タヌキさんが死んだのはいつなのだ？　五月十四日の何時頃のことなのだ？　もしかして、母が〈三好書店〉を訪れた、まさにその時だったのではないか？　つまりタヌキさんは、母の顔を見て心臓発作を起こしたのではないか？

そう考えられる理由。それは写真だ。レジの陰に飾られていた写真立て。義父による乱暴を苦にして自殺したというパンダさんの奥さん。母は当時の彼女にそっくりだった。タヌキさんは店に現れた母を見て、死んだ嫁が怨念を晴らすために迷い出てきた、と錯覚したにちがいない。あるいは常日頃から、むりやり関係を結んだ嫁に対して罪悪感を覚えていたのかもしれない。そこへ亡霊としか思えない女が現れた。タヌキさんがその時、瞬間的に覚えたであろう恐怖は想像するにあまりある。

ショックが、ただでさえ弱っていた心臓に一気に負担をかけ、パンクさせる。タヌキさんはその場で死んでしまった。驚いた母は、持参した『二人で探偵を』をその場に放り出し、慌てて〈三好書店〉から立ち去る。そういう経緯だったとしたら――

「身代金……じゃなかったんだ」

こぼれたジュースをようやく布巾でのろのろと拭きながら、奈々は茫然となった。

「……お金なんかじゃなかったんだ、犯人の目的は。最初から」

犯人は、もちろんパンダさんだ。彼は父親に復讐したのだ。妻を凌辱《りょうじょく》して死に追いやった憎き男に。

前々から機会を窺っていたにちがいない。なんとか父親を殺してやりたい、と。それも自分がやったとは絶対に知られない方法で。何か妙案はないか。そう頭をしぼっていた折も折、奈々の母の存在を知った。死んだ妻に瓜ふたつの女を。これを利用してやる。パンダさんはそう思いついた。

女の娘が学校をサボっている。その状況を利用して誘拐劇を偽装する。娘を無事に返して欲しければ、どこそこの書店へ行け、と。おそらく身代金の要求など最初からしなかったのではあるまいか。とにかくいますぐ『二人で探偵を』を買えと母に命じた。母が警察に通報しなかったのは、その暇がなかったからかもしれない。そしてメモによる指示に従い、母は文庫本を持って〈三好書店〉へと向かう。

そのあいだにパンダさんは、何らかの偽装工作によって知人に電話で呼び出されたふりをする。自分のアリバイを用意するためではない。父親に店番を代わってもらうためだ。こうして、亡き妻にそっくりの女とタヌキさんとの対面はセッティングされた。結果、パンダさんの狙いは見事に当たる。いささか見事過ぎるほどに。

奈々は溜め息をついた。なんだか、ひどく疲れてしまって。不真面目とまでは言わないものの本来は遊び半分の推論だったはずが、こんなに意外な展開を見せるとは思いもよらなかった。今夜はもう何をする気にもなれない。さっさと布団に入る。しかし、心身ともに疲弊しきっているはずなのに、いっこうに眠気が訪れてくれない。

奈々は、ほんの少しのあいだだけ、泣くことにした。六年前の母の取り乱しぶりを憶い出しながら。

考えてみれば、あの基本的に楽天的な性格の母が、娘が学校をサボったくらいであそこまで度を失ってしまうというのは不自然だった。あれは娘が誘拐されたと信じ込んでいたからこそだったのだ。その上、犯人の指示によって〈三好書店〉へ駈けつけてみれば、眼の前で主人が急死してしまう。ただでさえ理性を失いかけているところへ新たな衝撃が加わり、さらに恐慌状態に陥ったのだろう。その挙げ句、誘拐されていたはずの奈々がお気楽な様子で帰宅した。わけが判らなくなった母が、それまでの理不尽な惑乱を怒りへと変え、発作的にすべてを娘に向けて吐き出してしまったとしても無理はない。そんな母をどうして責められよう。少なくとも奈々にはできない。

ただ、それを見た父はどう思ったか。母がその日の朝から起こった一連の出来事を父に説明できたのはおそらく、すべてが終わった後だったのだろう。警察に通報できなかった以上、夫の勤め先に連絡を入れる余裕もなかったはずで、母は〈三好書店〉から逃げかえってから、ようやく父を職場から呼び戻すことができたのだ。その段階での母はまだ錯乱状態で、父は状況を把握することすらできなかったのではないか。その上、奈々が何事もなかったかのように無事に帰宅したとあっては、いったい妻は何を大騒ぎしていたのか、と狐《きつね》につままれたような気分になったとしても不思議はない。

そんな、ある意味、とても滑稽《こっけい》な状況下において、激情のあまり娘の頰を叩く妻の姿は父の眼に、どう映ったのか？　ただ愚昧《ぐまい》で粗暴な女にしか見えなかったかもしれない。娘に対する母の姿勢そのものに不信を抱いたかもしれない。そんなお互いの心理的齟齬《そご》が、やがて夫婦のあいだで埋め難いほど大きな溝となっていったのだとしたら、離婚という結末は避けようがなかったとも言える。

運命の悪戯という陳腐な表現が、視界を覆う緞帳《どんちょう》のように広く、そして重く、のしかかってくる。奈々は布団から起き上がって、明かりをつけた。

手を伸ばして机の上の『二人で探偵を』を取る。こんな本、買わなきゃよかった……でも、買わなかったら、自分が偽装誘拐劇に利用されていたとは一生気がつかなかっただろうし、そのことでどんなに母を苦しめたかも知らずに終わっていただろう。だから、これは奈々が、いつかは向き合わなければいけない過去だったのだ。

それにしても、あの〈三好書店〉の商品管理体制ときたら。ほとんど動脈硬化症状態である。六年前に母が放置していった『二人で探偵を』を、知らん顔をしてそのまま本棚に並べ、売ってしまったんだから。いい加減なのにもほどがある。それを他ならぬこのわたしが買い取ったのも、やはり運命の悪戯ってやつで——

「え……え？」

奈々は眼を剝《む》いた。薄く開いた唇が痙攣《けいれん》している。誰もいないはずの部屋の中で自分以外の者の気配を探ろうとでもするかのように、数回頭を巡らせて。

「どうして……？」

おかしい。そんなはずはない。『二人で探偵を』に挟んだままのメモを、奈々は取り出した。視線で穴が穿《うが》たれそうなほど、紙を凝視する。

どうしてこのメモがここにある？　奈々が買った時、どうしてこの文庫に挟まったままになっていたのだ。おかしいではないか。そんなことはあり得ない。

もし仮に、パンダさんがすべてを仕組んだ張本人だったのだとしたら、母が放置していった『二人で探偵を』を、正式に仕入れた商品ではないにもかかわらず、ことが終わった後、知らん顔をして店に並べて売ろうとするのはまだいいとして、その前にメモは抜き取っておくはずではないか。少なくとも、亡き妻にそっくりなあの女が証拠になりそうな品を残していったりはしないか、と文庫本の中を調べておくのが事件の黒幕としての当然の心理というものではなかろうか。いや、絶対にそうするはずだ。

しかし、こうしてメモはちゃんと残っていた。いったい、なぜ？

奈々は自室から出ると、キッチンへ向かった。もう寝てはいられない。ミルクをレンジで温めると、カーディガンを羽織ってテーブルに頰杖をつく。

パンダさんがすべてを仕組んだと仮定すると、おかしな点が他にも出てくる。例えば奈々が学校をサボるつもりだと前もって予測できない以上、これは当日の朝に思い立った衝動的な犯行だったはずだが、ならばメモを他の書店にある文庫本に挟んでおいたりする準備は、いつ行えたのか。そんな時間的余裕があったのか。まあこの点については、メモの内容自体が簡単なものなので、母に脅迫電話を掛けた後で、他の書店へ仕込みをしにいったとしても間に合うかもしれない。

しかし、決定的な矛盾がひとつある。それは、パンダさんが妻に似た女を父親に見せてショック死させようと企《たくら》んだのであれば、何もわざわざ母に他の書店へ行かせて『二人で探偵を』を買わせる必要なんかまったくないということだ。パンダさんが電話で母に与える指示は、たったひとつで事足りる――いますぐ〈三好書店〉へ行け、だ。

にもかかわらず犯人は、その前に先ず母に別の書店へ寄らせて文庫本と一緒にメモを入手させるという面倒な手順を、なぜ踏んだのか？　どう考えても変だ。

「そうだ。それに――」

それに、母の顔を見たからといって、タヌキさんが必ずショック死するとも限らない。心臓を患っているため、もしかしたらそうなる可能性もある、というだけの話だ。こうなると、タヌキさんを殺すためだった、という目的も怪しくなってくる。

「あるいは、驚かせることさえできれば、それでよかった、とか？」

殺人目的ではなく、単なる悪戯。そうかもしれない。いずれにしろ彼は父親に対して好い感情は抱いていなかっただろうから、ちょっとした憂さ晴らしのつもりで……いや。まて。ちがう。ちがうってば。そうじゃないんだってば。再び同じ勘違いに囚《とら》われそうになり、奈々は慌てて頭を振りたくった。頬杖をついていた腕からテーブルに伝わった振動でカップの中のミルクが、まるで何かに抗議しているかのように波打つ。

この陰謀を仕組んだのは、パンダさんではない。もし彼だったら、こんなまだるっこしいメモなんか必要ないし、仮に使ったとしても後で回収しておくはずだ。

では、誰なのか？　誰がこんな茶番を仕組んだ犯人なのか？

もっと根源的な疑問を検証してみよう。そもそもこの一件は、奈々が学校をサボったことから始まっている。そのサボりを事前に知り得たのは誰か？　それは、たったひとりしかいない。いや、正確に言えば三人いる。その前日、明日は学校へは行かずに、みんなであたしの家で遊ぼうよ——と。そう提案してきたのは——

「満智子……」

平井くんと牛島くんも誘って——そう言った友人の声が、六年の歳月を飛び越えて鮮烈に甦《よみがえ》ってくる。しかし……まさか。

当時、満智子は奈々と同じ小学四年生だったのだ。例えば、どういう経緯かはともかく、パンダさんのお嫁さんと奈々の母がそっくりだということを知った満智子が、これを利用すれば、いつも鬼みたいに怒鳴りつけてきては自分たちの立ち読みを邪魔するタヌキさんにひと泡ふかせられる、と。そう思いついたとしてもおかしくはない。しかし、はたして実行にまで及ぶものだろうか？

一旦友人を疑ってしまうと、その意外性ゆえになかなか深みから抜けられない。奈々は改めて、なぜ『二人で探偵を』なのかという、これまでさして重要視していなかった問題を考えてみた。そして、満智子が犯人だと仮定すると、その理由が納得いくような気がするのである。彼女はミステリが好きで、早くから文庫本に親しんできた。奈々の母にメモを渡すための本を選ぶ際、当時まだ幼かった満智子が精一杯背伸びをして大人ぶった選択をした結果がアガサ・クリスティという数少ない既知の作家であり『二人で探偵を』という作品だったというわけである。

満智子は、隠れんぼという遊びをカモフラージュに使った。奈々が両親の寝室のウォークインクローゼットに隠れているあいだ、彼女を探すふりをして、実は奈々の母に電話を掛けていたのだろう。子供の声だと悟られぬよう、当時彼女の家にあったヴォイスチェンジャーを使って。

平井貴之や牛島幹久も共犯だったはずだ。隠れんぼで家の外へ出るのはルール違反だと定めていたにもかかわらず彼らのどちらか、あるいは両方が屋外にいたのも単なるズルではなかったのだろう。あの日の〈三好書店〉の店番がどちらなのかを確認しにいっていたのだ。せっかく奈々の母を首尾よく書店へ差し向けられても、店番がタヌキさんでなければ意味がない。店番が息子のほうだと報告を受けた満智子は〈三好書店〉へ電話を入れ、パンダさんを呼び出した。どんな口実を使ったのかは不明だが、おそらく再びヴォイスチェンジャーを使ったのだろう。あるいは知人を装うというより、パンダさんの後ろ暗い弱みを握っているぞ、と脅迫めいたことでも口にして誘い出したのかもしれない。

でも、なあ……奈々が啼めたミルクを口に含んだところで最後の、そして決定的な疑問が浮かんでくる。すべてを仕組んだのは満智子で、貴之と幹久はそれに協力していた。奈々とはちがって三人は、担任が不審を抱いて騒ぎになったりしないように、前日に何かそれらしい口実を使って欠席することを伝えておいたのだろう。そう考えて、一応辻褄《つじつま》は合う。しかし、パンダさん犯人説と同様、手順がまわりくど過ぎはしまいか？

なぜ満智子は、母に先ず他の書店で『二人で探偵を』を買わせたりしたのだろう？　そんな回り道をする必要性なんかあるのだろうか。手順としてどちらを先にするのかはともかく、奈々の母には娘を誘拐したという脅しを楯《たて》に〈三好書店〉へ行けと命じる。そしてパンダさんのほうは何かもっともらしい口実で店の外へ誘い出す。この二件の電話だけで目的を達成することは充分に可能だったはずである。どう考えても文庫本は必要ない。何の意味もない。

「うーん……」

奈々は再びメモを手に取ってみる。満智子が母に電話で伝えた指示は、多分特定の書店で『二人で探偵を』を買えというだけで、その中にメモが挟まれていることまでは言及しなかっただろう。少なくともその段階では。そう考えないと母が奥付に書き込みをした経緯が判らなくなる。あれはまちがいなく、指定された場所で本を読んでいるふりをしていろと命じられたからだ。先刻も検証した通りである。満智子がそんな指示を出したのは、母にメモの存在を気づかせるためだが、では本を読むふりをしていろ、と指定された場所とはどこなのだろう？　天啓《てんけい》のように奈々の頭にひとつの情景が浮かび上がった……あの児童公園。栗田家の二階の満智子の部屋から一望できる場所。

満智子は奈々の母に、あの児童公園で待っていろと電話で指示したのではないか。何のために？　もちろん、娘が誘拐されたという脅しを母がどこまで本気にしているのかを確認するためだ。

できれば満智子は自分自身の眼で、奈々の母の行動を監視したかったにちがいない。いくら平均以上に頭が回るとはいえ、当時まだ十歳前後の子供だったのだ。自分が書いたシナリオを、ひとりの大人がはたしてどこまで鵜呑《うの》みにしてくれるものかと一抹《いちまつ》の不安があったとしても、少しもおかしくない。

しかし満智子は奈々に自分の計画を打ち明けていなかった。友人の母親を利用することに対して多少は引け目を感じていたからだろう。奈々と一緒に隠れんぼに興じているふりをしていたのも、万一に備えてのアリバイづくりの意味もあったはずだ。ともかく満智子は、ずっと奈々と一緒にいたという状況をつくらなければならず、自ら動き回るわけにはいかなかった。貴之か幹久に偵察をさせるのも——〈三好書店〉の店番の確認だけは彼らにさせたものの——あまりうまくない。奈々の母にふたりの男の子の姿を見咎《みとが》められた場合、平日なのにどうして学校にいないのかと不審を買う恐れがある。

そこで満智子は、自分の家にいながらにして母の行動を観察できる奇策を練った。それこそがこの『二人で探偵を』の意味だったのである。奈々の母が彼女の指示通りに児童公園に現れ、そして問題の文庫本を持っていれば、それは満智子の計画が順調に進行しているという確認になるわけだ。

満智子は、そして貴之と幹久も、まさかタヌキさんがショック死するとまでは思わなかったのだろう。彼が驚いて腰を抜かせば御の字だった。ほんのちょっとした悪戯のつもりだったのだ。それが予想に反して大変なことになってしまった。思えば、あの後、奈々たちの足が〈三好書店〉から遠のいてしまったのは、満智子と男の子たちがかかえる後ろめたさゆえだったのだ。

そして六年経った現在でも、完全に後悔と自責の念は払拭されていない。今日、改築された〈三好書店〉に立ち寄りたくなかった満智子の気持ちが、奈々はようやく判ったような気がした。お好み焼き屋に誘ったのも空腹だったからではなく、奈々の興味をなんとか削《そ》ごうと焦っていたのだ。

そんな満智子に同情しかけて、ふと奈々は急に腹が立ってきた。親友だとばかり思い込んでいた彼女に、この六年間ずっと、騙されていたことに改めて思い当たって。

「なんだよ……わたしだけ」我知らず苦々しい呟きが洩《も》れた。「わたしだけ……除《の》け者《もの》にしてさ」

満智子と貴之、そして幹久。いつも四人一緒に楽しく過ごしてきたはずの歳月とその思い出が、まるで裏返しにされた衣服みたいに継《つ》ぎ接《は》ぎだらけの無様《ぶざま》さを呈する。哀しいような、それでいて笑い出したくなるような複雑な心地を奈々が持て余しているうちに、やがて母が帰宅した。

かなり酔っているのか、母は機嫌がよかった。どこで買ったのか、珍しくケーキのお土産まで携えている。仕事がうまくいったのかと安堵《あんど》している娘をよそに、母ときたら、どこそこの誰やらさんてとっても素敵なひとなのよ、などと甘い声を出して男性の話題に突入したものだから、奈々はすっかり白けてしまった。

くそ。まったく。どいつもこいつも。ひとの気も知らないで。もう勝手にしろという気持ちで奈々は、鼻唄を歌っている母を放《ほ》ったらかしにして、布団に潜り込んだ。

翌朝。

怒りのあまり眠れないかと思いきや、意外に熟睡してしまった奈々であった。腹いせにせいぜい寝坊して、朝食の用意をサボることにする。二日酔いで味噌汁が飲みたかったらしい母はぶつくさ文句を垂れていたが、奈々は無視して学校へ行った。

＊

それから一週間後——

奈々の態度に何か不審なものを感じ取ったのだろう、放課後、満智子が心配そうに「風邪でもひいたの？」と訊いてきた。

「別に。何でもない」

もう二度と〈三好書店〉へ行こうなんて言わないからさ——なんて厭味《いやみ》を一発かまして満智子の反応を窺ってやろうかという気になったが、何の意味もないことだと思いなおした。そもそも偽装誘拐の一件はすべて奈々の想像で、証拠もない。仮に奈々の推論が当たっていたとしても、もう六年も前の話だ。満智子にとぼけられたら、それで終わり。

ふいに奈々は、周囲の人間たちがみんなして、彼女のことを籠の中に閉じ込められた小鳥の如く扱っているかのような錯覚に囚われた。誰も彼もが一番肝心なことは秘密にしている、と。いや、秘密なんて聞こえのいいものではないのかもしれない。

要するに、みんなは奈々のことを子供だと思っている。籠の中の小鳥のように。世の中の悩みや憂い、それらは彼女には関係のないことなんだ、と。親も友人も。ただ与えられた餌と限られた空間で満足していればいい気楽な娘《こ》なんだからと恩着せがましく奈々のことを過保護に扱っているのだ。こちらが頼んだわけでもないのに。よくもひとのこと、ばかにしてくれちゃって。

奈々にしてみれば、娘のために苦しんでくれている母に報いるべく自分も頑張らなければと健気《けなげ》に思い詰めていた。好きな女の子とは別の高校に進学せざるを得なかった男友だちの心情を慮《おもんばか》って我がことのように悩んだりもした。その自負に裏打ちされた己れの人格を、ないがしろにされたような気分だった。

「……大人になる、って」我知らず奈々はそう呟く。「こういうことなのかな」

「何、それ?」ますます怪訝《けげん》そうに満智子は奈々の顔を覗き込む。「お母さんと何かあったの、もしかして?」

奈々は無言で首を横に振った。何を口にするのも虚《むな》しい。しかしその虚しさが、ふと彼女に光明をもたらした――わたしもみんなと同じようにすればいいだけの話なんだ、と。満智子や母に対して。いちいちこちらの手の内を見せてやる必要なんかない。そう思い当たった途端、奈々は急に気が楽になった。我ながら驚くほど呆気《あっけ》なく。

そう。別にことさらに満智子とぎくしゃくする必要なんかないのだ。むしろ、これまで通りに付き合ってやればいい。知らん顔をして。これで将来、お互いに離ればなれになっても無闇に哀しんだりせずに彼女のことをすんなり忘れられそうだし、さ。

「それよりさ、満智子、今日の放課後、お好み焼き、食べにいかない?」とりあえず他人に借りは、なるべくつくらないようにしておかなくちゃね、と明るい気持ちで奈々は友人に、そう笑いかけた。「今日は、わたしが奢ったげるから。ね?」

そして胸中で付け加えた。まだあなたは気づいていないようだから、もうしばらくは出てゆけないふりをしていてあげるけれど。でも、小鳥はね、もうあなたの籠の中にはいないのよ

——と。

贋作「退職刑事」

1

「五郎、今度の事件の話は、聞かしてもらえないのかね」

帰宅して和服に着替え、妻の淹《い》れてくれた大きな湯呑《ゆのみ》の茶に手を伸ばした私に、なにげない口ぶりで、父が言った。

「あれは、先週の土曜日じゃなかったかな、たしか」

「もしかして、中野で主婦が絞殺された事件のことですか、お父さん」

桜が芽吹きはじめているが、急に冷え込みの厳しくなる日があったりして、団地の四階の私の部屋には、まだ炬燵《こたつ》が出したままである。それにくるまっている父は、かつて硬骨の刑事だったが、いまや恍惚《こうこつ》の刑事になりかかっている。定年退職したあと、アパートを経営して私を大学へいかせてくれたが、母が死んでからは、いちばん上の兄のところで、のんびり暮らしている。四人の兄たちの家には、大きいのから小さいのまで、孫たちが揃っているのに、父が、月のうち十日ほども、私たち夫婦の団地へ足しげく通ってきているのは、五人の息子たちのなかで、末っ子の私だけが父と同じ職に就いたからだろう。昔の職場のにおいを嗅ぎとりたいのか、雑誌相手の将棋さしやテレビに飽きると、私の仕事ぶりを、あれこれ聞きたがる。そんな父に、私のほうから相談を持ちかけることもたまにあるが、今回はそんな必要はなかった。

「話してもいいですが、お父さんの知恵を借りなければいけないようなことは、なにもありませんよ。なにしろ、もう解決しているんですから」

「というと、犯人は逮捕されたのか。新聞では、まだ、そこまでは報じてはいなかったようだが」

「犯人は被害者の元亭主で、現場から逃走するところを目撃されているんです。ほんの、ついさっき、自供もしました」

「銀行口座から、金を盗まれている、という話じゃなかったかな、たしか」

「ああ、それは、どうやら別口だったようですね。たまたま、事件のあった日の夕方に、カードを使って、被害者名義の口座から全額が引き出されていたものですから、当初は、そちらも殺人犯の仕業《しわざ》じゃないかと思われたんですが、銀行の防犯カメラに映っていたのは、どうやら別人のようです」

「顔が映っていたのか」

「男で、フルフェイスのヘルメットを被っていたんですが、身体つきが、その元亭主とは明らかに、ちがうんです。そういえば、その日の朝に、キャッシュカードが見当たらないと、被害者が言っていたことを、家族の者が憶い出しましてね。どうやら、その前日あたりに盗まれていたらしくて、殺人事件とは無関係だったようです」

「主婦、というからには、再婚していたわけだな、被害者は」

「ええ。三年ほど前に、子連れ再婚したそうです」

「そういえば、子供と一緒に帰宅した亭主が死体を発見したと、新聞に出ていたが」

「そうです。いまの亭主のほうですね。被害者の連れ子ですから血は繋がっていないんですが、可愛がっているようです。事件の日も、小学校へ迎えにいって、その足で一緒に映画を観にゆき、食事を摂《と》ったりしている。帰ってみたら、女房が自宅で死んでいた、というわけです。自分のパンティストッキングで首を絞められて」

「どうでもいいが、もう小学生なのに、父親が、わざわざ迎えにゆく、というのも、なんだか過保護のような気がするね」

　父の前には、湯呑と一緒に、今日の新聞が拡げられている。都内の有名電機メーカーが昨日倒産したという記事の見出しの部分が、まるで眠っている鶴の首みたいに、折れ曲がっている。何度も何度も、めくり返したらしい。新聞は、もう隅から隅まで読んでしまったので手持ち無《ぶ》沙汰《さた》だ、ということなのだろう。疲れていたが、私は、父の話に付き合ってやることにした。

「その子供というのは、男の子なのか」

「そうです」

「何年生なんだ」

「たしか、二年生だったな」

「学校が自宅から遠いとか、身体が弱い、ということなのか。例えば、乗用車で送り迎えしてやらなければいけないような」

「いいえ。そんなことでは全然なくて、ごく普通に、徒歩で通学しているそうです」

「二年生といえば、もう七歳かそこらだ。通学に親の送り迎えが必要とも思えない。仮に必要だったとしても、その役割は母親が負いそうなものだが」

「いやだな、お父さん。まさか、そこになにか作為があるんじゃないかとか、考えているんですか？　たしかに、過保護っぽいという印象を持つのは判りますが、継父《けいふ》としては単に、息子に、なついてもらおうと、努力しているだけの話だと思いますよ」

「そんな努力が必要なほど、息子は新しい父親に馴染《なじ》んでいないのかね。再婚してから、もう三年も経っているんだろ」

「あるいは、自分もその映画を観たかっただけかな、継父は」

「本人が、そう言っているのか」

「いえ、そこまで確認しているわけじゃありませんが」

「母親が、つまり被害者の主婦が、その日に限って、子供を連れて外出していてくれ、と亭主に頼んでいたとか、そういう事実は、なかったのか？」

ようやく私にも、父が何を問題にしているのかが、わかった。

「実は、あったようなんです。ただ、亭主によると、仕事が終わったあと、息子を、なにか映画にでも連れていって、ついでに夕食も一緒に済ませてきてくれないか、と彼女に頼まれただけだったので、それほど不審には思わなかったのだとか」

「というと、そういうことは、しょっちゅうあったのかね、被害者の家庭では」

「最近、被害者は、大型量販店のレジ打ちのパートに出るようになっていたんです。だから、単に仕事が忙しいのだろうと、亭主は納得していた。息子にしても、その日は、ともかくお父さんと一緒にいるようにと母親に言われて、それに従ったわけです」

「それで、どうだったんだ。事件の日、被害者は、パートに出る予定はあったのか」

「いえ。勤め先の量販店に問い合わせてみたら、土曜日は非番だった。つまり、被害者はなにか目的があって、あらかじめ、亭主と息子を、自宅から遠ざけておいたようです」

「だったら、やっぱり作為が、あったんじゃないか」

「まあ、被害者の側には、ね」

「待てよ。事件が起きたのは、土曜日のことなんだろう。小学校の授業は、午前中で終わる。それを迎えにいった、ということは、亭主は、仕事が休みだったのか。しかし、おまえさっき、仕事が終わったあと、と言ったようだが」

「本来は休みだったんですが、雑用が溜まっていたので、午前中だけ、出社していたんだそうです」

「そのまま息子と一緒に、しばらく自宅に戻ってこさせないようにした、というわけか、被害者は。なんのため、だったんだろう」

「おそらく、家族には内密で、犯人と会おうとしていたのでしょう」

「犯人というのは、さっき話に出た、元亭主という男か」

「そうです」

「どう言っているんだ、その元亭主は。被害者の自宅を訪れた経緯《いきさつ》に関して」

「それが、当初は、彼の自宅で会う段取りになっていた、と言っていましてね」

「彼の自宅、というのは？」

「元亭主というのは被害者と離婚したあと、練馬のアパートで独り暮らしをしているんですが、そこの部屋で、土曜日の午後、彼女と会う約束になっていた、と言うんですよ」

「ちょっと待ってくれ。被害者は、中野の自宅で殺されたんじゃあなかったのか」

「現場は中野です。元亭主は、被害者の自宅に押しかけた上で、犯行に及んでいる。本人も、そう認めています」

「なのに、ほんとうは、練馬で会うはずだったと、言うのかね。いったい、どうして、そんなことになったんだ」

「どうも、彼の言っていることは要領を得ないんですが、まとめると、こういうことのようです。つまり、当初は元亭主も、彼女との約束通り、アパートで待っていた。しかし、そのうち気が変わって、中野へ押しかけた。そこで押し問答になり、かっとした拍子に、彼女を突き飛ばしてしまったのだとか。その勢いで、被害者は背後にふっ飛んで、書物机の角に頭をぶつけた。昏倒《こんとう》した彼女を見て、元亭主は、なにがなんだか、わけが判らなくなったそうです。ともかく、どうやら、そのあと、無我夢中で、彼女の首を絞めて殺してしまったらしい、と」

「妙な話だな」

「そうでもありませんよ。よくよく話を聞いてみると、元亭主は被害者に対して、かなり深い恨みを抱いていたようだから、感情的になるあまり、ちょっと混乱したとしても、理解できる面もあるんです」

「わたしが妙だというのは、元亭主の言い分じゃあないよ。まあ、そちらのほうも、妙と言えば妙だがね」

「なにが妙だと言うんです」

「被害者は、どうやら、あらかじめ亭主と息子を、自宅から意図的に遠ざけておいたらしい。その理由は、元亭主と内密に会うためだった。ここまではいい。しかし、元亭主の言い分によると、ふたりは、彼のアパートで会う段取りになっていたという。だとすると、被害者にとっては、亭主と息子を自宅から遠ざけておく意味がなくなるじゃないか。自分が出かけてゆくのならば、家族が自宅にいても、別にかまわなかったはずだ」

私はハイライトに火をつけた。父にも一本すすめて、

「それは、ぼくらも考えましたよ」

「どういうふうにだ」

「先ず、被害者が、まったく別の人物と、自宅で会う予定があったのではないか、という可能性ですね。しかし、彼女は、同じ時間帯に元亭主と会う約束をしているわけで」

「それは、元亭主の証言を信ずるならば、だろう」

「その証言を疑う理由は、ありませんよ。そんな、未知の第三者の存在を、わざわざ想定しな

くても、単に、元亭主は混乱しているだけなのでしょう」

「混乱、というと」

「つまり、事実としては、ふたりは被害者の自宅で会うことになっていた。だからこそ元亭主は中野へ、やってきたわけです。そこで感情のいきちがいがあり、彼女を殺してしまう。その動揺のあまり、元亭主は、そもそも自分たちがどこで会う約束をしていたのか、記憶が混乱して、わからなくなってしまったのでしょう」

「記憶が混乱して、ねえ」

「あるいは、それが好意的に過ぎる見方だと言うのなら、自分のほうから被害者宅へ押しかけたという事実によって、計画的犯行であると判断されることを、おそれたのかもしれない。そもそもは、被害者のほうから練馬のアパートへ来ることになっていたんだ、ということにしておけば、今後の取り調べの展開も、多少は変わってくるのではないかと」

「おいおい。それで心証がよくなる、というものでもないだろう」

「ぼくらじゃなくて、彼が、そんな期待をしているかもしれない、という話ですよ」

「被害者だが、どういう恰好で発見されたんだ。もしかしたら、半裸姿だったんじゃないのかね」

父が、単なる当てずっぽうを言っているのでないことは、これまで何度も相談にのってもらった経験からも知れる。

「その通りですが、どうして、そうだと判るんです?」

「被害者は自分のパンティストッキングで首を絞められていた、と言ったじゃないか。女性のパンティストッキングなんて、よっぽどずぼらな性格でない限り、そこらあたりに放り出したりはしないもんだ。なんなら、美恵《みえ》さんに訊いてみるか」

父は、テレビの音が洩《も》れてきている隣りの部屋を、顎《あご》でしゃくった。妻の低い笑い声が聞こえてくる。おもしろい番組でも、やっているらしい。

「そんな必要は、ありませんよ。つまり、言い争いになり、かっとなって手を伸ばした。その先にパンティストッキングがあったのだとしたら、被害者は着替え中だったのではないか、と言いたいんでしょう」

「どうだったんだ、実際は」

「そうだったようですね、どうやら。被害者は、上半身は、ブラジャーを付けた上にTシャツを着ていましたが、下はパンティだけだった。たったいま脱いだばかりという感じで、ベッドの上にスカートが置いてありましたから、多分、パンティストッキングも、そこに一緒にあったものなのでしょう」

「着替えの途中だった、ということは、彼女は外出の準備をしていたわけだ」

「逆です。出されていた服から判断すると、被害者は、どうやらブラウスやスカートを脱いで、Tシャツとジーンズ姿になろうとしていたらしい。つまり、自宅で寛《くつろ》げる恰好に着替えようとしていたわけだから」

「もしも、自宅に誰かを迎え入れようとしていたのだとしたら、それが、たとえ元亭主であったとしても、被害者はむしろ、ブラウスとスカートのままでいたんじゃないかな。パンティストッキングも穿《は》いたままで。Tシャツとジーンズのように、くだけた恰好になるとすれば、むしろ訪問者が帰ったあとだろう。むろん、個人の趣味にもよるだろうが、どちらかといえば、そちらが女性としては自然なたしなみだと思うがね、わたしは。つまり、身軽な恰好に着替えたのは、外出するつもりだったからだ」

「しかし、だいぶ暖かくなったとはいえ、Tシャツだけで出かけるというのは、まだ、ちょっと肌寒いんじゃありませんか」

「ジャンパーか、なにかを羽織れば、それですむことだろう」

私は虚を衝《つ》かれた。犯行現場の寝室に、まさしくジャンパーがあったからである。書物机の椅子に、ひっかけてあったのだ。これまで、さして気にとめていなかったけれど、もしあれが、被害者がこれから着ようとして出されていたものだとしたら、たしかに彼女は外出しようとしていたことになる。

「まあ、まだなにも、断定できる段階じゃない」そんな私の当惑を読みとったみたいに、父は、にやにやした。「ともかく、事件のことを、もっと詳しく聞かせてみろ」

2

被害者の名前は能代《のしろ》菜々美《ななみ》、三十八歳の主婦である。前の夫とのあいだにできた、晴敏《はるとし》という、七歳になる息子がいる。

現在の夫は、能代英悟《えいご》といい、菜々美よりも六つ歳下の三十二歳。総合電機メーカーに勤めていて、菜々美とは、彼女が以前、そこにパートで勤めていたことから、知り合ったという。

「菜々美の前の夫は、阿宮祐吉《あみやゆうきち》といって、四十歳、現在無職の男なんですが、能代英悟と知り合った時、彼女は、まだ阿宮と夫婦だったというんですね」

「職場で知り合った男と、不倫の関係になって、離婚に至ったわけか」

「というよりも、どうも最初から、それが目的で、わざわざパートに出たみたいですね、菜々美は」

「不倫することが目的でか」

「じゃなくて、離婚することが、ですよ」

「どういうことだ、そりゃあ」

「阿宮は、以前、ある建設会社に勤めていたんですが、不況のあおりを受けて潰れてしまったんです。その直前に、どうやらあそこは危ないらしいという噂が流れたんですが、それと時期を合わせるようにして、菜々美はパートに出たというんです」

「家計を助けるためにか」

「そうじゃなくて、新しい夫を探すために、ですよ。つまり、もう収入の当てのない阿宮に用はなくなったから、自分と息子をきちんと養ってくれそうな、新しい旦那を探すために、わざわざパートに出ていた、というわけです」

「おいおい。それは、いったい、誰の口から出てきた話なんだ」

「阿宮ですよ、もちろん。菜々美はすべて、計画的にことを運んだのだと、そう訴えているんです。彼も、妻がパートに出ると言い出した時には、それほど不審には思わなかったのだとか。むしろ、さっきお父さんが言ったように、家計を助けようとか、そういう殊勝な気持ちからだろうと、阿宮は思っていたんだそうです。しかし、そうじゃなかった。彼女は、経済力のある新しい旦那を見つけるべく、独身の男を物色にいっていた。そして、見つけた相手が――」

「能代英悟というわけか、いまの亭主の」

「ええ。おまけに菜々美は、息子の晴敏を、能代に紹介していた、というんですから。それも、まだ阿宮と離婚する前に、ですよ。その上で、離婚したら、ちゃんと自分と結婚して、息子の面倒もみてくれるという約束を、あらかじめ能代からとりつけておいた。そして、阿宮の建設会社が倒産すると同時に、菜々美は、彼と離婚したのだそうです」

「用意周到、というよりも、どこか、芝居がかったような話だな。例えば、亭主が失業して収入がなくなった、新しい職を探そうともせず、ぶらぶら遊びあるいているのに愛想を尽かして、見切りをつけることにしたとか、そういうのならばまだしも、まだ会社が倒産するのかしないのかもはっきりしないうちから、そこまで何もかも準備しておく気になるような女がいるとは。こういう言い方は、わたしは嫌いなんだが、これも時代、というやつなのかね」

「しかし、どうやらほんとうらしいんです、これが。阿宮だけでなく、能代英悟のほうも認めていますし」

「青田刈りされたことを、か」

「青田刈りは、ないでしょう。でも、実質的に、そういうことになるのかな。能代が言うには、菜々美と関係ができた途端、晴敏を紹介されたらしいですから」

「新しい息子としてかね」

「菜々美は晴敏に、能代を引き合わせて、これが、いずれあなたの新しい父親になるひとだから、いまから、お父さんと呼ぶ練習をしておきなさい、なんて、懇々《こんこん》と言い聞かせていたのだそうです」

「そうやって、準備万端整えておき、満を持して離婚したわけか」

「会社が倒産したのを、満を持して、と言うのも変ですが、まあ、菜々美にしてみれば、そういうことなんでしょうね」

「しかし阿宮も、そういう状況で、すんなりと、離婚に同意したのか?」

「そこが問題でしてね。彼女に、うまくしてやられた、と阿宮は言っているんです。彼にしてみれば、自分は収入がなくなった身で、女房と子供を養っていけないという負い目がある。そんな時に、お互い、身軽になったほうが時代の荒波を乗り切れるんじゃないか、とかなんとか、うまく言いくるめられ、つい判子《はんこ》を押してしまった——というのが、本人の言い分なんですが」

「実際には、彼女がちゃんと夫の後釜を確保していることを、知らなかったのか」

「当初はね。菜々美が再婚したことすら、つい最近まで、知らなかったらしい。で、再婚をめぐる事情を、周囲の人間に聞き込んでいるうちに、ようやく、自分が嵌《は》められたことに気がついた」

「それで、恨んでいた、というわけか」

「また、菜々美という女は、わりきっているというのか、なかなかドライな考え方の持ち主だったらしくて、結婚というのは契約なんだから、収入がなくなるということは、つまり契約不履行だ、そんな男と離婚するのは当然だ、という意味のことを、知人たちに、うそぶいていたらしい。一生喰いぶちを保証してくれると期待したからこそ結婚したのに、そうじゃなくなったら、これは詐欺《さぎ》と同じなんだと。彼女が、そう居なおっていたと阿宮の耳に入ったものだから、火に油を注いだ。寄生虫みたいな女だ、あいつだけは許せないと、知人たちに、かなり激しい怒りをぶちまけていたそうです。周囲の者たちは、ともかく頭を冷やせ、子供のことを、いちばんに考えて、くれぐれも軽率な真似はするんじゃないと諭《さと》していたそうですが、やっぱり、こんな結果になってしまったかと、無念がっていました」

「かっとなって突き飛ばした、と言ったな。その拍子に菜々美は、書物机の角に頭をぶつけて昏倒したと」

「たしかに、後頭部には傷が残っていましたが、そちらは致命傷じゃありません。彼女の死因は、首を絞められたことによる、窒息死です」

「菜々美が殺された日に、ふたりが会う約束になっていたというのは、もしかして、離婚に関して、なにか、改めて話し合いでもするつもりだったからか」

「阿宮によると、晴敏の親権が争点だったようですね。彼にしてみれば、言わば騙し討ちに遭って大切な息子を奪われたようなものだから。いろいろ、はっきりさせておきたい、いざとなれば法的な手段も辞さないと、かなり思いつめていたようです」

「最初は、練馬の、阿宮のアパートで会うつもりだった。しかし待ちきれなくなったからなのか、阿宮は中野の能代邸へと向かう。ただ、菜々美が、下半身が下着だけの恰好で発見されているということは、阿宮は、ごめんくださいと、ちゃんと断ってから上がり込んだわけじゃなさそうだな」

「そうです。庭に回ったら、居間のガラス戸が開いていたので、そこから、こっそり、上がり込んだらしい」

「本人が認めているのか」

「認めています」

「彼女と話し合いの約束をしていたから、来たわけだ。堂々と玄関から上がればいい。なのに、なぜ、そんな、泥棒みたいな真似をしたんだ」

「そこらへんも、供述としては曖昧なんですがね。どうも、いまの亭主、つまり能代に見られるのが嫌だったたから、様子を窺《うかが》っているうちに、なんとなく、こっそり上がり込むような形になったと、要するに、そういうことを言いたいらしい。それに、息子の眼をはばかったとも、言っています」

「忍び込んだりしたら、もしも能代や息子と鉢合わせした場合、もっとまずいことにも、なりかねんぞ」

「そうなんです。ですから、本人は否定していますが、どうも、最初から菜々美を殺すつもりだった、あるいは、少なくとも危害を加えるつもりだった可能性も、あるんじゃないかと、ぼくらは睨《にら》んでいるんです。そう考えれば、阿宮が当初の約束に反して、中野の能代邸へと押しかけた理由も判る」

「どういうふうに」

「だから、もしかしたら最初は話し合いをするつもりだったかもしれませんが、気が変わって、あんな女、殺してやろうと思い立ったわけです。だったら、自分のアパートではまずいから、彼女の家へ行こう、と」

「では、ふたりはそもそも、阿宮のアパートで会う約束をしていた、それが事実だと言うのかね。しかし、おまえはさっき、そうじゃなくて、本来は中野の能代邸で話し合いをする予定だったはずだ、と言ったぞ」

「菜々美は外出するつもりで着替えていたはずだと、指摘したのは、お父さんでしょう。その前提に立てば、練馬のほうが、本来の約束場所だったんでしょう。どちらにしても、あまり大したちがいは、ないし」

「ちがいなら、大ありだぞ、五郎」

「そうか。そうでしたね。もしも、練馬のほうで会うことになっていたのなら、どうして菜々美は、能代と晴敏を自宅から遠ざけておくような真似をしたのか、という問題が依然として残ってしまうわけだ。いったい、どうしてなんでしょう」

「それより、まだ説明していないことがあるだろう。犯行は何時頃だったんだ」

「能代邸の裏手の住民が、午後一時半頃、言い争うような声を聞いている。そして、やはり一時半頃、能代邸から男が飛び出してくるのを、向かいの家に住んでいる主婦が目撃しています」

「目撃者は、阿宮を知っていたのか？」

「それ以前に、阿宮は何度か、能代邸に押しかけてきたことがあったんだそうです。玄関先で、なにやら剣呑《けんのん》な雰囲気で、菜々美と言い争いをしているのを見たことがあって、それで憶えていた」

「能代が息子と一緒に帰宅したのは、その後なんだな」

「午後五時半頃だったと、言っています。寝室で菜々美が死んでいるのを発見して、すぐに通報した。記録によれば、正確には午後五時三十七分だったそうですが。発見が早かったので、死亡推定時刻も同日、午後一時から三時までのあいだ、という検視結果が出ています」

「能代と息子は、映画を観て、食事にいっていたという話だが、そちらのほうの裏も、とってあるんだろうな」

「ええ。有楽町の大きな映画館で、いま評判の特撮映画を観てきたらしいです」

「特撮映画というと、怪獣とかが出てくる、あれかね。いま評判になっているといえば、たしか、渋谷の町が滅茶苦茶に破壊されるというのが、あったな」

「驚いたな。まさに、その映画を観ていたそうですよ、ふたりは。でも、お父さん、よくご存じですね」

「そうばかにしたものでもない。怪獣映画なら、ひと通り、孫たちに付き合わされたからな。ふたりが、たしかにその映画館にいたという証人は、いるのかね」

「晴敏は、能代に、その怪獣の模型を買ってもらっているんですが、売店の娘が、よく憶えていました。なんでも、その前の週にも、母親に連れられて、観にきていたらしいんです。顔だちが女の子みたいに愛らしい子で、印象に残っていたのだとか。写真で確認もしましたが、その際、母親に、同じ売店で買ってもらった、映画のキャラクターグッズの帽子とTシャツを、土曜日にも身に付けていたので、まちがいないそうです」

「前の週に母親と観ているのと同じ映画を、もう一度、継父と観にいったわけか。よっぽど、おもしろかったのかな」

「それを憶えていたから、菜々美も、晴敏を映画に連れていってやってくれと、能代に頼んだのかもしれませんね」

「くどいようだが、その日、能代が晴敏と一緒にいたことは、たしかなのか」

「売店の娘は、父親とおぼしき男性と一緒だったと証言していますし、晴敏本人も、学校に迎えにきてもらったあとは、ずっとお父さんと一緒だったと言っています」

「重ねて、くどいようだが、それはほんとうに能代だったのか。つまり、晴敏には、ふたりの父親がいるわけだぞ」

「判っていますよ」私は苦笑して、「担当の者が、ちゃんと、それは新しいほうのお父さんか、と訊いたら、うん、と答えたそうです、はっきりと。嘘をついている様子はない、という話です」

「まさか、相手が子供だと思って、見くびっちゃあいないだろうな。子供だって、その気になれば、大人顔負けの、見事な嘘をつくもんだぞ。というより、事実とはちがうのに、当の本人は、それをほんとうのことだと思い込んでいる場合があったりして、油断がならない。そのへんは、どうなんだ」

「菜々美が、能代のことをお父さんと呼ぶように言い聞かせていた、という話をしたでしょう。晴敏というのは、おとなしそうな見かけからは想像できないくらい、頑固な性格らしいんだが、母親にだけは、至って従順だったんだそうです。言葉は悪いが、まるで人形みたいに、黒いものでも菜々美が白だと言えば、白だと言い張るような。ですから、能代のことをお父さんと呼ぶ習慣にしても、普段から、徹底されていたようです」

「映画館の売店で、能代と晴敏が目撃されたのは、何時頃なんだ」

「これも、ちょうど上映が始まる直前だったので、よく憶えていました。一時二十分だったそうです」

「ということは、中野の自宅で凶行があったとされる時刻と、ほんの十分ちがいか。たとえ、そのまま映画を観ないで出ていったとしても、有楽町から中野まで戻る余裕は、まあ、ないだろうな」

「無理でしょうね」

「それで、映画のあとは」

「近くの中華料理店で、食事をしたそうです。映画の上映時刻に間に合うように、昼食はハンバーガーでかるめにすませていたので、早めに食べたらしい。たしかに、それらしい親子連れが来ていたと、店のほうにも確認をとりました」

「阿宮のことだが、そもそも、菜々美とは何時に会う約束になっていたんだ」

「本人によると、午後二時だった、とか」

「その時刻に、練馬のアパートで会う約束になっていた。しかし実際には、彼は、それよりも三十分も早く、中野の能代邸へと押しかけている。なぜなんだろうな？」

「だから、待ちきれなくなったんじゃありませんか、菜々美への恨みが、ふつふつと湧いてきて」

「さっきも話に出たが、阿宮という男は、菜々美に裏切られていたことを知って以来、彼女に対して、つきまとうような真似を、していたんだな」

「ええ、自宅へ押しかけるばかりでなく、罵詈雑言《ばりぞうごん》の類いの電話をかけたりしたことも、何回か、あったようです」

「菜々美や、家族の反応は？」

「そりゃあ、迷惑だったでしょうね。能代は自分としては、事情を知っていたから、できる限り理解は示したつもりだと言っているが、実際には、菜々美に厭味《いやみ》のひとつもこぼしたかもしれないし、それでなくとも、晴敏や、近所の手前もある。だからこそ、なんらかの形で手打ちをしておこうと、彼女も、阿宮との話し合いに応じたのでしょう」

「ちょっと待て。話し合いに応じた、と言ったな。ということは、そもそも、話し合いをしようと最初に提案したのは、阿宮のほうだったのか？」

「え。いや、そういえば、話し合いをしようと言い出したのは、菜々美のほうだったそうです。もっとも、あくまでも、阿宮の言い分によれば、ですが」

「もしも、それがほんとうなら、なかなか興味深い事実だぞ、五郎」

「どういうことです？」

「練馬の、阿宮のアパートで会おうと提案したのも、おそらく菜々美のほうだったと、考えられるからだ」

「そういえば、そういう話でした。これも、阿宮によれば、ですが」

「そして菜々美は、外出するにあたって、Tシャツとジーンズという、身軽な恰好に着替えようとしていた。さっきわたしは、自宅に訪問者の予定があったのなら、ブラウスとスカートのままいたはずじゃないか、という意味のことを言った。しかし、決して前言を翻《ひるがえ》すわけではないが、外出するにしても、やはりブラウスとスカートという恰好のほうが、ふさわしかったんじゃないか、という気がするんだがね。少なくとも、それが、まともな類いの外出だったのであれば」

「よく、わかりませんね。なにを言いたいんですか、お父さん？」

「菜々美が、わざわざ、そんな身軽な恰好を選んだのには、なにか、それなりの理由があったんじゃないか、ということさ」

そう言って、父は眼を閉じた。眠ってしまったようにも見えるが、くちびるがもぐもぐ動いている。ものを考えている時の癖で、口の中で独り言をいっているのだ。やがて眼を開けると、じろりと私を見て、

「ちょっと訊きたいんだが、阿宮のアパートから能代邸まで、距離にして、どれくらい離れている？」

「そうですね、徒歩で四十分くらいかな。ゆっくり歩けば、五十分はかかるかもしれないが、一時間以内には着ける、といったところでしょうか」

「もしかして、阿宮は中野まで、歩いて移動しているのか？」

「そうらしいですね。なにしろ無職の身で、自動車はおろか、自転車も持っていないんですから。その日暮らしで、交通費にも事欠いていたんでしょう」

「能代邸を逃げ出した阿宮は、そのあと、練馬のアパートへ戻ったのか」

「そう言っています。もっとも、犯行直後で興奮していたせいか、道に迷って、いろんな場所をぐるぐる、ぐるぐる、闇雲に歩き回っていたんだとか。アパートに帰り着いてみたら、五時を回っていたらしい」

「その阿宮のアパートなんだがな、もしかして、彼の部屋の前で、不審な人物が目撃されたりしていないか。おそらく、土曜日の午後二時前後に」

私は、呆気《あつけ》にとられた。父は時々こんなふうに、あたかも千里眼でも使ったのかと疑うような指摘をして、こちらの度肝《どぎも》を抜く。もちろん、それが千里眼でもなければ、単なる当てずっ

ぽうでもないことは、これまで父の知恵を仰いできた経験からして明らかなのだが、こうも見事に言い当てられると、やはり驚いてしまう。

「たしかに、そういう事実が、あったには、あったようなんですが……」

「そのことを、詳しく聞かしてくれ」

「いや、詳しくもなにも、単に、隣りの住人が、午後二時頃、阿宮の部屋の前に佇《たたず》んでいる男性を目撃したという、それだけの話なんですが」

「その男性というのは、阿宮ではなかったんだな?」

「そうです。全然知らない男だったから、別に声もかけなかったとか」

「それだけか?」

「住人に見られていることに気づいたからなのか、男はそのまま立ち去った。アパートへ聞き込みにいった際、担当の者が小耳に挟んだ話なんです。結局、たまたま阿宮の知り合いの誰かが訪ねてきていただけで、事件には無関係だろう、という結論に落ち着いたんですが……でも、お父さん、どうしてそんなことを知っているんです?」

「別に、知っていたわけじゃないさ。考えてみただけだ。そうでなければ、辻褄《つじつま》が合わないいんじゃないか、とね」

「なんの辻褄が合わないんです」

「この事件には、もうひとり、名前が出てきていない、重要な関係者がいる」

「それは、誰のことです?」

「菜々美の、新しい男だ」

3

「……菜々美に、新しい男ができていた、と言うんですか？」

「その可能性は高いと思うね、わたしは」

「どうしてです」

「菜々美は最近、大型量販店のレジ打ちのパートに出るようになっていた。たしか、そう言ったな。その理由は、なんだ。家計を助けるためか。そうじゃあるまい。能代英悟の勤め先が、いよいよ潰れそうだ――そんな噂が流れはじめていたから、じゃないか？」

はっとして、さっき父が読んでいた今日の新聞を見た。めくりぐせがついている部分には、都内の有名電機メーカー倒産記事の見出しがある。さっきは気づかなかったが、言われてみれば、その名前は、能代英悟が勤めていた会社のものだ。

「――彼女の死後、こうして、ほんとうに潰れてしまったわけだ」

「菜々美は、三年前とまったく同じように、夫を新品に交換しようとしていた……と言うんですか？」

「そうだとしても、おかしなことは、なにもあるまい。なにしろ、失業した亭主は詐欺師だと言って、はばからない女だ。ようやくつかまえた新しい夫も、やはり収入がなくなりそうだとなれば、躍起《やっき》になって、次の男を確保しようとするだろう」

「首尾よく見つけていたと、言うんですか、パート先の関係者の中から？　そして、そいつが、土曜日に阿宮のアパートにいた男じゃないか、と」

「まあ、そう先走らないで、聞け。順番に考えてみよう。仮に菜々美が、かつて阿宮にそうしたのと同じように、能代英悟にも見切りをつけていたとする。そして、三番目の新しい夫候補を、既に見つけていたとすれば、彼女は、能代と離婚するタイミングを、はかっていたはずだ」

「それは、そうでしょうね」

「そんな折、最初の夫である阿宮が、晴敏の親権問題をからめて、過去の恨み言をぶつけてきていた。つまり、菜々美は、自分にとって邪魔な男を、同時にふたり、かかえている状況にあったわけだ」

「二番目の夫の能代も、阿宮と同様、単なる厄介者になり下がっていたんですね」

「そこで、なんとか、ふたりの男をいっぺんに始末できないものかと、菜々美が、そんなふうに考えたとしても、おかしくない」

「いっぺんに始末する？」

「おそらく、殺す、ということだったんだろう、ふたりとも」

「ずいぶん、短絡的な思いつきのように聞こえますがね、ぼくには」

「わりきった性格だから、あまり罪悪感を覚えなかったのか、あるいは、本人としては、もうそれしか手はないと思い込んでいたのかはわからないが、ともかく、菜々美は邪魔になった男たちを殺そうとした。だからこそ、Tシャツにジーンズ姿という身軽な恰好に、わざわざ着替えようとしていたんだ。かなり激しい動きが要求されるような計画を練っていたんだろう。具体的には、想像をたくましゅうするしかないがね」

「例えば、どんなふうに？」

「阿宮のアパートでの話し合いには、おそらく、能代も呼ばれていたんだろうな。菜々美は亭主にも、仕事が終わったら、午後二時頃に練馬の阿宮のアパートへ来てくれ、と伝えておいたんだ。子供のことで、阿宮をまじえて重大な話し合いがある、とかなんとか、それらしい口実をもうけて」

「三人が一堂に会するってわけですか」

「もしも、菜々美の計画通りにことが運んでいれば、おそらく彼女は、先ず阿宮を殺しておいて、そして、やってきた能代も殺すつもりだったんだろう。そうしておいて、おもむろに騒ぎ出し、アパートの住人たちに助けを求める」

「なんのためにです」

「元亭主と、いまの亭主が、言い争いの末に殺し合いをしてしまったと、訴えるんだ。それぞれの凶器に、お互いの指紋を付着させておくとか、そういう小細工を施しておくつもりだったのかもしれない」

「しかし、待ってください。菜々美が新しい男をつくっていたことは、調べればすぐに判ることです。もしも、元亭主と現亭主の、ふたりが同時に死亡したともなれば、その第三の男の存在は、必ず問題になる」

「そうなっても、いっこうに、かまわなかっただろうよ。菜々美にしてみれば、新しい男の存在は、元亭主にも現亭主にも秘密にしていたと、取り調べで素直に認めれば、それですむことなんだ。阿宮が逆上して手がつけられなくなったのが原因で、ふたりの男のあいだで殺し合いになったんだから、第三の男は事件には、まったく無関係だとな」

「いくらなんでも、そんなに簡単には丸め込まれませんよ、ぼくらだって」

「わたしじゃなくて、彼女はそう計算した、という話さ、これは」

「もしかして、阿宮が当初の約束に反して、能代邸へ押しかけたのは、菜々美の計略に気がついたからですか」

「おまえの頭も回り出したな。なにしろ、一生、忘れられないような煮え湯を飲まされた女だ。話し合いの場所に、わざわざ練馬のアパートを指定したことにも、なにか作意があるんじゃないかと、気がついたんだろう。もちろん、菜々美は、能代も呼んであることは秘密にしておいたはずだから、具体的に彼女がどういう心づもりなのかまでは知らなかっただろうが、おとなしく約束の時間を待っていたりしたら、とんでもない奇襲を受けるはめになるかもしれないと、見当をつけた。だから、阿宮は先手を打って、三十分も前に、能代邸へと押しかけた」

「玄関から訪問せずに、庭から、こっそり家へ上がり込んだのも、用心していたからですね。もしかしたら、菜々美は自分を殺すつもりでいるかもしれない、と」

「あるいは、な」

「だったら、阿宮は、なぜ、そのことをぼくらには黙っているのでしょう?」

「そりゃあ、いろいろ考えられるさ。ほんとうに菜々美が自分を殺害する計画を練っていたのかどうか、もうひとつ確信が持てないことも、あるかもしれない。仮にも、母親に関することだ、どういう形で息子の耳に入ってしまうかもわからない。彼女が、そんな企《たくら》みを抱いていた、なんて、うっかり口にできることではないさ。従って、能代邸へ忍び込んだ経緯についての供述も、どうしても曖昧にならざるを得なかったんだ」

「でも、阿宮は、菜々美を突き飛ばしたりしているんですよ。それは、先手を打たないと自分が殺されるという、確信とか、危機感があったからではないんですか」

「直接のきっかけは、こっそり入ってきたのを見つかって、菜々美に、なじられたからだろうな。それで、溜まりに溜まった恨みが爆発して、理性を失った。そういう経緯だったんだと思う」

「しかし、そうなると、阿宮のアパートで目撃された男というのは……」

「もちろん、能代英悟だろう。菜々美の指示通りに来てみたものの、部屋には誰もいなかったので、立ち去った。中野へ向かった阿宮とは、いきちがいになったんだ」

「あれ。でも、待ってください、午後二時といえば、能代は晴敏と一緒に、映画を観ている途中だったはずですよ」

「その時間帯に能代が練馬にいたとすれば、晴敏と一緒に行動していた男は、まったくの別人に決まっている。小学校へ迎えにいったのも、映画館へ連れていったのも、すべて能代ではなくて、別人だったんだ」

「では、晴敏は嘘を言ったんですか。下校したあと、ずっと父親と一緒にいたと証言したのは、あれは虚偽だったと」

「しろうとくさいことを、言うもんだ。晴敏は別に、嘘なんか言っていないさ」

「いったい、どういうことです」

「新しいほうのお父さんと、ずっと一緒にいたのかと、おまえたちに訊かれたから、その通りだと答えただけじゃないか。それは、嘘でもなんでもない、ほんとうのことだった」

「新しいお父さん――」

「菜々美の、第三の男さ」

「では、彼女は既に……?」

「第三の男に、息子を紹介していたのだろう。これが今度、おまえの新しい父親になるひとだから、これからは、このひとを、お父さんと呼びなさい、と」

「待ってください。それはいいとして、菜々美は、いったいなんのために、息子を自宅から遠ざけておいたりしたんです。お父さんの考えだと、彼女は、阿宮と能代を、練馬のアパートで殺す予定だったんでしょう?」

「彼女の計画によれば、実の父親と継父をまじえて生臭い話し合いをする、という名目があったわけで、そんなことに幼い息子を巻き込みたくないと、新しい恋人には、そう言い訳していたんだろう」

「まさか、事情聴取されても、ぬけぬけと、そう申し開きをするつもりだったと言うんですか、菜々美は」

「だと思うがね、わたしは。警察に対して、新しい恋人の存在を隠さないほうが、むしろ、つくり話にも信憑性《しんぴょうせい》が出ると、計算していたんだろう。しかし、わざわざ自分から、そのことを持ち出すというのも不自然だから、息子をあずけておいた、という状況をつくっておけば、いやでも、新しい男のことが話題になると踏んだのさ」

「能代が嘘をついたのは、なぜです」

「晴敏が、ずっと父親と一緒にいたと証言をし、それが自分のことであると錯誤される展開を期待したからだ」

「そんなことをして、能代にとって、なにかメリットがあったと言うんですか」

「普通に考えれば、これを利用してアリバイが確保できると、思い当たったんだろう」

「アリバイ、ですって？」

つまり、菜々美を殺したのは、阿宮ではなく、ほんとうは能代だったと、父は言いたいのだろうか。そんなことが、あり得るのか。私は考えてみた。

能代は午後二時、菜々美の指示通りに阿宮のアパートへ赴く。しかし、誰もいなかったので、その場を立ち去る。菜々美を突き飛ばして逃げ出した阿宮と、いきちがいになる形で、中野の自宅へ戻る。そして、寝室で倒れている菜々美を発見するのだが、この時、彼女は、まだ息があったのではないだろうか。阿宮は動揺のあまり混乱して、自分が殺害してしまったものと思い込んでしまったが、ほんとうは、彼女を突き飛ばして気絶させただけだったのではないだろうか。

倒れている彼女を見て、能代は、阿宮の仕業だと知った。その日、会う予定になっていた相手だから、そうだと見当をつけるのはむつかしくない。あるいは、能代邸を逃げ出したあとで町なかをさまよっている阿宮を、中野へ戻ってくる途中で、見かけていたのかもしれない。能代はセダンを持っているから、移動にはその車を使っていたはずで、従って能代は阿宮には気づいたが、阿宮は車中の能代には気づかなかった。もちろん、菜々美を殺してしまったと思い込んで、極度の興奮状態にあったであろう阿宮には、どっちみち、そんな余裕はなかっただろうが。その尋常でない様子を憶えていた能代は、菜々美と争ったせいだったのかと思い当たる。そして、いま、菜々美を殺しておけば、罪を阿宮に被せられる、と思いついた——ざっと、そんな具合だ。

すると、父は、まるで、私の心のうちを読んだかのように、苦笑して、

「おいおい、五郎、まさか、能代が菜々美を殺した、なんて考えているんじゃあないだろうな」

「ちがうんですか」

「だいたい、動機は、なんだ」

「そりゃあ、かつて、阿宮がそうされたように、自分も菜々美に見捨てられようとしていると、知ったからじゃないですか」

「どうやって知ったんだね、それを」

「晴敏の口から、ですよ。自分と前後して帰宅した後に、能代は、こんな時間までどこへ行っていたんだ、と訊いた。すると、菜々美に言われて、ずっと新しい父親と一緒にいたと、正直に答えたものだから、ことの次第を悟って、かっとなり、気絶していただけの菜々美の首を絞めた」

「晴敏が、そこにいるのに？」

「お母さんは、もう死んでいるから入ってきちゃいけない、とかなんとか、ごまかして、部屋の外へ追い出しておいたんでしょう。もちろん、罪は阿宮に被せるつもりで」

「阿宮が、自分は彼女を突き飛ばしただけで首なんか絞めていない、と主張したら、どうするんだ。うまいことに、彼の気が動転して記憶が混乱してくれる、なんて、都合のいい展開を予測していた、とでも言うのかね。それに、阿宮が逃げるところを近所の主婦が目撃したことだって、能代は、その段階では知らんはずだろ。つまり、罪は確実に阿宮が被ってくれる、なんて期待はできないし、するはずもないんだ」

「だから、咄嗟《とっさ》には、そこまで理詰めに考えられなかったんですよ、きっと」

「菜々美を殺したのは、阿宮だよ。能代は、殺していない」

「どうして、わかります」

「能代が嘘をついたからさ」

私は混乱した。

「いいか、五郎。よく考えてみろ。能代は、おまえたちを勘違いさせた。しかし、これが殺人事件のアリバイだとしたら、いかにもお粗末だ。というより、危険すぎる。能代の気持ちになってみろ。新しい父親というのは別の男だ、という事実は、いつばれてもおかしくないんだ。いや、ばれるに決まっている。映画館の売店の娘が、晴敏の顔だけはっきり憶えていて、連れの男の顔を憶えていなかったのは、単なる偶然に過ぎない。そんな都合のいい展開を、能代が予測したはずはないんだ。むしろ、晴敏の連れの顔を憶えている目撃者が出てくる可能性を、真っ先に考えただろうよ。もしも、能代がほんとうに、阿宮に罪を被せる意図で菜々美を殺したのだとしたら、そんな危ない橋なんか渡るものか。アリバイなんか主張せずに、その日の行動を、すべて正直に喋ってしまうほうが、よほど安全じゃないか」

「それも、そうですね。だったら、なんで、そんな嘘をつくんでしょう?」

「能代が中野の自宅に帰ったのは、何時頃だったと思う」

「それは、五時半頃でしょう」

「どうして、そうだと判る」

「晴敏が帰宅したのと、ほぼ同時だったと考えられるからです。もしも、それより早かったのだとしたら、菜々美の死体を見つけた能代は、すぐに警察に通報したはずで、その場合、晴敏が帰宅する頃には既に、現場には警官が到着していたでしょう。結果的に、能代が晴敏と、ずっと一緒にいたという錯誤も、成立しなかったはずだからです」

「その錯誤が成立するための条件が、もうひとつある。つまり、晴敏を自宅へ送ってきた第三の男は、能代邸へは上がらなかった、ということだ。もしも上がっていたら、事件のことを知って、現場にとどまっていただろうからな。しかし、第三の男は、どうして能代邸へ上がらなかったんだ？　菜々美に晴敏のことを頼まれていたのに」

「能代が帰宅していることに気がついたからじゃないですか。鉢合わせをするのは嫌だったから、晴敏とは玄関先で別れた」

「そうだろうと、わたしも思うよ。では、なぜ第三の男は、能代が在宅であることを知ったんだろう？」

「さあ。窓から姿が見えたとか」

「あるいは、ガレージに車があるのに気がついたから、かもしれない」

「車……」

「能代は車を持っているか？」

「ええ、持っていますが」

「つまり、練馬と中野のあいだの移動は、阿宮みたいに徒歩ではなく、車を使ったと考えられる。すると、おかしなことになる。練馬のアパートで、能代とおぼしき人物が目撃されたのが二時頃。しかし、彼が自宅に戻ったのは五時半。歩いて一時間もかからない距離なのに、なぜ車を使っているはずの能代が、帰宅するまで三時間半もかかった？」

「途中で、どこかへ寄ったんでしょうか」

「能代は、菜々美に指示されたからこそ、練馬へ行っていたわけだぞ。そこに彼女がいなかったら、これは一旦、自宅へ戻ってみるのが、どう考えても自然じゃないか。能代は自宅へ戻ったんだ。午後二時過ぎに」

「それなら、どうしてその時、菜々美の死体に気がつかなかったんです？」

「気がついたのさ。しかし、その時は、まだ通報しなかった。能代には、やらなければいけないことがあったからだ」

「やらなければいけないこと？」

「どうだろう、やはり、能代は、菜々美が自分に見切りをつけようとしていることを、薄々、察していたんじゃないかな」

「それは、あり得るでしょうね。勤めている会社が危ないことは、彼も知っていただろうし、その噂を菜々美が聞きつけたら、阿宮の時と同じ行動に出るだろう、と」

「そんな折、菜々美が死んだ。用意周到な彼女のことだ。夫婦間でも、財布はきっちり分けてあっただろうし、彼女に何かあった時には、遺産は息子にしか渡らないようにしてあるはずだ──能代は、そう考えた。だから、彼女の死が世間に知られる前に、先手を打っておこうとしたんだ。名義人が死亡したら、銀行口座の預金は、どうなる」

「凍結されます」

「そう。引き出せなくなる。たとえ、故人の夫であっても。だから、警察に通報するよりも先に、銀行へ飛んでいったんだ」

「菜々美のカードを使って金を奪ったのは、能代だったと言うんですか」

「変装用のヘルメットなどは、おそらく盗んだもので、使ったあと、処分した。道具や服装などから足がつかないよう、念を入れて準備していたから、結果的に三時間ほどかかったんだろう。結婚生活の、慰謝料がわりのつもりなんじゃないかな、能代本人としては」

「金を引き出した時刻は、防犯カメラの記録によって特定される。帰宅した晴敏からその日の行動を聞き出した能代は、自分が第三の男になりすませば、その問題にも対処できると思いついた、と。アリバイというのは、そのことですか。しかし、それが、砂上の楼閣である事実に変わりはありませんよ」

「殺人容疑とは、えらいちがいさ。能代にとっては、見破られなければ、もうけもの。見破られても、なにしろ妻の金だ、どうせ大した罪にはならないと高を括《くく》っているんだろう。晴敏と一緒にいた男が能代でないとわかったら、おまえたちは、どうする」

「そりゃあ、徹底的に追及しますよ。いったい、どういうつもりだと」

「そうなることを、ひそかに期待しているのかもしれんな、能代は。つまり、咄嗟に嘘をついたのは、自分が菜々美を殺したんじゃないかと疑われるのが怖かったからで、単なる出来心だったんです、と。そう言い訳すれば、おまえたちは納得して、金のことは忘れてくれる——いや、これは、わたしじゃなくて、能代がそう期待しているんじゃないか、という話だがね」

チープ・トリック

ヒドゥンヴァレイ・ゴスペル教会見取図

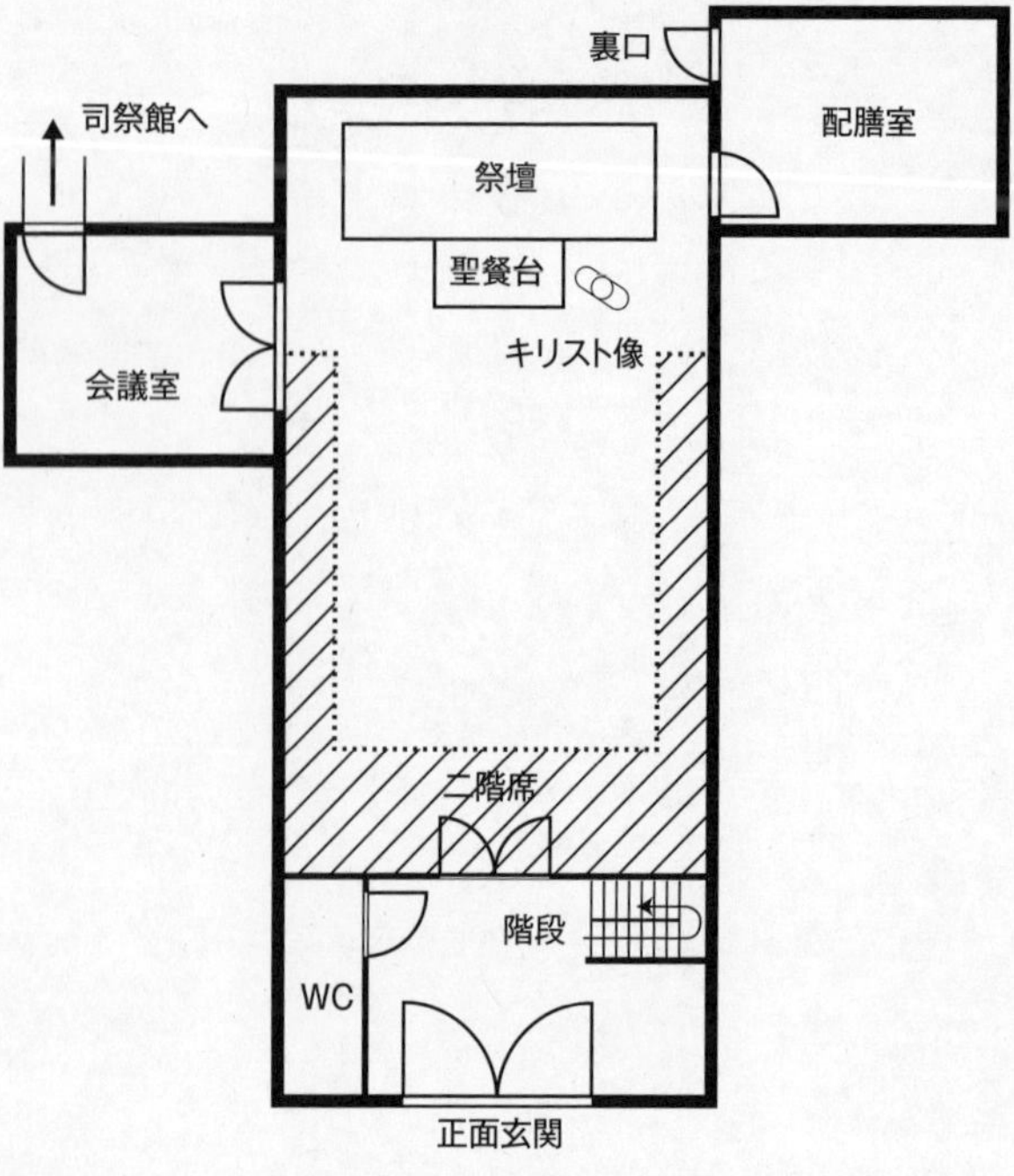

（――最初は、そうさ、誰でも抵抗を覚えるだろう）

トレイシィ・ケンプの握っている電話の受話器から、その声は流れてきている。にやついた声。野卑な暴漢のような声。

（――そんなこと、この自分にできるはずはないと、そう思うだろう）

これって、スパイク・フォールコンの声よね……起き抜けの淀《よど》んだ頭でトレイシィは、ぼんやりと記憶を探る。

（人間のすることじゃない、鬼畜の所業だと嫌悪するだろう。しかし、それがどんなに冒瀆的《ぼうとくてき》で恐ろしい行為か判っていても、実際にやってみると意外に気持ちがいい、と一旦知ってしまえば――）

抑揚に欠けるようでいて、どこか嘲笑の響きの籠もった声。声。声。あの粗暴なスパイクの――いや、もしかしたら、これはスパイクではなくて、ブライアン・エルキンズのほうなのか。判らない。やっぱりスパイクなのか。どっちだろう……真剣にそう悩んでいる己れを、ふとトレイシィは滑稽《こっけい》に感じる。ばかばかしい。どっちでもいいじゃない、そんなこと。そもそも普段から男の子たちの声になんて、そんなに注意を払っているわけでもない。誰にしたって、がさつで。下品で。デリカシーのかけらもない。所詮どれもこれも、似たようなもの。

(――またやりたくなる。そう。またやりたくなるのさ。たとえそれが、どんなに背徳的で忌まわしい行為であっても。絶対に、もう一回やってみたくなるんだ。もう一回。もう一回、な)

ぼんやりしたまま返答できないでいるトレイシィにお構いなく、声は一方的にメッセージを伝え終わった。電話が切られた後も、しばらく彼女は受話器を持ったまま、トレーラーハウスのリビングスペースに佇《たたず》む。

モービルホームばかり数十世帯が蝟集《いしゅう》する専用市街地。その一角に、ケンプ家のトレーラーハウスは在《あ》る。実の父親が現在刑務所で服役中のトレイシィは、ここで母親とふたり暮らしだ。ハイスクールが夏期休暇に入ったばかりの最初の金曜日。正午を回ったばかりの時刻。トレイシィは、ほんのついさっき、泥のような眠りから目覚めたばかりだった。電話のベルで起こされて。母親は、とっくに出勤している。

――またやりたくなる……

先刻の電話の声が頭の中で、ノイズ混じりに、蜂の羽音のように残響する。

ようやく受話器を置くと、トレイシィは洗面所へ入った。鏡を覗き込む。

ブロンド娘がトレイシィを、憎々しげな半眼で見返している。疲労の滲《にじ》んだ顔色。昨夜《ゆうべ》は夜中まで、いったい何時間、快楽の汗と喘《あえ》ぎを搾り出し続けたことか。掌《てのひら》と舌が彼女の全身を這い回る果てしない行為。いや、掌と舌だけではなく、時折あの声も、トレイシィの耳から脳を這いずり回って。

(――またやりたくなるんだ、トレイシィ、さあ、もう一回。もう一回、やるんだ。やらなきゃいけない。いや、おまえはやりたいんだ。否定しても無駄だ。やりたいんだ、おまえは。もう一回やりたいんだ。同じことを、もう一回

もしもトレイシィの母親が真夜中に帰宅しなかったとしたら、きっと朝まで淫《みだ》らな行為は続いていただろう。

――またやりたくなる……

鏡の中の自分。照明による陰影のせいか、眼の下に隈《くま》が浮き上がる。まるで人生に倦《う》んだ中年女のようだ。とても十五歳の娘には見えないほど荒廃し、疲弊して。

屹立《きつりつ》した男根《ブリック》の幻影が脳裡《のうり》に揺らめく。一本、二本と。いろんな方向からトレイシィに迫ってきて。彼女を押し広げ。入ってくる。潤いきっていないヴァギナに潜り込み。アナルを破って。何度も何度も。口にも差し込まれ。咽頭を突いていた先端から迸《ほとばし》った精液の生臭さが、ふと鼻の奥で鮮烈に甦《よみがえ》る。

瞬間的に激しい嘔吐《おうと》感にかられ、トレイシィは洗面台に手をついた。頭を垂れて吐く。泡立った唾液が、己れの全身に放出された大量のスペルマを連想させ、さらに食道が大蛇のように跳ねた。しかし何も出てこない。昨日は一食も摂《と》っていないからだ。食べられるはずがない。苦い胃液ばかり吐く。

トレイシィの目蓋《まぶた》の裏で、ぐるぐると赤い渦が巻く。それが、ぶちまけられた大量の鮮血を連想させ、彼女は慌てて眼を開き、顔を上げた。視界を塞《ふさ》ぎがちな金髪を邪険に払い除《の》けると、鏡の中の自分自身を凝視する。憎しみに満ちた眼。

――またやりたくなる……

――またやりたくなる……

呪文のように反復されるそのフレーズが、いつの間にか自分自身の呟《つぶや》きにすり替わっていることに、ふと気がつく。ノーブラの上に直接着ている白いTシャツの下で、いつの間にかトレイシィの乳首は尖《とが》っていた。息づかいが荒くなり、瞳が鈍い輝きを放つ。

生地の上から指でつまんでみた。乳首は、さらに固く勃起《ぼっき》。トレイシィは、ゆっくりと自分の乳房を揉みしだき始める。鏡の中では女が、それまで引き結んでいた唇を、だらしなく緩めて。赤い舌が、くねくねと洞窟から這い出てくる未知の爬虫類《はちゅうるい》のように蠢《うごめ》く。微笑とともに白眼を剝《む》いて。

Tシャツの裾をたくし上げ、手を差し込んだ。直接乳首をいじりながら、もう一方の手で、緩んだ唇を撫で回す。舌が指のあいだを舐《な》め。とろりと涎《よだれ》が垂れる。

――またやりたくなる……

――またやりたくなる……

――またやりたくなるんだ、おまえは。

唾液に濡れそぼった指を、剝き出しになった腹部の、さらにその下へと滑り込ませようとした、その時。

電子音が鳴り響き、トレイシィは我に返った。まるで濃いメイクをしたピエロが哄笑《こうしょう》しながら闖入《ちんにゅう》してきたかのように、間の抜けた無粋な響き。

Tシャツの裾を戻すと、トレイシィは己れの下半身を見下ろした。抜けた膝の上から切り落としたデニムショーツ。ビーチで焼いた小麦色の素脚が剝き出し。挑発的すぎるかもしれないと思ったものの、この季節の南部では肌を露出するほうがむしろ自然だ。

せせこましいリビング兼ダイニングスペースを通り抜けると、トレイシィはトレーラーハウスのドアを開けた。モービルホーム用の敷地をもう一世帯分、余分に確保して、自宅の隣りをスクリーンドア付きの天蓋《てんがい》で囲い、ガレージと庭を兼ねたスペースにしてある。いまは母親が出かけているため車はないが、ドアベルを付けてあるそのスクリーンドアがケンプ家の玄関という体裁。

スクリーンドア越しにジーンズ姿の少年が立っているのが見えた。猫背気味の姿勢でトレーラーハウスのほうを覗き込んでいる。

やや逆光だったが、もじゃもじゃのブラウンヘアのニキビ面は見まちがえようもない。同じハイスクールの男子生徒、ゲリー・スタンディフォードだ。

「……やあ、トレイシィ」

トレーラーハウスのドアからガレージに下りてくる彼女を認めて、ゲリーはそう声をかけてきた。鷹揚《おうよう》に笑おうとして失敗したのが明らかな、ひきつった声音。

スクリーンドアからトレーラーハウスまで数メートルの距離があるが、トレイシィの嗅覚は少年の体臭を嗅ぎつけている。不潔で脂くさい臭《にお》い。思春期の欲求不満が淀んで発酵している。年齢相応にチーズっぽい甘ったるさが幾分勝ってはいるが、まぎれもない牡《おす》。これにニコチン、アルコール、ヘアトニックの饐《す》えた臭いが加われば、かつてトレイシィの父親が撒き散らしていた悪臭そっくりになるだろう。ベースとなる分泌物はどれもこれも同じ。オスの煮汁。反吐《へど》が出そうな思いをそのまま、顰《しか》め面《つら》に託して、トレイシィは不機嫌に、「誰よ、あんた？」

もちろんトレイシィは同じ学年のゲリーの名前も顔も知ってはいたが、校内で言葉を交わしたことが一度あるかないかで、それもお義理程度。従って、冷たく誰何《すいか》してやるのが当然だ。個人的に親密なわけでもない女の子の自宅に、何の約束もなく押しかけてくるような輩《やから》には。

「お、おい。ゲリーだよ。ゲリー・スタンディフォード。ほら。前年度、スペイン語のクラスで一緒だったろ？」

この夏休みが終われば学校は新年度――トレイシィは、まだ少しぼんやりしている頭で考える。どのみち九月になれば、こいつと顔を合わせることもなくなるんだわ、と。

「何の用なのよ」

「……もしかして、まだニュースにはなっていないのかな」

「何が？」

「実は、ブライアンが――ブライアン・エルキンズが死んだんだ」

「知らないわ、そんなこと」トレイシィは、あくびをする。「だいたい、ブライアンなんてひと、知らないし」

「ぼくたちと同じスペイン語のクラスにいるやつだよ。いや、いたやつだよ、と言うべきか。

名前くらい、聞いたことあるだろ」

「知らないって言ってるでしょ。口をきいたこともないし。写真を見せられたって顔が判るかどうか。そんなひとが死のうがどうしようが、あたしには関係ない」

「いつもスパイクと、つるんでいたやつだ。スパイク・フォールコンの舎弟《しゃてい》を気どっていたやつで……トレイシィ、まさかきみは、スパイクのことも知らない、なんて言うんじゃないだろうね？」

「よく知っていますとも、残念ながら。数々の悪評ばかり、ね。手のつけられない乱暴者。できることなら、一生かかわり合いになりたくない」

「そのスパイクも殺されたことは知っているだろ、いくらなんでも？」

「へえ。彼、殺されたの？　あたしが聞いた話では、よりにもよって教会で悪さをしでかしたものだから罰《ばち》が当たって頓死した、ということだったけれど。それはつまり、神さまに殺されたってこと？」

「ばかな。殺された以上、人間の仕業《しわざ》に決まっているよ」

「でも、噂によると、とても人間には犯行不可能な状況だったらしいじゃない？」

「そ……」ゲリーはトレイシィから眼を逸《そ》らせた。怯えている。「それは――」

「現場の状況からして、スパイクに接近することは誰にもできなかったし、彼の首を切断した凶器も、どういう種類のものなのか不明らしいじゃない。そういう噂を聞くと、神さまなのかどうかはともかく、オカルティックなパワーがあのチンピラに鉄槌《てっつい》を下したんだなと、これはあたしでなくとも、そう思いたくなるってもんよ」

「神でもオカルトでもない」トレイシィに向きなおったゲリーは、あたかも己れに言い聞かせるかのように、「人間の仕業に決まっているよ、あれは」

「ずいぶん断言するのねえ。なんだかまるで、その場にいて、見てきたみたいじゃない？」

ゲリーの身体が硬直する気配。ニキビ面で薄いピンクの、至って血色のいい顔が、みるみるうちに青白くなってゆく。

「あら。痛いところ、衝《つ》いちゃったのかな、もしかして。そうね。案外あなた、スパイクが死んだ現場にいたんだったりして」

「……どうして、そう思うんだ？」

「噂、よ」

「どんな噂なんだ。ま、まさか、ぼくがスパイクを殺した、とでも……？」

「さっき、ブライアン・エルキンズって子がスパイクの舎弟気どりだったという話をしてたけど、あたしが聞いた限りでは、それは事実に反する。スパイクが学校の外で悪さをする際、よくお供に従えていた金魚の糞《ふん》は、ゲリーっていうブラウンヘアの男の子だったんだってさ」

トレイシィは、彼女を睨みつけてくるゲリーに肩を竦《すく》めて見せた。

「ま、誰に限らず、スパイクに媚《こ》びへつらう男の子なんてヒドゥンヴァレイ・ハイには掃いて捨てるほどいたわけだから。噂よ、そんなの。単なる噂。ほんとうなのかどうか、あたしに判るわけないじゃん。でも、もしもそうなら、あなたがスパイクの殺害現場に居合わせていたってのもあながち、あり得ない話じゃなくなるわよねえ。突然の惨劇に臆病風に吹かれたあなたは、兄貴分の遺体もほったらかしで、すたこら逃げてきてしまったってわけだ。あら、仮にそうだったとしても、別に誰も責めやしないわよ。なにしろ、むごたらしい殺され方だったらしいじゃない、スパイクったら。首をちょん切られてさ。おまけに、いったい犯人はどこからやってきて、どうやって立ち去ったのかも不明とくる。あなたじゃなくても逃げ出すわよ。でも、そのせいで警察も未《いま》だに、殺害当時スパイクには連れがいたとは把握していない――ま、全部、想像に過ぎないんだけどさ」

「トレイシィ、聞いてくれ。スパイクを殺したのは、ぼくじゃない」

「そんなこと、わざわざ言い訳する必要はないのよ。あたしには、スパイクやあなたのことに関して何か考えてあげなきゃいけない義理はないんだもん。関係ないんだもん」

「関係ならあるんだ、きみにも」

「どういうことよ、それは」

「ナタリーは、どこだ？」

「え？」

「ナタリー・スレイドだよ。彼女は、いまどこにいる？　え？　どこにいる？」

「どこって、自宅でしょ」

「ちがう。どうも彼女は、先週から行方《ゆくえ》をくらましているらしいんだ。彼女のシトロエンもろとも」

「旅行にでも出てるんじゃない？　彼女の家族に訊いてみれば」

「訊けるところは全部、訊いて回ったよ。でも、誰も知らない」

「だったら、どうしてあたしが知っているはずがあって？　第一、なぜここで、ナタリー・スレイドの名前が出てくるの」

「それは……」ゲリーは口の内側から頬を舌で突き上げる仕種のあいだ、躊躇《ちゅうちょ》した。「それは、彼女が犯人だからだ」

「はあ？　なんですって？」

「彼女がスパイクを殺したんだ」

「ちょっと、あんた」

「そうにちがいないんだ。そして続けて、ブライアンも殺しちまった。スパイクと同じように、首をちょん切って」

「ブライアンって、殺されたの？」

「だから、さっきからそう言ってるだろ。やつも死んだ、と。殺されたんだ」

「スパイクの事件は、まだ夏休みに入る前だったこともあって、学校じゅう大騒ぎになってたけれど。また別のヒドゥンヴァレイ・ハイの男の子が殺されたって話は初耳だわね。しかも、同じ手口で」

「まだ誰も、ブライアンの死体を発見していないから、ニュースにはなっていないんだ。おそらく警察も知らない」

「じゃあ、どうしてあなただけが、そんな事件を知っているわけ」

「それは、たったいま、この眼で、ブライアンの死体を見てきたからだよ。やつの首と胴体は、いまぼくの家の裏庭に……」

「ゲリー。あなた、もう帰ったほうがいいわ。おうちへ帰って、ママにクールエイドと七面鳥のサンドイッチでも用意してもらいなさいな。おなかいっぱいになったら、お昼寝でもして落ち着くことね。それじゃ――」

「待て。待ってくれったら。ほんとうに、ナタリーが犯人なんだよ」

「んもう。しつこいわね」

「どこにいる？　ナタリーは、いったいどこにいるんだ。きみなら知っている。トレイシィ。嘘をつくなよ。最近ナタリーと一番仲がいいのはきみだって、みんな言っているぞ。家族や他の同級生たちが知らなくても、彼女がどこにいるのか、きみだけは知っているはずだ、と」

「そんなこと知らないし、たとえ知っていても、あんたなんかに教える義理はないわ」

「教えてくれなくちゃいけないんだ。トレイシィ。きみはぼくに、ナタリーの居所を教えてくれなくちゃいけない」

「あんた、おつむがイカれちゃってるわね、完全に。もう帰ってよ。さっさと消えないと大声を上げるわよ」

「後生《ごしょう》だ。頼む。頼むから、冷静に話を聞いてくれ」

「冷静にならなきゃいけないのは、あんたのほうでしょ。しつこいわねえ、ほんとに。だいたい、ナタリーがほんとうに犯罪にかかわっているかもしれないんだったら、あんたが相談しなきゃいけない相手は、あたしじゃなくて、警察よ」

「警察……」

「そうでしょ？　おまわりさんなら、ナタリーの居所も調べてくれるわ。彼女が容疑者だと認めてくれれば、だけどね。とりあえず、相談に行ってらっしゃい」

「それは、だ、だめだ」

「どうしてよ。ははん。あんた、万引きでもしてるわけ？」

「警察に駈け込むわけにはいかない」トレイシィの皮肉も耳に入らないかのように、ゲリーは半泣きで身を捩《よ》じる。「だけど、このままじっとしているわけにもいかない。次は、ぼくが狙われる」

「え？」

「スパイクが殺された。ブライアンも殺された。次は、ぼくの番に決まっている。次は、ぼくが首をちょん切られてしまうんだ」

「首を？　誰に、よ。まさか、ナタリー・スレイドに？」

「だから、さっきから何度も、そう言ってるだろっ」

「どうして、そう思うわけ？　どうしてナタリーが、あんたたち三人を殺さなきゃいけないのよ。理由は何。彼女、あんたたちに恨みでも抱いているとか？」

「恨み……」ゲリーの動きが一瞬止まる。左手で自分の右腕を握りしめている。やがて、ぶるっと大きく身震いした。「そうだな……抱いている、と言うべきだろうな」

「どういう恨みを？」

「その前に――」神経質な仕種でゲリーはジーンズのポケットに手を突っ込み、周囲を見回した。「中へ入れてもらえないか？　往来で話すのはまずい」

「もうすぐママが帰ってくるんだけど。それでよければ」

これは嘘だった。モーテルで従業員をしているトレイシィの母親は、今日も深夜にならないと帰宅しない。しかし、ゲリーはその嘘を鵜《う》呑みにしたようだ。

「……ちょっと外へ出よう。一緒に来てくれないか」

「どこへ？」

「気を回さなくてもいいから、とにかく、乗ってくれ」

ゲリーは背後に停めてある中古のシボレーを、自分の肩越しに指さす。

「ちょっと。やあよ。変なこと、考えているんじゃ――」

「そんなんじゃないって言ってるだろっ」

癇癪《かんしゃく》を起こしたのか、ゲリーはバネ仕掛けの人形みたいに跳び上がって怒鳴った。そんな彼の激情にも、トレイシィは涼しい顔。

「どこへ連れてゆくつもりなのか、先ずそれを教えてもらわないと、ね。そんな車なんかには乗らないわよ、絶対に」

気後れしたのをごまかすかのように、ゲリーは咳払いした。「……ヒドゥンヴァレイ・ゴスペル教会」

「え?」

「というか、もと教会だった建物だ」

「それって、もしかして……」

「そう」ゲリーはシボレーの助手席のドアを開けた。「スパイク・フォールコンが殺された現場だ」

＊

——とにかく、トレイシィ、いまから話すことを冷静に聞いてくれ。ぼくがどういう悪事に加担していたか知ったら、きっときみはぼくを軽蔑するだろうが、それも仕方がないことだ。

でも、誓って言う。ぼくは自分の意思で、そんな悪行に手を染めたんじゃない。脅されたんだ。スパイクに。協力しないと、ひどい目に遭うぞと脅迫されたから。不可抗力だったんだ。ほんとうに。どうしようもなかったんだ。それに……

それに、まさかあんな惨劇になるなんて、夢にも思わなかったし……

＊

「時に、トレイシィ」ゲリーは説明を中断した。「きみ、本免、持ってる?」

「なんですって?」

「車の免許だよ。本免、持ってる?」

「ううん。持ってないわ。まだ仮免」

「そうか。仕方ないな」

なるほど。トレイシィは納得する。察するにゲリーもまだ仮免らしい。州法で、十五歳になれば本免は取得できるが、仮免所有者でも、本免を持っている人物が同乗すれば公道を走らせられる。ふたり揃って仮免となると、万一検問に引っかかった場合厄介だが、この際、そんなことは問題ではない。どうせゲリーはここへ来るのにもひとりで運転してきたわけだし。それに、彼が本免を持っていない、すなわち常に誰かの後ろ楯《だて》を必要とする身分なのは、とても象徴的な事実であるようにトレイシィには思えた。

どうやら検問の不安も、一旦シボレーを発車させると霧散してしまったようで、ゲリーは堰《せき》を切ったように説明を再開する。最初のうちこそ、助手席に座っているトレイシィの剝き出しの太腿をちらちら横眼で窺ったりもしていたが、話が進むにつれ、己れの言葉に興奮し、とり憑《つ》かれたかのようにフロントガラスのほうを睨みつける。まるで、そこに魔物か何かが、へばりついているみたいに。

＊

——あれは先週の金曜日の夜だった。夏休みに入る直前で。そう。スパイクが殺された夜だ。

あの夜、ぼくとブライアンは、スパイクの車でダウンタウンを徘徊《はいかい》していた。うん。例のピンク・キャデラックでね。そう。コンヴァーティブル・タイプの。しかも新車。高校生が乗るような車じゃないよね。でも、スパイクには似合ってたと言うべきかな。「おれのキャディを他の男に運転させるわけにはいかねえ」なんて臭い科白《せりふ》ひとつをとっても、ある意味、さまになってた。べたなギャングみたいで。まあ、歳は十六歳でも、中味はおっさんだった、ということさ。それもGIカットの、とびっきり凶暴なおっさんで。

とにかく、問題の金曜日の夜、ぼくたち三人は、スパイクの運転するピンク・キャディでダウンタウンを徘徊していた。はっきり言っちゃえば、女を探していたんだ。

いや、商売女という意味じゃない。だいたい、ダウンタウンには、いわゆる立ちんぼうなんていやしないよ。市の規制が厳しいし。え。ずいぶん詳しい……って。いや、スパイクがそう言ってたんだよ。そうさ。

とにかく、いい女がいたら、有無を言わさず車に引きずり込んで、みんなで輪姦《まわ》そうって算段をしていたんだ。言っておくけど、ぼくはそんな野蛮なことをするのは嫌だったんだ。第一、犯罪じゃないか。

え。ブライアンかい。どうも、ブライアンは、こういう悪さをスパイクと一緒にするのは初めてじゃないらしくて、わりと落ち着いてたな。そりゃ、内心どう思っていたかは知らない。知らないけど、少なくとも表面的には、異を唱えたりはしなかった。

ああ、もちろん。そうだね。スパイクに異を唱えられるようなやつは、いない。少なくとも、ヒドゥンヴァレイ・ハイスクールにはいない。生徒も教師も。スパイクには逆らえない。へたに反抗しようものなら、半殺しにされる。親父《おやじ》が市の実力者と昵懇《じっこん》らしくて、なかなか警察も介入させられないって噂だし。実際、スパイクが拳銃を校内へ持ち込んで見つかった時も、ロッカールームで見知らぬ上級生に因縁をつけてぼこぼこにした時も、結局は有耶無耶《うやむや》になっちまった。もう治外法権だよ。やつは、見つかった後も、どうやって学校側から取り返したのか、そのオートマティックをピンク・キャディのグローブボックスに入れたまま、いつも堂々と学校に乗りつけてたっていうんだから。しかも、そのことを誰彼構わず自慢げに吹聴してたんだから。まさに、やりたい放題さ。

ぼく自身、いつだったか、ある教師が、もうスパイク本人が学校に飽きて自主的に退学してくれるのを待つしかない、なんて投げやりに吐き捨てるのを聞いたことがある。え。卒業。それは無理だよ。たとえ形式的にだって無理さ。だって、スパイクのやつ、たしか一単位も取っていなかったもの。

とにかく、そんな治外法権男に、ぼくなんかが逆らえるはずはないだろ。あの、どでかい身体《ホーキィ》。丸太みたいな腕で殴られたら死んじまう。冗談抜きで。おまけにやつは、カラテか何かマーシャルアーツを通信講座で習っていたらしいし。カラテを通信講座で、ってところが、いま考えたら、ちょっと間抜けというか、笑えるけれど、やつの腕っぷしが脅威であることに変わりはない。そのスパイクに、いい女がめっからなきゃ、代わりにおまえの尻にぶち込むからそのつもりでいろ、なんて凄《す》まれた日には必死さ。え。そりゃ本気だったんだろ。たしかにやつの女好きは病気の域だったけど、欲求不満が募ったら男でもお構いなしという話だった。男子トイレで襲われた新入生もいたらしいし。真偽のほどはともかく、スパイクを怒らせたら何をされるか判らないのは同じさ。

ぼくもブライアンも必死だった。とろとろ走らせているコンヴァーティブルの後部座席に座らされて。通行人を物色。しかし、なかなかスパイクのおめがねにかなう女が見つからない。ちょっと可愛い娘《こ》がいても、ブロンドじゃなかったら、やつは首を縦に振ってくれないんだ。まったく。やつのブロンド好きは異常だった。ブロンドでなきゃ女じゃない、ってくらいで。そういう意味では、やつがいまも生きてたら、トレイシィ、きみもそのうち、眼をつけられていたかもしれない。あ。いや、ごめんごめん。これは全然別の話だった。

すると、映画館の前に来たところでスパイクが、ひゅっと口笛を吹いた。見ると、背の高いプラチナブロンドの女が、ひと待ち顔で立っているじゃないか。赤いタンクトップにショーツという恰好で。スタイル抜群の、すげえいい女《クール・ビユート》が。それがナタリーだと最初は判らなかったけれど、誰であろうと関係ないさ。スパイクのやつめ、いまにも涎を垂らしそうだったよ。フロントガラスが割れそうなくらい鼻息が荒くなって。

「おおお、こりゃあ。うはははは。こんな上玉《じょうだま》が、めっかるとはなあ。運がいいぜ」

「お、おい、スパイク……」大はしゃぎのスパイクに、こそこそ囁《ささや》いたのはブライアンだった。

「やばいよ、彼女は」

「ん。なんだとお」

「よく見てくれ。あれ、ナタリーだぜ。ナタリー・スレイド」

「ああん?」

言われてみてようやく、ぼくもそれがナタリーであることに気がついた。うん。もちろん知ってるさ。ヒドゥンヴァレイじゃ有名な〝歌姫《マジカルヴオイス》〟だからな。声楽をやっていて、なんでも、音域がものすごく広いんだって? 実際にコンサートとか聴きにいったことはないけれど、ピアノの鍵盤の端から端まで声が出るから、さまざまなタイプの有名歌手の〝模倣演奏《サウンドイミテーション》〟が得意という話は知っている。でも普段、学校でのナタリーはメガネを掛けて髪をアップにしているし、服装にしてもお行儀よく脚を隠す長めのスカート姿が多い。インテリタイプのお嬢さんという雰囲気で、夏とはいえ、こんな開放的な恰好を彼女がするとは少し意外だったな。ひとちがいじゃないかと真剣に疑ったよ。

スパイクもそう思ったんだろう、不満げに鼻を鳴らした。「あの極上ブロンドがナタリー・スレイドだとしてだな、え、いったい何が、どう、やばいってんだ?」

「知らないの? 彼女の親父かおふくろが法曹界関係の仕事をしてる、って話」

「ホーソー……なんだ、そりゃ」

「だから、弁護士さ」

「え。ほんとか」

さすがにスパイクは声を低めた。しかし後から思えば、それは躊躇《ためら》いが生じたからではなくて、逆に興奮したからだったんだね。世俗的に言えば、逆境に陥れば陥るほど燃えるタイプだったんだ、スパイクってやつは。

「娘が傷物にされたりしたら、黙っちゃいないぜ。フォールコン家の威光だって、やつらには通用しないかもしれない。この国で何が厄介かって、弁護士くらい厄介な相手はいないよ。ある意味、ポリ公《ファズ》よりも、ずっとタチが悪い。な。悪いことは言わない《ノー・シット》。スパイク。他を当たろうぜ」

「ばかやろう《シット・ヘッド》。これだけの上玉が他に、ふたりも三人もめっかるもんか。やるぞ」

「え……」

それまで、ゆるゆるとしたスピードでころがしていたピンク・キャディのアクセルを、スパイクは、ぐいんと踏み込んだ。あっという間に距離が詰められる。

通行人たちは、歩道に立っているナタリーに、さしたる注意も払わず次々に映画館に入っていっている。

「いつもの通り、やれよ」

スパイクはそう唸《うな》った。いつもの通り、と言われても、ぼくには判らない。困惑してブライアンを見ても、「むりやり引きずり込むんだよ、車の中に」と、緊張にひきつった声で囁くだけ。

ブレーキが軋《きし》む音とともに、ピンク・キャディは歩道に乗り上げた。ブライアンは座席から立ち上がった。身を乗り出す。眼を丸くして驚いているナタリーにつかみかかると、そのまま彼女の身体を後部座席に引きずり込んだ。

ひょっとして、その目的のために、スパイクはわざわざコンヴァーティブル・タイプの車を使っているのかって？　ああ、そうなのかもしれないね。あの外道《げどう》なら、あり得る話だ。冬場でも雨の日でも幌屋根を付けずに町の中をころがして、女を物色していたのかもしれない。それに、やつがコンヴァーティブルを好きなのは、己れの力を被害者に対して明確に誇示したいからでもあるんだ。どういうことなのかって？　詳しいことはおいおい、きみにも判るだろう。

ともかく急な展開に、ぼくはただ茫然としていた。「何やってんだ。押さえつけろ」とブライアンに叱咤《しった》され、機械的にナタリーの身体に触れたら、けたたましい悲鳴を上げられ、思わず手を引っ込めたり。

「とろとろすんな。ばかやろう」

ピンク・キャディのホイルスピンに、スパイクの罵声が重なった。ぼくは慌ててナタリーの口を塞いだ。羽交い締めにしたら、彼女はじたばたしてブライアンを蹴ろうとする。でもやつは手慣れた感じで、そんな彼女を押さえつけて。

そりゃ、できることなら、ぼくだって、なんとか彼女を助けたかったさ。でも、ナタリーが暴れれば暴れるほど、こちらは、つい焦ってしまって。反射的に彼女を押さえつけてしまって。そんなつもりはないのに、彼女の乳房を鷲掴みにしてしまったり。

こちらが無我夢中のあいだに、スパイクはどんどん車を走らせた。ぼくがようやく落ち着いてきた時には、すっかり町の外れに出ていて、明かりがほとんど見えない。それでもピンク・キャディのスピードは、いっこうに落ちる気配がない。

「ど……どこへ行ってるんだ？」

「おい。ゲリー」

　スパイクに自分の名前を呼ばれて、びくっとした。背後から口を塞いでいるナタリーの身体が一瞬、ぼくの名前に反応して凝固した……そんな気がして。なんとも、いやあな気持ちになった。

「もうその女、黙らせとく必要はないぞ。どんなに泣こうが喚《わめ》こうが、ここまで来りゃ、だあれも聞いてやしないからよ」

　そう言われたって、彼女の口から手を放せるもんじゃない。いや、緊張と恐怖のあまり凝固して、どけようとしても手が言うことをきいてくれないのが実情だったが。

「いったいどこへ向かってるんだ？　州境を抜けてしまうぞ。まさか、このままひと晩じゅう、走らせるつもりじゃ……」

「焦《イージー》るなって。ゲリー坊《ボーイ》や」スパイクは、おぞましいくらい下品な笑い声を上げた。「そうがっつかなくても、ちゃあんと、おまえにも回してやっからよ」

　もうぼくには、どこを走っているのか、まったく判らなかった。沿道には草がぼうぼう生えていたり、もう何十年も前に閉鎖されてそのまま放置されているとおぼしき建物がヘッドライトの中に浮かんだりして。どうやら都市区画整理のついでに行政から見放されたままになっている類いの地域に入ったらしいことは見当がついたが。

　やがて車が停まったのは、教会の建物の前だった。そう。ヒドゥンヴァレイ・ゴスペル教会さ。その時は名前も知らなかったけれど、後で聞いたところじゃ、以前はマイノリティのひとたちが集う改革派教会だったらしい。どういう事情で閉鎖されたのかは、よく知らない。窓という窓が板で釘付けされて塞がれていて、すさんだ雰囲気だ。

ヘッドライトに浮かび上がった建物の正面玄関を見ると、ぽっかりと黒くて大きな口を開けているんだ。どうやら、もともとは窓と同じように塞がれていたらしいんだけれど、そこの板だけが、なぜかハリケーンにでも吹き飛ばされたかのように、ばらばらになっている。内側に開く観音開きのドアも外れて、横倒しになっていて。

後から知ったことだが、それはスパイクの仕業だったんだ。だいたい想像がついてきたと思うけど。元教会だったこの廃屋は、やつが女の子たちをレイプするために重宝していた隠れ家だった。なにしろ周囲は行けども行けども荒れた畑が続くばかりで、民家もない。他に建物がまったくないわけじゃないけれど、どれもこれも工場の跡地とか廃屋ばかりで。ここへ連れ込まれたが最後、どんなに大声で助けを求めても無駄なんだ。

察するに、その廃屋が元は教会だったという事実も、スパイクの露悪的というか、冒瀆癖に裏づけられた自尊心を微妙にくすぐったんじゃないかな。ぼくには、そんなふうに思える。大きな十字架やキリスト像が自分たちを見下ろしている、そういう神聖な場所で敢えて女の子たちを凌辱《りょうじょく》することが、やつには、たまらない快感であり、スリルだったんだろう。そういう意味でナタリー・スレイドは、スパイクにとって、この上ない獲物だった。いかにも色気づいて胸を突き出してくるような娘より、ああいう清楚な優等生タイプを汚すことに、より背徳的な快感を覚えていたんじゃないだろうか。加えて、彼女の身内が法曹界関係者だという事実も、アンチ・モラリスティックなスパイクの嗜好《しこう》を大いに煽《あお》ったんだろうね。

スパイクはピンク・キャディを教会の建物の前で停めた。しかし、エンジンは切らなかったんだ。どうしてなのか、その時は判らなかった。気にしている余裕もないし。

「連れてこい」と、ぼくとブライアンに命令して、スパイクは運転席から下りた。ヘッドライトの光が溜まっているピンク・キャディの前方へと回る。

ぼくとブライアンは、ナタリーを後部座席から連れ出した。暴れる彼女をふたりで担いで、スパイクの前へ引きずり倒した。ナタリーは、そのあいだじゅう、ずっと意味をなさない叫び声を上げ続けていたけれど、夜の闇に虚《むな》しく吸い込まれてゆくばかり。

スパイクは、おもむろに、「おまえは、ちょっとそこで見てな」と、ぼくの肩を突いて傍らにどかせた。そしてかわりに、ブライアンと一緒に、手足を振り回して暴れているナタリーを押さえつけた。ふたりがかりで彼女の身体を、まさぐる。すぐにでも裸にするつもりかと思っていたぼくは、さすがに余裕があるんだなと変な感心をしたものの、やはり違和感を覚えた。するると、なぜかスパイクとブライアンは、お互いに眼で頷《うなず》き合うや、押さえつけている力を緩めたんだ。明らかに、わざと。ぼくは面喰らったけど、ナタリーはその隙を見逃さず、ブライアンを突き飛ばすようにして跳ね起きると、駈け出した。

彼女は、元ヒドゥンヴァレイ・ゴスペル教会だった建物に、唯一の出入口である正面玄関から逃げ込んだ。冷静に考えれば建物の中に誰もいないのは明らかで、助けを求められるはずもないんだが、なにしろ周囲は真っ暗だ。いきなり不案内な荒れ野へ逃げ出すよりも屋根のあるところへ逃れたいという人間の本能だったんだろうね。そしてスパイクは、彼女がそうするだろうという展開を、ちゃんと見越していたんだ。

「おおっと。こりゃどうだ。ウサギちゃんが逃げ出してしまったぞう」

楽しそうに大笑いしながら、スパイクはひとりで車の運転席に戻った。エンジンをかけたままだったピンク・キャディは、耳障りなホイルスピンとともに発進した。そして驚いたことにスパイクは、そのまま教会の正面玄関へ突っ込んでいったじゃないか。

ヒドゥンヴァレイ・ゴスペル教会は、二階席も合わせて、およそ三百人ほどの信者が参列できる規模だったという。かなり大きな建物だ。その正面玄関が、ぽっかりと黒い口を開けている。そこへ必死で逃げ込んでゆくナタリー。そしてピンク・キャディで彼女を追いかけてゆくスパイク。ふたりとも、まるで魔窟《まくつ》に呑み込まれてしまったかのような錯覚に、ほんの一瞬、襲われる。実際、その印象は、あながち外れてもいなかったんだ。教会の建物は、窓という窓、裏口、そして背後の司祭館へと向かう通路も、すべて外側から板で釘付けされて塞がれていたんだから。ナタリーは知らなかったんだろうけれど、彼女は袋の鼠《ねずみ》だったわけさ。わざわざ自らそこへ逃げ込ませることで、スパイクは彼女をいたぶり、楽しんでいたんだ。

なぜ、わざわざピンク・キャディに乗ったのかって？　それこそスパイクのスパイクたる所以《ゆえん》さ。ナタリーが絶体絶命《デッド・ターキー》であることは明白なんだから、そのまま余裕で歩いて追いかければいいのに、なぜわざわざ車を使うのか。ぼくは知らなかったんだけど、どうやらスパイクはいつも、こういう手順を踏んでいたんだね。それは想像するに、犠牲者の女性の抵抗心を完全に奪うための、やつお気に入りの演出だったのさ。

例えば、トレイシィ、きみがナタリーの立場にあると仮定してごらん。あわや強姦されそうになって、とりあえず男たちの手からは逃れた。廃屋とはいえ、裏口を抜ければ、あるいは、どこかにうまく隠れていられれば、逃げられるかもしれない、と。そんな希望に縋《すが》っているところへ、裏口からも窓からも出ることはできない上に、どこかへ隠れようとしたら、男が、あろうことか車で建物の中へ突っ込んでくるんだ。しかも、きみを轢《ひ》き殺しかねない勢いで。実際、スパイクはきみに車体をぶつけるかもしれない。

「骨の二、三本も折れようが、あそこが使えりゃ、かまやしない」などと高笑いをされるんだ。どんなふうに感じる？　あくまでも抵抗しよう、あるいは、なんとか逃げようという気持ちが、すっかり萎《な》えてしまうんじゃないか？

スパイクは、そういうサディストだった。弱者をいたぶるのが好きで、稚拙な演出を仕掛ける己れに酔うタチだったんだ。だから、ナタリーにもそうした。さっきもちらっと触れたけど、それこそやつが、コンヴァーティブル・タイプの車を愛用していた理由さ。ほんとに下劣なやつだよ。え。どういうことなのかまだ判らない？　いまに判る。

スパイクはピンク・キャディで礼拝堂に突っ込んだ。信者参列用の長椅子は、すべて片づけられて広間の隅に積み上げられている。やつはそれを知っていた。だから、何の障害もなく一気に祭壇まで突っ走れると思っていたはずなんだ。そして、祭壇の下に据えられている聖餐台《せいさんだい》にぶつかる寸前、運転席から立ち上がって、勝利の雄叫《おたけ》びを上げて座りなおし、ぎりぎりでブレーキをかける。ね。やっと判ったかい、コンヴァーティブルでなきゃいけない理由が？　犠牲者たちに、より効果的に恐怖心を植えつけ、抵抗心を奪うための演出さ。威嚇のパフォーマンスなんだ。もちろん、効果が過ぎて、ナタリーがショックのあまり動けなくなり、ピンク・キャディに撥《は》ね飛ばされる可能性もあったわけだけれど、さっきも言ったように、スパイクはそんなことは知っちゃいない。

ピンク・キャディのエンジン音とスパイクの哄笑が暗闇に吸い込まれていった。ヘッドライトが照射され、礼拝堂の内部が、その光の中に浮かび上がる。障害物が何もなかったせいか、祭壇の背後の壁が、まるで画像の映っていない映画のスクリーンみたいに妙にしらじらと、だだっぴろく照らし出される。その白さが暗闇に慣れた眼に眩《まぶ》しかったのか、一瞬、トラッキングノイズのようなものが視界を横切ったような気がした。

しかし、そういつもいつも天はスパイクに味方しない。察するに、自分はもう何回も同じパフォーマンスを演じているんだからミスなんか犯すはずがないという過信が油断に繋がったんだね。運転席から立ち上がって「おれさま《ヒイ》、参上《ハア》」と雄叫びを上げているスパイクのシルエットが、祭壇の壁を背景にして浮かび上がった。それも次の瞬間、ストンと下へ落ちる。ブレーキを踏むために座りなおしたんだな……と思った、その時だった。

突然、すさまじい衝撃が起こった。スパイクめ、ブレーキをかけるタイミングをまちがえやがった。すぐにそう気づいたよ。そのまま聖餐台に激突してしまったんだ。ガラスが砕ける音からして、ヘッドライトの外装が壊れたらしい。光そのものは完全に消えてはいないが、如何《いかん》せんピンク・キャディが鼻面を聖餐台の下に突っ込んでいるため、照明の役割を果たしてくれない。エンジンもかかったままだ。

ぼくとブライアンは、その時、正面玄関から中を覗き込もうとしたところだった。お互いに顔を見合わせたね。しばらく待っても、何の気配もしないものだから。もしかして、激突のショックでスパイクは気絶してしまったんじゃないかとすら思って。

どれくらい経っただろう、聖餐台の隅から洩《も》れていた光が消えて真っ暗になった。ライトを切ったらしい。同時にエンジンの音も止まって、気味が悪いくらい静かになった。まさに漆黒の闇だったが、そのうちに眼が慣れてくると、ピンク・キャディの輪郭はうっすらと見てとれたし、その周囲で何かが、もぞもぞと動くのも判った。

「おお、痛《いて》え」という呪詛《じゅそ》の声。ちょっと、よれていたが、スパイクの声だ。「くそったれ《アスホール》め。くそ。くそくそくそおっ」

「お……おい。スパイク」ブライアンが声をかけた。「大丈夫か？」

「あの女。ちくしょう。ちくしょうめっ。おい、ブライアン、ゲリー、そこにいろ」

おそるおそる中へ入っていこうとしていたぼくたちは、そのひとことで足を止めた。そう命令されて、ぼくは正直、嬉しかったけどね。なにしろ真っ暗で怖いし。不安で。

「そこから離れるなよ。この建物から出るには、その正面玄関を通るしかないんだ。そこさえ通さなきゃ、絶対に逃がしゃしねえ。ちくしょう。おい、牝犬《ビッチ》。どこだ。どこへ行きやがった。聞こえただろ。いくら奥へ逃げたって、逃げられっこねえんだ。なにしろ、窓もドアも、みーんな、外から釘付けされて塞がれてるんだからよ」

しばらく、ぜえぜえという荒い息づかいとともに、礼拝堂の中をうろつき回っているスパイクの気配。

「聞こえてんだろ。そこにいるのは判ってるんだ。観念して出てこい。ちっ。どこへ隠れやがった——おい、ブライアン」

「な、何？」

「階段も、ちゃんと見てろよ」

「大丈夫だよ。おれたちはいま、その階段の前にいる。いくら暗くたって、誰かが通ろうとしたら絶対に判る。二階には上がっていけっこないさ」

「よし。逃がすなよ、絶対に。あのブロンドめ。ふんづかまえてやる。やってやって、やり《ファック・ア・シット・》まくってやる《アウト・オブ・ハー》」

しばらくスパイクが、そこら辺りをうろうろする気配。他には何もなくて——いや、待てよ。そういえば、あの時、変な音が聞こえたな。よく判らないんだが。ひゅん、ひゅん……と。まるで、鞭《むち》か何かを撓《しな》らせているかのような。

いや、判らないんだけどね。ほんとうにそんな音がしていたのかどうかも、はっきりしない。案外、単なる幻聴だったのかもしれない。とにかく不安だったから。疑心暗鬼を生ずの類いだったのかも。

「おい、ブライアン」

スパイクの声がした。さっきと比べると少し落ち着いた分、どこか不貞腐《ふてくさ》れたような声音だった。

「何？」

「祭壇の下に収納があったよな、たしか」

「あそこには入れっこない。この前、自分でも見ただろ。パイプ椅子だの何だの、ガラクタでいっぱいで。たとえ赤ん坊だって身を隠せやしない」

「だったよな。しかし、そんなら、くそ、どこへ行きやがったんだ、あの女」

「配膳室のほうは見たの？」

「見たに決まってるだろ。ネズミ一匹いやしねえ。裏口からは出られないし」

「流しの下とか、戸棚の中に隠れているかもしれない」

「そうか、その手が――いや、待て。そう見せかけておいて、反対側にひそんでいるのかもしれん。ブライアン。おまえは会議室のほうへ行け。そこで見張ってろ」

「あ、ああ。了解」

「ゲリーはそこを動くなよ。いいか。さっきも言ったが、そこが、この建物では唯一の出入口だからな。もしもあのあばずれ《シット・カント》が出ていこうとしたら、ふんづかまえろ。骨の一本や二本、折れたってかまやしない。いいな。絶対に逃がすなよ。もしも逃がしやがったりしたら、おまえもただじゃおかねえぞ」

えらいことになった。ぼくひとりでナタリーを取り押さえる自信なんかない。よっぽど、ブライアンの代わりに会議室のほうを見張らせてくれと頼もうと思ったんだけど、結局やめた。なにしろ、この建物へ来るのは初めてだったんだから。言うところの会議室がどこにあるのかも判らないし、たとえブライアンと交替してもらえたところで、もしもそっちにナタリーがいれば同じことだ。

ブライアンが暗闇の中を手探りで離れていった後、ほんとうに長く感じた。実際には数分だったと思うんだが。

「——どうだ、ブライアン?」

「誰もいないぞ、こっちは」

「なにい。よく見たのか」

「だいたい、会議室には入れないよ。ドアが板で塞がれたままだ。祭壇の横にも誰もいないし——やっぱり配膳室なんじゃや?」

「それがいないから、頭にきてるんだろうがよ。くそお。はええとこ、こいつをあのブロンドにぶっ込まなきゃ、ズボンのジッパーが壊れちまわあ。なのに、流しの下も戸棚の中も、からっぽときやがる。おい。いったいどうなってんだ。どこへ行っちまったんだ、あの女? まるで煙か何かみたいに消えちまって——ん。待てよ。まさか」

「まさか、なんだよ、スパイク。もしかして祭壇の上とか?」

「ちがう。もう何度も見た。ブライアンは、そこを動くな。おい、ゲリー、そっちはどうだ。そっちへ行っていないか、女は?」

「き、来ちゃいないよ。誰も」

「ほんとか。おい、おまえ、ちゃんと見てたんだろうな、え？」

もちろん、ちゃんと見ていた。天地神明に誓って。しかし、いまのスパイクにそう主張しても逆効果のような気がした。ナタリーを捕まえられない苛立ちは頂点に達している。欲求不満が爆発したら、まずまちがいなく八つ当たりされる。一発殴られるくらいじゃ済まないかもしれない。そうおろおろしていたら、はたしてやつが、ずんずんとこちらへ迫ってくる気配。

「おい、ゲリー、何とか言え」

ぬっと手が伸びてきた。胸ぐらを摑まれたかと思うや、鼻がお互いにくっつきそうな勢いで迫ってくる。暗闇の中でも、さすがにこの距離だと、殺気を孕《はら》んだスパイクの眼光、憤怒《ふんぬ》の形相《ぎょうそう》はよく見えた。

「ぼやっとしてんじゃねえぞ。中から誰も出てこないように、しっかり見張ってろ」

胸ぐらを放すや、やつはぼくの背後に回って尻を蹴飛ばす。それほど強い力ではなかったが、暗闇の中で平衡感覚を失っていたのか、ぼくはよろめいてしまった。

「おい。どこへ行くんだ、スパイク？」と、ブライアンの声。

「まさかとは思うが、二階を見てくる。ふたりとも、そこにいろ。動くやつがいたら絶対に逃がすなよ。いいな」

そう命令して階段を上がっていった。やがて頭上から、二階席を、ほとんど走り回らんばかりにして駈けずり回っている足音が響いてきた。先ず、祭壇に向かって左側の端まで進んでいったとおぼしき気配。

「くそ、あばずれめ。手こずらせやがって。見てろ。いまに見てろ」という罵声が、断続的に頭上から降ってくる。

足音は、やがて踵《きびす》を返し、祭壇に向かって右側の二階席へと向かった。

「ああん？　おいおい。どういうこった、こりゃあ……」

戸惑った独り言が降ってきて、ブライアンも不安になったらしい。「どうした、スパイク？　女がいたのか？」と、階下の礼拝堂から、吹き抜けになっている天井に向かって声を上げた。

「どうしたもこうしたも、おめえ、ここには誰も——」

声が途中で途切れた。かと思うや、すさまじい絶叫が轟《とどろ》き渡った。

「ス、スパイク？」

こちらの呼びかけには、まったく反応しない。絶叫は続いている。その時……

どすん、という衝撃とともに、地震のように足の裏が震えた。

「な……」

何か落っこちてきたぞ……そう言おうとしたが、声にならない。

「ス、スパイクが……？」

スパイクが二階席から転落したらしい。ようやくそう悟って、礼拝堂の中へ駆け込もうとしたぼくを、ブライアンが止めた。

「ゲリー、二階だ」

「え……え？」

「スパイクを突き落としたやつだよ。二階にいるはずだ。急げ」

言われた通りにしたよ。するしかない。いくらか眼が慣れてきたとはいえ、暗闇の中、怖かったが、どうしようもない。階段を駈け上がって二階席へ行ってみた。

その途端、眼の前に、火の玉のようなものが、ぼうっと浮かび上がったものだから驚いた。はしたなく悲鳴を上げてしまった。

「どうした、ゲリー？ いたか？」と階下から怒鳴り声が。よく見てみると、それは壁を照らし出す懐中電灯の光だった。聖餐台に突っ込んで停まっているピンク・キャディに常備してあったものを、ブライアンが取り出してきたんだね。

二階席の手すりから礼拝堂を見下ろしてみたが、ブライアンが懐中電灯の光をこちらに向けているものだから、よく見えない。そのかわり二階席の様子は、さっきと比べて格段によく見渡せるようになった。

「ナタリーは？ いたか？」

「いや……」ぼくは首を横に振った。「誰もいないよ。ここには、誰もいない」

「ほんとか？ よく探したのか？」

やはり、臆病風に吹かれているんだろう、掠《かす》れ気味の声でブライアンは、サーチライトよろしく懐中電灯の光を二階席のあちこちに向けて照射した。しかし、古びた木製の長椅子が整然と並んでいるだけで、猫の子一匹見当たらない。何の気配もない。

「いない……誰もいない」

いるはずがないよ。だって、ほんのついさっきまで、ぼくが正面玄関のところで見張っていたんだ。二階へ上がる階段はそこしかないから、ナタリーにせよ誰にせよ、上がってこられたはずはない。

「そうだ、ブライアン。スパイクは？　怪我をしてるのか？」

「怪我だ？　怪我。怪我って……おまえ」

ブライアンは突然、ひきつれた笑い声を上げた。それを聞いたぼくは、大したことはなかったのかと勘違いした。転落したといってもせいぜい二階からだし。あの頑強な男ならば掠り傷も負っていないだろう、とね。

しかし、そのわりには、いつまで経ってもスパイクの声が聞こえてこない。さすがに不審に思って階段を下り、礼拝堂へ入ってみると――

＊

「――そこにスパイクが倒れていた、というわけさ」

ゲリーは聖餐台の傍ら、祭壇に向かって右側を指さした。昼間とはいえ、すべての窓を外から塞がれている礼拝堂の中は薄暗いが、正面玄関から入ってくる陽光のお蔭で屋内はよく見渡せる。

「最初は、それが何なのか判らなかった。なにしろ胴体から首の部分が、すっぱりと切り落とされてしまっている」

「首は、どこにあったの？」

そう訊くトレイシィの声は、どこか笑いの響きを含んでいる。ゲリーは胡散《うさん》臭げに、そんな彼女を睨《にら》んだ。

「そこの、キリスト像の足もとに……」

聖餐台に頭部を凭《もた》れかけさせるような恰好で、等身大のキリスト像が横倒しになっている。ブロンズ製のようだが、中は空洞なのだろうか、見かけよりも軽いらしく、ゲリーが手で突くと、ゆらゆら揺れる。

「本来は聖餐台の右横に立てられている像らしいんだけど。スパイクが聖餐台に突っ込んだ拍子に倒れてしまったようだ」

「ここ、金曜日と同じ状況？」

「スパイクの首と胴体が運び出されたこと以外は……ね」

先刻トレイシィとゲリーのふたりは、正面玄関に貼られている〝KEEP OUT〟と印刷された黄色のテープを潜って、礼拝堂に入ってきたところだ。

「スパイクの死体を見て、ぼくが嘔吐した吐瀉物《としやぶつ》の跡もそのままだ」

「彼の胴体は、どういう状態だったの」

「聖餐台に鼻面を突っ込んでいるピンク・キャディに向かって、バンザイをするような恰好だった」

「すると、スパイクの首は、本人の足もとに転がっていたことになるわね」

「そうだ。そういうことになる」

「変ね。どうして、そんな形になってしまったのかしら」

「そんなこと、ぼくに判るわけがない」

「それで、その後、あなたとブライアンは、どうしたの」

「泡を喰って逃げ出したさ」

「警察に通報しなかったの？」

「できるもんか。通報したら、ぼくたちがナタリーに何をしようとしていたのかってことも説明しなきゃいけないじゃないか」

「じゃあ、そのまま放《ほ》ったらかし。それはいいけど、だったら、スパイクの死体は誰が発見したわけ？」

「それがよく判らないんだが、どうもナタリーが匿名で警察に通報したんじゃないかな。あるいは、身内に弁護士がいるという話だから、内密で相談したのかもしれない。とにかく翌日の夜には既に、スパイク・フォールコン殺害事件のニュースは流れていて、町じゅう大騒ぎだったからね。ぼくもブライアンもだんまりを決め込んだ以上、他にいない。ナタリーだ。彼女が何らかの形で通報したとしか考えられない」

「そのナタリーは、いまどこにいるわけ」

「それが判らないから、きみに訊いているんじゃないか。トレイシィ。どう考えても不可解なんだ。あの状況で、ナタリーが、ここから抜け出せたはずはない」

「でも、それはスパイクとブライアンが、そう言っていたに過ぎないわけでしょ」

「え……なんだって？」

「正面玄関以外の窓も裏口も外から塞がれているというのは、スパイクとブライアンがそう言っていたに過ぎなくて、確認されているわけではない。案外、釘付けされていない窓が、ひとつくらいあったのかも」

「いや、それはない。ちゃんと確かめた」

「あなたが？　いったい、いつ？」

「それは、だから後で。気になったからね。窓も裏口も、もう何十年も前から塞がれたままであることは、まちがいない」

「でも、おまわりさんに見咎《みとが》められなかったの？　そんな大胆なことをして」

「いや……」ゲリーは言い淀んだ。眼が細められる。「現場検証とかは、もう終わっていたから、さ」

「ともかく、正面玄関以外からは出入りできないわけなのね、ここは」

「まさにその通りだ。板の状態からして、一旦剝《は》がされて再度釘付けされなおしたとか、そんな細工の痕跡はいっさいない。念のために祭壇の下の収納も見てみたが、ブライアンとスパイクが言っていたように、ガラクタでいっぱいで、とてもじゃないが隠れられるような余地はない。どう考えても、この建物から脱出することは不可能なんだ。正面玄関を通らない限りは、ね。完璧な密室状況だったんだ。にもかかわらず、袋の鼠だったはずのナタリーは消えた。消えてしまったんだ。忽然《こつぜん》と煙の如く」

ゲリーは、まるで真冬の戸外に放り出されたかのように、ぶるっと身を震わせた。

「不思議なことは、まだある。ナタリーがスパイクを殺したのは、まずまちがいないことだ。しかし、いったいどうやって？　いったいどうやってやつの首を、すっぱりと切断したんだろう。あの状況下で。凶器なんか何も持っていなかったはずなのに。いや、仮に凶器があったのだとしても、彼女の細腕で、そんなことが可能だったんだろうか？　大の男にだってむつかしそうなのに。いやそもそも、いつスパイクの首を切ることができたんだろう？　スパイクは二階席から転落しながら悲鳴を上げていたから、少なくともその時にはまだ絶命していなかったわけだ。当然、やつの首を切ったのは、その後ということになる。しかし、その時、ナタリーは二階席にいたはずだ。そうだろ。でないと、スパイクを突き落とすことはできない。なのに、階下に転落したやつの首を、いったいどうやって切ったのか。まるで魔法だ。いや、それだけじゃない。それだけじゃないんだ」

「ずいぶん出てくるのね、後から後から」

「スパイクを殺した後、ナタリーは、密室状況だったこの廃屋から出ていった。その方法も不明だが、その後、彼女がいったいどこへ行ったのかも判らない。だって、こんな辺鄙《へんぴ》な場所だよ。車がなきゃ、どうしようもないはずだろ。車で飛ばしてさえ、市の中心街まで戻るのに一時間以上かかる。歩いたりしてたら、丸一日かかっちまう」

「他に方法がなかったのなら、歩いてかえったんでしょうよ、ナタリーは」

「だとしても変なんだ。中心街へ通じる道は一本しかない。もしも彼女が徒歩で戻ったのだとしたら、ぼくとブライアンは、その姿を目撃したはずなんだ。しかし、ここから一目散に逃げてゆく途中、ぼくらはまったく人影を見かけなかった。障害物のない一本道だ。もしも誰かが歩いていたら、たとえ真夜中でも、車のライトで見えたはずなのに。でも、誰もいなかった。まるで……まるで、ナタリーはほんとうに煙のように、どこかへ消えてしまったみたいだ」

「中心街とは逆方向へ向かったのかもね」

「それはさらに辻褄《つじつま》が合わない。州境を越えるまで荒れ野が続くから、歩いて民家に辿《たど》り着くためには丸一日どころじゃきかない。ほとんど自殺行為だ」

「そういえば、あなたとブライアンは、いったいどうやって戻ったの？　もし誰かが歩いていたら車のライトで見えたはず、ということは、もしかして――」

「仕方がないから、スパイクのピンク・キャディを拝借したさ。幸い、激突の衝撃にもかかわらず、ライトの外装が砕けただけで済んでいたから。ブライアンが運転して」

「哀れなスパイクの遺体を、ここへ放ったらかしにして」

「一緒に連れてかえるわけにもいかないじゃないか。その後、路肩に放置してきた。もしかしたら警察は、ピンク・キャディを乗り捨てたのも殺人犯の仕業だと勘違いしているのかもしれないが」

「そして、ブライアンも殺された、と言ったわね」

「そうだ。スパイクと同じように、やはり首をちょん切られて」

「ここで？」

「いや、ちがう。ぼくの」ゲリーの喉が、詰まった水洗トイレのような音を立てる。「ぼくの自宅の庭で……」

「いつのこと、それ」

「たったいま、だ」

「へえ。たったいま、ねえ」

「……昨夜、ぼくにブライアンから電話が掛かってきたんだ。やつはイカれてた《ゴーン・ナッツ》。完全にイカれてたよ。何の用かと訊いたら、なんと、ついさっきスパイクが電話を掛けてきた、なんて言うじゃないか」

「スパイクから、ねえ。でも彼は、とっくに死んでるじゃない」

「そうさ。何をトチ狂ったことを言ってやがる、と思った。しかし、やつはマジだった。たしかにスパイクの声だった、と。そう言い張るんだ。そう訴えるブライアン自身が、地獄の亡者のような声だったよ。呪いをかけられた、なんて言って」

「呪い？」

「スパイクは——つまり、ブライアンに電話を掛けてきたところの〝スパイク〟はやつに、こんなことを言ったというんだ。最初は、誰でも抵抗を覚えるだろう……と」

——最初は、誰でも抵抗を覚えるだろう……

「そんなこと、この自分にできるはずはないと、そう思うだろう……と」

——そんなこと、この自分にできるはずはないと、そう思うだろう……

「しかし、それがどんなに冒瀆的で恐ろしい行為か判っていても、実際にやってみると意外に気持ちがいい、と一旦知ってしまえば、またやりたくなる……と」

——またやりたくなる……

「絶対に、もう一回やってみたくなるんだ、と……〝スパイク〟は、そんなわけの判らないフレーズを何度も何度も一方的に、呪文のように繰り返しておいてから、電話を切ったんだとさ。もうブライアンのやつ、半狂乱だった。とにかく落ち着けと言ったが、幼稚園児みたいに、亡霊に呪われてしまった、怖いこわいと怯える。手がつけられないから、そんなに不安ならぼくの家へ泊まりにこいと言ってやった」

「ブライアンは何て？」

「喜んで、そうさせてもらうと言った。しかし、ひと晩じゅう待っていたが、結局やつは現れなかった。そしたら——」

「そしたら？」

「今朝、また電話が掛かってきて……」

「誰から？」

「それが、ブライアンなんだ。いや……」ゲリーは頭をかかえて首を振りたくる。「ブライアンのはずはないんだ。そんなことは、あり得ない。だって時間的に言ってやつは、その時、既に死んでいたはずなんだから。首をちょん切られて。しかし、あ、あの声は、どう聞いてもやつの……」

「時間的に既に死んでいた――」

「そうなんだ。ブライアンは電話を切る間際に、変なことを言い出した。実はいま、おまえの家の裏庭に来ているんだ、と。てことは携帯電話で掛けてきていたのかと思い、受話器を置いて、すぐに裏庭に出てみた。そしたら、そこにはたしかにブライアンがいたが、しかし、もはや生きてはいなかった。金曜日のスパイクと同じように、首なし死体になって。転がっていたんだ」

「おまえの家の裏庭に来ている。そう言ったのね、ブライアンは」

「それだけじゃない。やつはその電話のあいだじゅう、ずっと変なことを言い続けていた。何かの呪文みたいに繰り返すんだ。最初は誰でも抵抗を覚えるだろう、しかし、気持ちがいいと一旦知ってしまえば、またやりたくなる、またやりたくなる……と」

「それって――」

「そうなんだ。昨夜、ブライアンが受けたという〝スパイク〟からの電話の内容と、まるで同じなんだ。気味が悪かった。何を寝言をいっているんだ、やめろと何度もそう怒鳴った。でもブライアンは、やめない。虚《うつ》ろな声で、さんざん繰り返した後で、いまおまえの家の裏庭に来ているから、と――しかし、そう言った時、既にやつは死んでいた。時間的に言って、そうとしか思えない状況なんだ。ぼくは亡霊なんか信じちゃいないけど、さすがに怖いよ、こうなると」

「警察には？」

「通報していない。そんな暇なんか、あるものか。ナタリーの仕業であることは明らかなんだ。次はぼくを狙うに決まっている。だからこうして、きみのところに、すっ飛んできたんだ。なんとかナタリーに関する情報を得たくて――」

「素朴な疑問なんだけど、どうしてナタリーが犯人だと決めつけるの？　スパイクの場合は、まあ判らないでもない。追い詰められた挙げ句、ものの弾みで、ということもあるだろうから。でも後日、改めてブライアンまで殺さなきゃいけない理由が判らない。さっき、ナタリーがあなたたち三人に恨みを抱いているという意味のことを言っていたけれど、話を聞いた限りでは、そこまでしなきゃいけないほどの恨みとも思えない。なにしろ未遂に終わっているわけだし――あなたの話を全面的に信用するとすれば、だけれど」

「言われてみればたしかに、危うくレイプされそうになった恨みというのは、動機としてあまり説得力がない。あるいは、口封じのため、なのかな」

「口封じ？」

「ブライアンもぼくも、ナタリーがスパイクを殺した犯人だと知っているだろ。まだ警察に告発してはいないものの、そのまま秘密にするという保証はない。彼女にとって、ぼくたちは時限爆弾みたいな存在なわけさ。ブライアンを殺した以上、次は絶対にぼくを狙ってくる」

「その理屈で言えば、あなたからこの話を聞いて知ってしまったあたしも、ナタリーにとっては邪魔な存在になり得るわけね」

「それは……さあ、それはどうだろう」

「警察は、ナタリーのことを知っているのかしら」

「知らないさ。知っているはずがない。先週の金曜日の夜、ぼくたちが彼女を拉致して乱暴しようとしたこと自体、把握していないだろうから」

「ブライアンの死体、もう警察は発見しているのかしら」

「どうだろうね。そろそろぼくの家族か、それとも近所のひとが見つけて通報している頃かもしれない」

「たとえそうなっても、ブライアンの死が、スパイク殺害事件と関連づけられて捜査されることはないわね」

「え。ど、どうして……？」

「いま、あなたが自分で言ったことだわ。そもそも警察は、金曜日の夜、ブライアンがスパイクと一緒にいたこと自体を知らないじゃないの」

「しかし、同じハイスクールの生徒で、お互いに付き合いのあった男子ふたりがまったく同じ方法で殺害されたら、やはり一応、関連がないかどうかを……」

ゲリーの声が途切れた。まじまじとトレイシィを見つめるその顔が強張《こわば》る。

「待てよ。ちょ、ちょっと待て」

「どうしたのよ」

「そうなんだ。警察は知らないんだ」

トレイシィはゲリーを見つめ返す。

「あの夜、スパイクの殺害現場が密室状況だった……ってことを」

彼女は黙って、にやにやしている。ぼんやりとした、どこか淫蕩《いんとう》な眼つきで。

「判るわけはないんだ。スパイクの殺害された状況の不可解さを知っているのは、ブライアンとぼくだけなんだから。そりゃナタリーだって知っているだろうが、彼女が事件を通報した張本人にせよ、わざわざそんなことを警察に言うはずはない。もちろん、ブライアンもぼくも言っていない。それなのに……」ゲリーは我知らず、トレイシィにつかみかかろうとした。「どうして知っていたんだ、きみは？　ぼくが、まだ何も説明していない段階で？」

トレイシィは彼の腕をよけながら、含み笑い。「あら、なんのことかしら？」

「とぼけるな。さっき、きみの家へ行った時だ。スパイク殺害現場のことを、きみはこう言ってたぞ──人間には犯行不可能な状況だった、と」

「そういう噂を聞いたからよ」

「そんな噂が流れる道理なんかない。考えてみるまでもないじゃないか。通報を受けた警察が駈けつけてきた時、ここには首と胴体が離れたスパイクの死体しか残っていなかったんだから。警察の連中は当然、犯人はあそこから──」ゲリーはブラウンヘアを振り乱して正面玄関を指さした。「あそこから犯人は出入りしたんだなと思うだろうさ。そうさ。何の不思議もありゃしない。犯人がどこから入ってきて、どこから出ていったのか、そんなことは自明の理なんだから。従って、人間には犯行不可能な状況だった、なんて噂が学校や町で流れる道理はないんだ。それを知っていたのは、ぼくを除けば、あとはブライアンだけで……」

「また自分で言ったことを忘れてるわね。ナタリーも、でしょ」

「ナタリー？　そりゃ知っているだろうが、でもナタリーが、なぜそんなことを――」再びトレイシィにつかみかかろうとしていたゲリーの動きが、ぎくりと止まった。「トレイシィ……まさか、きみは」

上眼遣いにゲリーを見ながら、トレイシィは、彼が近寄ろうとするたびに、ひらりひらりと身を躱《かわ》す。そうやって少しずつ階段の上がり口へと彼を誘導しているのだが、ゲリーはそんなことにはまったく気がついていない。興奮して声が上擦《うわず》っている。

「何か知ってるんだな、やっぱり。ナタリーの居所も知っているんだな。彼女から、何もかも聞いているんだな。そうだろ」

「そうだとしたら、何だっていうの」

「それはこっちが聞きたい」

「お察しの通り、あたしはいろいろ知っているわよ。例えば、さっきのあんたの説明には大きな嘘がある、ということもね」

「嘘……？」

「金曜日の夜、ナタリーが逃げられないように正面玄関で見張っていたのは、あんただと言ったわね。でも、それは嘘よ。正面玄関で見張っていたのはブライアンだった」

彼女に飛びかかろうと上半身を屈めていたゲリーの背中が伸びた。

「そもそも、いまの話、主なところで全部、ブライアンとあんたの役割が入れ代わっているじゃない。そうでしょ。スパイクに金魚の糞のようにくっついていた舎弟はブライアンじゃないわ。あんたよ」

ゲリーは顔を背《そむ》けた。そのまま掌で鼻の下を覆って、ちらりと横眼で彼女を見やる。

「つまり、女の子たちを次々にここへ連れ込んで乱暴するスパイクに加担していたのは、あんただった。先週の金曜日の夜、スパイクの脅しに抗しきれずに初めて仲間に加わったのは哀れなブライアンのほうだった。従って、正面玄関の見張りを離れて会議室のほうへ行ったのもブライアンではなくて、この建物の内部に慣れているゲリー、あんただった。二階へ上がったのも、あんたじゃなくてブライアンだったたし、ピンク・キャディの中から懐中電灯を見つけて壁を照らしたのも、ブライアンではなくて、あんただった。そもそも映画館の前にいたナタリーを、率先して車の中に引きずり込んだのもブライアンではなく、あんただった。ここの窓も裏口もずっと昔から外側から塞がれているのを、あんたが知っていたのは、スパイクが殺された後で調べたんじゃなくて、彼の蛮行《ばんこう》に、ずっと以前から加担していたからだった——以下同じ」

ゲリーの眼は血走っている。目蓋が、ぴくぴく痙攣《けいれん》した。

「なぜ判るんだ、とでも言いたげね。単純な話よ。だって、スパイクを殺したのは、あたしなんだから」

ゲリーの口を覆っていた掌が外れた。真っ青になった唇が、もぞもぞ動くが、声が出てこない。

「正確に言えば、あたしたちが、ね。殺したのよ。動機は、いまさら説明しなくても判るでしょ。しらばっくれても無駄よ。先月、スパイクがあたしをここへ引きずり込んだ時、暴行に加担していたのはゲリー、あんただったんだから」

ひゅうう、と笛のような音がゲリーの喉から洩れた。

「さっき、あんたが意図的に説明しなかった事柄がひとつあるでしょ。スパイクとあんたは、女の子たちを拉致する時にも乱暴する時にも目出し帽を被って変装していた、という事実よ。さすがのスパイクも公道で顔を晒《さら》すのは抵抗があったんでしょうし、できれば被害者たちに素性を知られたくない、なんてムシのいい期待も抱いていたんでしょう。もちろん、そんな変装、何の役にも立たない。あんな悪趣味なピンク・キャディを乗り回しているのは、この町ではスパイクひとりだけなんだから。頭隠して尻隠さずもいいところ。従って、主犯がスパイクであることはあたしにも判るだろう、しかし加担している自分の正体までは判らない――あんたは、そう高を括《くく》ってたんでしょ、ゲリー？」

「ど……どうして？」

「あんただと判ったのかって？　そりゃ判るわ。その臭いで、ね」

「におい？」

「不潔な脂くさい臭い。性欲が発酵しているみたいな。あんたは、そのエレクトさせた汚らしいプリックを、あたしのお尻に突っ込んできたじゃない。何度も何度も」

ゲリーは内股になった。ジーンズの前が膨張している。

「スパイクはあたしのヴァギナと口に一回ずつ出しただけだったけど、あんたはアナルに三回も出したじゃない。そんな糞野郎《スカム》の臭いを女が忘れると思う?」

ゲリーの頰は真紅に熟していた。ニキビがいまにも破裂しそうなほど。

「臭いばかりじゃない。スパイクがいれば、そこにあんたもいるってことは、ヒドゥンヴァレイの娘なら誰だって知っていた。スパイクの金魚の糞は数多いけれど、このところ彼にべったりの舎弟がゲリー・スタンディフォードだってことをみんなに知られていないと思っていたのは、あんた自身だけなのよ。この腐れプリック野郎《ユー・シッティ・ディック》」

「し、しかし、それが動機だとしても、きみがいったい、どうやってスパイクを殺せたというんだ?」

「簡単なことよ。スパイクもあなたも、きっともう一回、ここに別の女の子を攫《さら》ってくると予測がついていたから」

「そんなことが、ど、どうして……」

「人間てね、それがどんなに冒瀆的で恐ろしいことか判っていても、気持ちがいいと一旦知ってしまえば、絶対に、それをまたやりたくなるものなのよ——でしょ?」

ゲリーは蒼白になった。歯茎を剝きだした凶悪な形相とともに、トレイシィの腕を摑んで引き寄せようとした、その刹那《せつな》、彼のこめかみに固いものが押し当てられる。

「——じっとしてなさい」

己れに突きつけられた銃身を茫然と横眼で見るゲリーの背後で、別の女の声がした。

「彼女から、その薄汚い手をどけなさい。でないと、頭が吹っ飛んで、ブラウンヘアが血で汚れた、ただの毛糸玉になるわよ」

「お……おまえは」

階段からゆっくりと下りてきたのは、ナタリー・スレイドだった。

「ど、どうして……？」

「何を驚いているのよ。あんた、あたしを探してたんでしょ？ お望み通り、出てきてやったんじゃない」

「そ……それは？」

「これ？」これみよがしにナタリーは、銀色の銃身をゲリーのこめかみから、脂の浮いた鼻に移動させる。「もちろん、スパイクのオートマティックよ。ピンク・キャディのグローブボックスにあったのを、この前の金曜日に拝借しておいたの。何かの役に立つと思ってね」

「わ、罠《わな》だったんだな」ゲリーは悲鳴を上げた。口惜しさと恐怖に涙ぐんでいる。「金曜日の夜、おまえが映画館の前に立っていたのは罠だったんだな。そうやって、わざとスパイクの眼につくようにしていたんだな」

「ほほう。よく判ったたな」

突然、ナタリーの声音がつぶれて、まるで男のようになった。生前のスパイクそっくりの粗暴な口調に、ゲリーは喘いで、その場に転びそうになる。

「それじゃあ、足りないおつむも回り始めたところで、おめえ自身が種明かしをしてみなよ。ん。あの夜のことを、さ」

ナタリーは上階を顎《あご》でしゃくってみせた。促されるままゲリーは、後頭部に銃身を当てられた状態で階段を上がり始める。

「おまえは……おまえは最初から、トレイシィに協力してたんだな？　レイプされた彼女の復讐のために」

「そんなこた、もう判ってらあ。少しは先へ進めよ。ゲリー坊《ボーイ》や」

「その声は、や、やめてくれっ」

「止まるな。さっさと歩け」

「お願いだ。頼むから、そ、その声だけはやめてくれ。気が変になる」

「なら、さっさと二階席へ上がるこった」途中からナタリーは女の声に戻った。「いい子にしていれば、普通に喋ってあげるわよ」

トレイシィはふたりの後を付いてゆく。二階席へ上がった三人は、真正面に祭壇を見下ろす位置へ来た。

そこに奇妙なものが、あった。天井から、だらりとぶら下がっている、一本の糸のようなものが。

「これは……？」

「そこの椅子に乗るのよ」

命じられるままに、ゲリーは長椅子の上に乗った。ナタリーは用心深く彼を見据えながら、ゆっくりとオートマティックをトレイシィに手渡す。トレイシィは、安全装置が外されていることを、わざと見せつけるように確認して、銃身をゲリーに向けた。

「爪先で立ちなさい」

ゲリーは言われるまま、爪先立ちでバランスを取る。

「もっと首を突き出すのよ」

「な……何をするつもりなんだ？」

ナタリーは答えず、自分も隣りの長椅子に乗ると、天井からぶら下がっている糸のようなものをたぐりよせた。それをゲリーの首に巻き付ける。ひゅん……ひゅん、と鞭が撓るような独特の音。

どこかで聞いたことのある音だ……とゲリーは思った。その戸惑いを見てとったナタリーは、にやにや笑う。

「そうよ。これはピアノ線。これと同じものを金曜日の夜、礼拝堂を横切る形で張り巡らせてあったってわけ」

「なんだって……」

どこから取り出したのか、ナタリーはゲリーに後ろ手に手錠を掛けた。

「あたしが礼拝堂に逃げ込めば、スパイクがピンク・キャディで突っ込んでくることは簡単に予測できた――トレイシィにもそうしたように、ね」

トレイシィからオートマティックを受け取ると、ナタリーは彼女を抱き寄せた。ブロンドを優しく撫で、くちづける。

「おっと。動かないほうがいいわよ。そう。爪先立ちのまま。せいぜい頑張りなさい。少しでも力を抜いたら、首にピアノ線が喰い込むから。それだけじゃ、落差が小さくて衝撃が弱いから死にはしないかもしれないけれど、盛大に血を見ることになる」

「ど、どうする気だ。どうする気なんだ、ぼくを?」

「決まってるじゃない。スパイクにしたのと同じようにしてあげるわ」

「じゃ、ま、まさか、スパイクは、このピアノ線で……?」

「さっき、そう言ったでしょ。あらかじめピアノ線を、礼拝堂を横切る形で張り巡らせてあった、と。ピンク・キャディで突っ込んできたスパイクの脳足りんが、ブレーキを掛ける直前、コンヴァーティブルの座席から立ち上がって雄叫び《ヒィ・ハァ》を上げるパフォーマンスに酔うであろうことは判っていた。いつもそうしていたらしいしね。あたしの大切なトレイシィだけじゃない。他にも何人か犠牲になった女の子たちがいる。スパイクの手順はワンパターンだったから、つけいる隙はいくらでもあった。タイミング的に、だいたいここだと見当をつけて、三重に張ってあったのよ。どれかに引っ掛かるだろうと思ってね。もちろん、コンヴァーティブルの高さとスパイクの身長も計算して。はたして引っ掛かったわ。フルスピードの勢いにのってあいつの首は、すぽーん、てわけ」

そういえば……ゲリーは憶い出す。スパイクがピンク・キャディで礼拝堂に突っ込んでいった際、内部を照らし出したヘッドライトの光の中でトラッキングノイズのようなものが視界を横切ったような気がしたことを。あれこそがピアノ線で、ライトを受けて光るのが一瞬だけ見えたのだ。

「じゃ、じゃあ、あの時……あの時に、スパイクは、もう……？」

「そうよ。死んでいた。ピンク・キャディが聖餐台に突っ込んだのも当然でしょ？　座りなおしてブレーキを踏むひとが、いなくなっていたんだから」

「じゃ……じゃあ、あの後、ぼくやブライアンに、しっかり正面玄関を見張ってろと命令していた、あの声は――」

「おれさまだったに決まってるだろ」

ナタリーは再びスパイクの〝声帯模写《サウンドイミテーション》〟をやってみせた。〝歌姫《マジカルヴオイス》〟のあまりの完璧さに改めて驚愕したゲリーはバランスを崩し、首に少しピアノ線が喰い込む。かろうじて爪先立ちに戻ったものの、喉仏には、うっすらと丸く血が滲んでいた。

そうか……痛みに身悶《みもだ》えながら、ゲリーはあることに思い当たった。そうか。そうなんだ。あの時、自分とブライアンに命令していた声がスパイクのはずはない、と。聖餐台に追突したピンク・キャディのヘッドライトは外装のガラスが砕けただけで、壊れてはいなかった。それは後でピンク・キャディを運転してここから逃げ出した自分が一番よく知っている。まちがいなくヘッドライトは無事だったのだ。にもかかわらず、あの時、礼拝堂にいた人物は、わざわざライトを消してしまった。エンジンを切るのと一緒に。その人物がスパイクのはずはない。

スパイクならば、わざわざ照明を消す道理はなかったのだ。照明を消したのは、動き回っている自分の姿を見られたら困る立場の人物、すなわちナタリー・スレイドのほうだったのだ……と。

「おめえらに指示しながら、おれさまはスパイクの死体をピンク・キャディから引きずり出したり、張り巡らせてあったピアノ線を回収したりしていた、ってわけさ」

「……それが、あの時に聞こえた、鞭が撓るような音だったのか？」

「その通り。おめえはさっきトレイシィに、正面玄関で見張っていたのは自分だみたいなことを言っていたが、実際にそこにいたのはブライアンだった。哀れなやつさ。こちとら別に、あいつに恨みはないんでね。うまく騙されてくれていれば、死なずに済んだかもしれないのに」

「うまく騙されていたら……？」

「おれさまが二階へ上がった時のことさ。階段へ向かう際、ブライアンをやり過ごした。しかし、いくら暗闇の中とはいえ、近距離では別人だと判ってしまう可能性が高い。そこで保険をかけておいた」

「保険……」

「スパイクの首さ」

ゲリーの喉仏が上下し、また少し肌にピアノ線が喰い込む。「ま……まさか」

「そのまさかさ。スパイクの首を、ブライアンの鼻面に突きつけてやったんだ。一種の変装だな。これで、自分の前を通りすぎていったのはスパイクだったと、やつは騙された。少なくとも、あの時は、な」

「じゃあ……じゃあ、二階へ上がっていったのがスパイクではなくておまえだったのだとしたら、ここから転落したのは、いったい誰だったんだ？」

「キリスト像さ」

「なんだって？」

「聖餐台の横に置かれていたキリスト像を、あらかじめここへ上げておいたんだ。もちろん、最初からダミーとして使う目的で」

そういえば……ゲリーの脳裡に、ある情景が浮かんでくる。スパイクがピンク・キャディで突っ込んだ際、ヘッドライトが礼拝堂の内部を照らし出した。あの時、祭壇の背後の壁が、いやに広く感じられた。妙にしらじらと、のっぺりした感じで……あれは、そこに立っているべきキリスト像がなかったからだと、ようやく思い当たった。

「じゃあ、変装のために二階席へと持って上がったスパイクの首も……？」

「その時に一緒に放り投げた」

「しかし、すぐにブライアンが二階へ上がっていったはずだ。どうしてやつとおまえは鉢合わせしなかったんだ？」

「やつは真っ直ぐに、祭壇に向かって右側の席へと向かったからさ。そっちからスパイクが転落したものと思い込んでいたんだろう。長椅子の陰に潜んでいて、やり過ごすのは造作もなかったよ。あとは足音を消して階段から下り、堂々と正面玄関から出ていったというわけさ。こうして見事に、やつもおまえも騙されてくれるはずだった」

「何もかも……最初から、計画的に」

「そういうこと」

「正面玄関から出ていった後は？」

「あらかじめトレイシィが、この近くまで迎えにきてくれていたのさ。おれさまの――もとへ」ナタリーは自分の声に戻った。「あたしのシトロエンで、ね。あんたとブライアンが泡喰ってる隙に、さっさと走り去ったという次第」

「なんで……なんで、こんな手の込んだことをしたんだ？　あらかじめ現場に細工を施して準備をしておくのなら、どこかの窓の板を外しておけばいいだけの話じゃないか。それだけで簡単にここから脱出できる。なのに、どうしてわざわざ……わざわざこんな、しょうもない仕掛《トリック》けを？」

「まともにスパイクに立ち向かっても歯が立たないということが、ひとつ。その上、策を弄して彼を仕留めたところで、その時に、いつもくっついてくるあんた以外に、どんな屈強な舎弟が加担してくるかまでは予測できない。だから、不可能状況を演出して、びびらせてやろうって寸法だったのよ。それこそ神罰が下ったとか、オカルティックなパワーが降臨したとか思い込ませてね。臆病風に吹かれているあいだに、こちらは逃げられる。事実、あんたもブライアンも見事に騙されてくれたわけだし――あの夜に限っては、ね」

「結局、騙しきれなかったわけか、ブライアンは」

「後で冷静になって思い返しているうちに、変だと気づいたんでしょうね。あんたがそうしたように、あたしを探すべく、トレイシィに接触してきた。しかも、ナタリー・スレイドは、たしか声楽をやっていてサウンドイミテーションも得意だったよね、なんて、自分が真相に気づいていることまで仄《ほの》めかして。これは決定的だった。さっきも言ったけれど、ブライアンに関しては、別に恨みがあるわけじゃなし。助けてやってもいいと思っていたんだけどね」

「な……何も殺すことは」

「そう。何も殺すことはなかったかもしれないわ。でもね——」

ナタリーは、オートマティックを傍らに置くと床に座り込んだ。胡座《あぐら》をかいた膝の上にトレイシィの尻を、赤ん坊を抱きかかえるようにしてのせる。ふたり揃ってゲリーを見上げた。

「——それがどんなに冒瀆的で恐ろしい行為か判っていても」

ナタリーはトレイシィの背後から両脇に手を差し込んだ。Tシャツの裾をずり上げ、ゲリーに見せつけるようにして、彼女の乳房をあらわにすると、ゆっくりと揉みしだき始める。既に、ぴんと尖った乳首を指で転がす。切なげな吐息とともにトレイシィは、白眼を剝く。首を背後に捩《ね》じり、ナタリーの唇を求めて舌を突き出し、蠢《うごめ》かせる。

「またやりたくなるのよ。ええ。それもありなんだと。実際にやってみれば意外に気持ちいいものなんだと知ってしまえば、またやりたくなる。あんたたちだって、そうだったんでしょ。やればやるほど、止まらなくなって、次々に女の子たちを毒牙にかけた」

ナタリーはトレイシィに唇を重ねた。頰を窄《すぼ》めて彼女の舌を吸い込む。トレイシィは四肢をばたつかせるようにしてナタリーの首にしがみつき、ふたりの唾液が絡み合った。

「……あ、あの電話」ゲリーの顔面は脂汗にまみれていた。爪先立ちを保とうとしてか、身を捩《よ》じる。こんな場合だというのに眼前の娘ふたりの痴態に勃起したため、内股の姿勢で。「あの電話は何のためだったんだ？　スパイクの声色を使って、ブライアンを怖がらせたりしたのは……」

「ばかね、あんた。さっき言ったでしょ。ブライアンはあたしたちのトリックに気がついていたのよ。有名な〝歌姫《マジカルヴォイス》〟が、その広い音域をうまく使ってサウンドイミテーションを駆使して密室状況をつくった、と。だったら、スパイクの声で電話を掛けたところで、彼が、これは死者からの電話だとか言って怯えるはずはない。そうでしょ」

「じゃ……じゃあ？」

「あんたに掛けたあの電話、あれはあたしだったのよ。二回ともね。昨夜は怯えるブライアンを演じ、そして今朝は、恐怖のあまり、ちょっと頭のネジが緩んだブライアンを演じた。最後の仕上げにかかる前に、もうちょっと、びびらせておこうと思ってね。彼を殺して首を切断したのは昨日。そして死体を今日の明け方、トレイシィに手伝ってもらって、あんたの家の裏庭に捨ててきた」

そう。そのせいで……トレイシィはナタリーの愛撫に身を委ねながら考える。そのせいで昨夜は何も食べられなかったのだ。ブライアンの首から流れ出た大量の鮮血のイメージが脳裡にちらついて。何も口にしていない。胃はからっぽのまま。ブライアンの死体をビニールシートにくるんでシトロエンのトランクに隠した後は、無惨な死体の幻影から逃れるため、ひと晩じゅう、ただひたすらナタリーとの行為に耽《ふけ》った。脳が溶けて何も考えられなくなるまで。

（大丈夫よ。大丈夫）

快楽に倦んで、ふらふらになり、もう堪忍してと涙混じりに哀願するトレイシィを、ナタリーは赤ん坊をあやすように抱き寄せ、汗が膜となった肌を吸いつかせてくる。

（あなたはね、もう一回やりたいんだから。そうよ。何度でも。あなたはやるのよ。もう一回。薄汚い男どもを、ぶち殺して。首を、ちょん切ってやるのよ。大丈夫。やれるわ。あなたは、ちゃんとやれるわ）

もうだめ、もうだめと口では抵抗しながらも、身体はナタリーに翻弄される悦楽に跳ね回る。もしもトレイシィの母親が真夜中に帰宅しなかったら、快楽のあまり悶え死んでいたかもしれない、とすら思う。ナタリーはそのままトレイシィの家に泊まっていったが、母親がそのことを咎めたり不審に思ったりする様子はなかった。

今朝、ゲリーの家の裏庭にブライアンの死体を遺棄した後、彼の見張りはナタリーに任せて、トレイシィは自宅に戻ってきた。ブライアンが殺されたと知ったゲリーは絶対、ナタリーの居所を求めてトレイシィに接触してくると予測がついていたからだ。ゲリーがブライアンの死体を発見したのを見届けたナタリーはトレイシィに連絡する。それが、さっきの電話だ。

……またやりたくなる——あのスパイクの声は、あらかじめふたりで取り決めてあった符牒《ふちょう》なのだ。いや、実質的にはナタリーがトレイシィにかけた催眠術のようなものだとも言える。

いよいよ最後の標的、すなわちゲリーを殺すわよ——という。

「なかなか頑張るわね」

ゲリーの首は既に血だらけになっている。寸前のところで爪先立ちを保ち、ピアノ線が深く肉に喰い込むのを防いでいた。

トレイシィの股間にもぐり込んでいたナタリーの手の動きが速くなる。ひと声呻《うめ》いて絶頂を迎えたトレイシィは、ぐったりと身体を彼女にあずける。汗に濡れた彼女の髪を撫でつけてやりながら、ナタリーは置いてあったオートマティックを手渡した。苦しげに身を捩じっているゲリーを顎でしゃくる。

ナタリーは立ち上がると、ゲリーが爪先立ちしている長椅子を、少し彼の背後へとずらした。バランスが大きく崩れ、一気にピアノ線の輪が首に喰い込む。

トレイシィは頬を上気させて立ち上がる。海老反って珍妙な唸り声を上げ、なんとか爪先立ちを保とうと足掻《あが》いているゲリーの股間にオートマティックを向けた。トリガーを引く。弾丸が血煙とともに陰茎を吹き飛ばし、絶叫が礼拝堂の壁を震わせた。

ナタリーが長椅子を、ゲリーの背後へと蹴り飛ばした。支点を失ったゲリーの身体は前のめりに転倒し、その勢いでピアノ線に切断された彼の首は、放物線を描いて階下の礼拝堂へと飛んでいった。そのままころころと、倒れたままのキリスト像の足もとへと転がってゆく。

アリバイ・ジ・アンビバレンス

要するに問題はこういうことだ。高築敏朗《たかつきとしろう》が刺されたとされる時間帯、アリバイがあるはずの刀根館淳子《とねだちじゅんこ》は、どうしてそれを主張せずに、自分が彼を殺害してしまったと供述しているのか？　その答えはひとつしかあり得ない、というのが委員長こと弓納《ゆみな》琴美《ことみ》の言い分である。刀根館淳子は誰かを、すなわち真犯人を庇《かば》っているのだ、と。

アリバイ、か。これって専門用語みたいなものだよね。多分。ミステリとかその辺の領域の。よく知らないんだけど。意味は現場不在証明。簡単に言えば、何か事件が起こったその時、自分は現場にいなかったという事実さえ認めてもらえれば、犯行は不可能だったことも同時に立証される。つまり、アリバイがあればその人物は犯人ではない、ということだ。

そういえばテレビのサスペンスドラマにもよく出てくるね。殺人事件が起こってさ。誰が見てもこいつしか犯人はいないじゃんという男優もしくは女優が、生前の被害者との関係とか細々とした事柄を追及する捜査官に向かって、不敵な面《つら》がまえで「ふっふっふ。刑事さん。無駄です、無駄。だってわたしにはアリバイがあるんですからね」とふんぞり返るシーン。もちろんそれは巧妙な偽装工作によって用意された偽のアリバイだったことがラストで暴《あば》かれるというのがお約束のパターンなわけだけれど、真犯人に限らず事件の関係者たちはこぞって、実際にあろうとなかろうと我勝ちに己れの現場不在証明を主張したがるのが常識的な反応だろう。

それが今回の場合、刀根館淳子はアリバイがあるのだから高築敏朗を殺害した犯人ではないはずなのに、なぜか自分がやったと主張している。逆なのだ。いったい彼女は、どういうつもりなのか？　たしかにこれは謎である。無責任かつ能天気なクラスメイトたちを尻目にひとり寡黙に委員長としての雑務をこなすという、普段はなんとも地味な印象しかない弓納さんが興味を抱いたのも判る。並々ならぬ情熱でもってコネを駆使し、自ら解明に乗り出した気持ちも判る。判るのだが。

そんな探偵ごっこまがいの議論に自分が巻き込まれるはめになるなんて、ね。ほんの数日前まではは我ながら夢にも思わなかったんだけれど、仕方がないと言えば仕方がない。肝心の刀根館淳子のアリバイを証言している人物というのが、何を隠そう、実は他ならぬぼく自身なんだから。ぼくこと憶頼陽一《おくらいよういち》さえいなければ、この謎は成立しなかったとも言えるわけで。ま、これも行きがかり上、ってやつでしょうか。

＊

最初から順番に説明しよう。ことの発端は先週の金曜日の夜だった。

午後八時前。ぼくはひとりで自宅のマンション〈モルトステイツ〉を後にした。特に何か用事があったわけではない。外出というより避難のためだ。おふくろと親父《おやじ》が盛大な〝喧嘩〟を始めてしまったのである。といっても別に深刻な事態ではなく、我が家では年中行事。両親にとっては仕事の一部とも呼ぶべき大切なプロセスなのだ。

おふくろは谷谷谷《たにかべやつや》まり江《え》のペンネームで作品を発表している、一応売れっ子と称しても詐《さ》欺《ぎ》にはならない程度のマンガ家だ。ちなみに谷谷谷はおふくろの旧姓で、下のまり江とともに、れっきとした本名。

親父は彼女の元担当編集者で、高校を卒業して某大家《たいか》のアシスタントをしていたおふくろを見出し、徹底的にしごいてここまで育て上げたのが、ふたりの馴れ初めだそうな。もちろんぼくが生まれるよりも遙か昔の話なのですべて伝聞なのであるが、このふたり、出会ったその日からもう大喧嘩していたらしいんだよね。前世では天敵同士だったにちがいないあのふたりがよく結婚したよなあ、と周囲の関係者一同は未《いま》だに首を傾《かし》げているんだけれど、本人たちに言わせれば、通常の意味での喧嘩をやっているわけではない。それは実際に身内になってみないとなかなか理解できないことだと思う。

マンガというのはご存じのように、作画に入る前にネームを切る作業から始めなければならない。これがなかなか大変らしい。ネタがなくて毎度まいど七転八倒。産みの苦しみという言葉があるけれど、ネームにとりかかるたびに我が家は怒号が交錯する狂乱状態に陥る。「落ちる」「もう落ちる」「絶対落ちる」と大騒ぎするおふくろの手綱を捌《さば》くのが、いまはフリーランスで仕事をしている親父の役目で、なだめたりすかしたり、時には一緒に泣いたり。とにかくネームを完成させる。考えるのはおふくろで、親父は彼女のテンションをうまく操作するという共同作業だ。

もう少し具体的に言えば、おふくろは思いつきに任せて「うーんとね。病弱な美少年とスポーツ万能少女との純愛」とか「犬と一緒に異次元をさまようギターの弾き語り」「盆栽が趣味の若奥さま、実は名探偵」と次々にネタや設定を挙げてゆく。かたや親父は「つまらん」「前にもやった」「某作家のあれとカブってる」と片っ端から粉砕。苦悩するマンガ家を壁際まで追い詰めてゆく。「これ以上どうしろっていうのよお」とおふくろがヒステリーを起こしても容赦しない。徹底的に逃げ道を断つ。窮すれば通ずと言うけれど、やっぱりそこは長年のパートナー同士、絶妙の呼吸なんだろうね。万策尽きて退路を断たれたマンガ家は、親父に乗せられる形で火事場のクソ力を発揮し、壁が破れなければ乗り越えてしまえとばかりにむりやり窮地を脱するという次第。

　親父が直接担当していない仕事でも、こういうプロセス——というより、修羅場《しゅらば》と形容したほうが正しいのかも——を経ないと、おふくろは原稿にとりかかれない。本人たちは「これっていわゆるブレインストーミングってやつ？」なんて洒落《しゃれ》た表現を使いたがるんだけどさ。事情を知らない第三者が居合わせたら、いまにも殴り合いになりそうな大喧嘩をしているとしか見えないだろうね。〆切が迫ってきている（極端な場合は、既に過ぎている）切羽詰まった状況だから、無理もないと言えば無理もないんだけれど。

　ふたりがこの作業に突入したが最後、もう周囲のことは目に入らなくなる。何もかも放《ほ》ったらかし。これまでの経験から言えば、両親が〝喧嘩〟さえ始めればだいたいネームはひと晩で出来上がり、翌朝にはおふくろは自宅を出て、アシスタントさんたちが待っている仕事場へすっ飛んでゆく。そういう段取りで、このトランス状態に入ったらひとり息子だってかまってもらえない。っていうより、へたに近くにいたら張り倒されかねないんだよね。ぴりぴり殺気だった雰囲気でさ、ふたりとも。八つ当たりという形で、どんな災厄が降りかかってくるか知れたもんじゃない。なので両親の〝喧嘩〟の夜は一時的に避難するのが習慣になっているってわけ。

いつもなら夜を明かせるファミレスとかマンガ喫茶へ行くんだけど、この夜はちょっとふところが寂しかった。もちろんおふくろも親父も極限状況だから、とてもじゃないけど小遣いなんてねだれない。友だちの家に泊めてもらうことも考えたんだけれど、こういう時に限って誰も都合がつかない。どうしようと困った挙げ句、思いついたのが親父の車。万一我に返った両親が心配するといけないので、玄関のドアに「駐車場の車の中で寝ます。陽一」という書き置きを貼っておいてから、自宅の四〇一号室を後にする。〈モルトステイツ〉に入居する際、ピロティ駐車場の抽選に外れた我が家は、近所の月極め駐車場を借りている。二ブロックほど離れたところにある、百台くらい余裕で停められそうな広大な敷地だ。なんでも昔、この界隈《かいわい》の大地主さんのお屋敷が建っていた跡地だという話で、本人が死去した後、その遺族たちもみんな余所《よそ》で独立したため、古い建物は取り壊されてしまったんだとか。

そのだだっぴろい駐車場、いまの時間帯にはほとんど車が見当たらない。ここら辺りは中心街にアクセスのいい立地なので、通勤用車輌を停めるために個人や企業で借りているケースが多いらしい。従って昼間は満杯でも夜間はこうして、がらーんとしている。敷地の周囲に街灯が何本か立っているから真っ暗闇ってわけじゃないんだけど、けっこう不気味は不気味。おまけに我が家が契約している駐車スペースの位置も位置なんだよね。

駐車場の奥まった角の部分に、ちょっと場違いな古い蔵が建っている。二十畳ほどの広さに、二階と半分くらいの高さ。煉瓦《れんが》づくりの壁に、重そうな鉄製の扉。もともとは、さっき言ったお屋敷の一部だった建物で、どういう理由でかは不明なんだけれど、土地を相続した遺族がこの蔵だけは取り壊さずに残しているのだ。本家か故人にまつわる思い出ゆえか、それとも建築物自体に骨董《こっとう》的な価値でもあるのか。ともかく広大な駐車場の隅っこにそんなものが、ぽつんと現出するのはなかなか奇異な眺めではある。

で。うちの駐車スペースだけど、くだんの蔵の扉のすぐ前なんだよねこれが。正確に言えば、あいだに一台分のスペースがあるのだが、そこは空きになっている。車止めのブロックにネームプレート用プラスティックケースそのものが取り付けられていないところを見ると、あるいは駐車場の持ち主は蔵を収納用に現役で使っていて、車で乗り付けるための空間を確保しているという事情なのかもしれない。

敷地を囲むフェンスの向こう側にある街灯の明かりを受けて陰影を刻む、なにやらホラー的なムード満点の蔵を、ぼくは横眼でちらりと見上げた。どうせならこんな奥まったところじゃなくてもっと道路側の出入口に近いスペースを借りればいいのにと胸中ぼやきながら、親父の国産セダンのスペアキーを取り出す。助手席に乗り込むと、シートをリクライニングにして、胸から下は持参した毛布を被る。本を読んだり音楽を聴いたりして時間をつぶすことも考えたのだが、前夜はＤＶＤの特撮映画ざんまいで寝不足だったため、とりあえず睡眠を優先する。

とろとろとしていたぼくは、ふいにエンジン音で目が覚めた。車のヘッドライトが視界を横切ってゆく。反射的に薄闇の中で眼を凝らして腕時計を見た。午後九時に五分前。一時間ほど寝入っていたようだ。

当方のすぐ隣り、つまり蔵の扉の真ん前のスペースに、一台の外車がテールランプを突っ込んでくるところだった。わざわざそこへ停めるということは駐車場の持ち主か、それとも管理者の不動産会社関係か。はたまた穴場の駐車スペースを狙ってやってきた、まったくの第三者か？

外車のエンジンが止まり、ライトが消えると、落ち着かないくらい静かになった。親父の車に並ぶ形で停車した外車の左側のドアから男が降り立つ。最初は助手席から降りてきたように勘違いしたが、実際には左ハンドルなので運転席からだった。フェンス際のスペースは街灯の明かりが近いため、そのしかつめらしい容貌はわりとはっきり見てとれる。メガネを掛けた中年男性。四、五十代といったところか、ゴルフウェア姿で中肉中背。髪にはちらほら白いものが混じっている。初めて見る顔――だと思うのだが、どこかで会ったことがあるような気もする。

続けて外車の右側のドアから、すなわちシートに身を沈めているぼくの、親父の車のドア一枚を隔ててすぐ横へ、もうひとり降り立つ。その顔が先刻以上に鮮明に街灯の明かりの中に浮かび上がって、驚いた。見覚えがあったからである。ぼくが現在通っている私立小椰《こやなぎ》学園の女子生徒で、しかも同じ高等部一年生。クラスはちがうが、名前はよく知っている。刀根館淳子。

トレードマークのヘアバンドをつけた彼女が男物のようなジャンパーを羽織っているその姿は、小柄な妖精のような風貌とアンバランスなようでいて、却《かえ》って妖《あや》しいときめきを誘う。四月とはいえ夜間は少し肌寒い。下は小椰学園の制服であるチェックのスカートに紺のハイソックス。共に小椰学園へ入学してから四年目、ぼくは未だに彼女と個人的に言葉を交わす栄誉には与《あずか》っていないが、まるで少女マンガに登場する、瞳の中で星がきらめく深窓の令嬢をそのまんま3D化したみたいな、しとやかそうな美少女だ。

その刀根館淳子が、なんだってまたこんなところに……？　すぐ傍《そば》で息をひそめているぼくに気づいたふうもなく彼女は外車の前部を回って、先刻の中年男へ歩み寄る。ふたり並ぶと一見父親とその娘といった感じだ。男は車体の向こう側でこちらに背中を向けて蔵の前に立ち、何やらごそごそやっている。と。鈍い金属音が響いた。どうやら扉の鍵を開けたらしい。

蔵の扉が開くのを見たのは、これが初めてだ。真っ暗な蔵の中へ、男は刀根館淳子の腕を引っ張るようにして先に入らせると、きょろきょろ周囲を見回してから自分も後に続く。きいっとガラスを爪で引っ掻《か》くような耳障りな音とともに扉が閉じられると、再び静寂が辺りを支配した。

……どうしていいか、判らなかった。いや別に、ぼくが何かをしなければならないなんて謂《いわ》れもなかったのだが、このままじっとしていてはいけないんじゃないかという根拠のない焦燥感にかられる。少なくとも眠気が吹っ飛んでしまったことはたしかだ。

あのふたり、蔵の中なんかでいったい何をしているんだろう？　男と女が狭っ苦しい密室空間でふたりきり――となると、どうしても淫《みだ》らな方向へと想像が流れてしまうのが我ながら哀しいが、考えれば考えるほど、それしかあり得ないような気もする。いつも遠くから見る分には清楚で純情可憐《かれん》なお嬢さん然とした刀根館淳子が、あの中で中年男とことに及んでいるかもしれないと思うと、なんだか膝が浮いてくる。こっそり様子を窺《うかが》いにゆこうかとも考えたが、へたに動いた結果ふたりに見咎《みとが》められたりしたら気まずいだろうしねえ。お互いに。いやまてよ。ひょっとしてあの中年男性は彼女の父親、もしくは親戚とか、そういうことかしら？　しかしそれにしたって、こんな時間帯にあんな場所で、いったい何をしているのかという疑問は残る。あれこれ頭を悩ませているうちに、あっという間に夜は更《ふ》けてゆく。

ふいに蔵の扉が開いた。何事もなかったかのような顔で刀根館淳子が現れる。髪を撫でつけたりスカートをなおしたりする彼女の仕種《しぐさ》に、こちらはいちいち胸騒ぎを抑えられない。白い膝小僧の下のハイソックスが、さっきよりも心持ちずり落ちているように見えるのは気のせいか？　続けて、周囲を見回しながら出てきた中年男が扉に鍵を掛けると、ふたりは言葉を交わすでもなく、まったく無表情のまま外車へ乗り込んだ。

走り去る間際、外車のナンバープレートの四桁の数字が網膜に焼きつく。無意識に腕時計を見た。十一時半を過ぎている。

何だったんだ、いまのは？　二時間半あまりも蔵の中でふたりは何をしていたのか。確証は何もないものの、見てはいけないものを見てしまった実感が胸に重い。こりゃ今晩はとても眠るどころじゃないぞ――と悶々《もんもん》としていたはずなのに、結局睡眠不足には勝てなかったようで、次に気がついたら既に日付は変わって土曜日になり、しらじらと夜が明けていたのであった。

ひょっとして蔵が醸し出す異様なムードに幻惑されて夢でも見たのかしら、と首をひねりながら〈モルトステイツ〉へ戻ると、自宅でのおふくろと親父のやりとりはまだ続いていた。が、昨夜《ゆうべ》に比べると格段にふたりの声は鎮静化している。そっと覗くと、おふくろが机に向かって猛然とした勢いで何やら書きつけているところだ。どうやらネームも順調に完成しつつあるらしい。

結局必要なく終わったとおぼしき書き置きを玄関ドアから剝《は》ぎ取ると、ぼくはあくびをしながらコーヒーメーカーをセットした。軽く朝食を摂《と》っているうちに、おふくろは仕事場へ飛んでゆくだろう。親父も付いてゆくはずで、その後こちらはもうひと眠りさせてもらうつもりだった。

＊

その二日後。月曜日。登校すると学校じゅうが異様な雰囲気に包まれていた。男子女子を問わず廊下や階段、あちらこちらで何やらひそひそ。学校という場にはあまり相応《ふさわ》しくない類いの沈痛な表情を寄せ合っている。時折口をつぐんで他のグループの話し声に聞き耳を立てたりする者もいる。

「お。くらっち」

一年D組の教室へ入ったぼくにそう声をかけてきたのは前の席のウエダだ。中等部の頃からの付き合いだが、苗字の漢字が「上田」なのか「植田」なのかも未だに知らない。向こうだってぼくの本名を知っているかどうか怪しいものだから、お互いさまなのだが。ちなみに「くらっち」とは既に校内で市民権を得た感のあるぼくの通り名。苗字の憶頼が微妙に変化した結果なんだろうけれど、なんだか軽薄な響きである。いったい誰が呼び始めたんだか。

「びっくりしたよなあ。今日はこのまま休校かもな、ひょっとして」

「なに言ってんのおまえ」D組の教室も非日常的なざわめきに包まれている。「ところでいったい何の騒ぎだ、これ？」

「なぬ？　知らないのかよ、くらっち」

「だから、何を？」

「高築のこと」

同じD組の男子生徒だ。下の名前は敏朗。ぼくはあまり親しくないけれど、男子バレーボール部の次期キャプテン候補と評判の好漢《こうかん》である。お父さんが大きな会社の経営者だとかで、なかなかのお坊ちゃんらしい。

「あいつがどうしたの。そういえば、もうこんな時間なのに顔が見えな――」

「……死んだってよ」

「え」多分ぼくは引きつった笑みを浮かべていたと思う。「じょ、冗談いうな」

「ほんとの話だって。しかも、な」ウエダは怖い顔をして声を低める。「……A組の刀根館淳子って知ってるか？」

「話したことはないけど。知ってるさ、もちろん。それがどうしたの」

「彼女が殺しちまったらしいぜ」

「お、おい」

「正当防衛だってさ。高築のやつ、肖奈《せな》町にある彼女の自宅へ忍び込んで、刀根館に乱暴しようとしたんだとよ。彼女は必死で抵抗するあまり、つい刃物でぶすりと」

「ら、乱」何か喉に詰まったみたいに声がしばらく出てこない。「ほ、ほんとに、ほんとの話……なの？」

「新聞を読んでいないのかよ。あれだけ報道されてたのに。もちろん、未成年だし、ことがことだから高築も刀根館も実名は出てきちゃいないが。昨日なんて校長と担任が揃って記者会見してたぜ。学校名は伏せての後頭部からのショットなんだけど、中庭の映像をばっちり挿入してやんの。ばればれだよ、あれじゃ。おい。まさかテレビも観てねえの？」

観ていない。普段ぼくがテレビを観るのは両親に付き合っての場合のみで、いまはふたりとも自宅とは別に借りている仕事場に籠もりっきり。お蔭さまでこの週末は静かでのんびりとした休日を過ごせた。家じゅうを掃除し、溜まっていた洗濯物をかたづけ、懸案だった創作料理を二、三試して仕事場に差し入れもしてやったり。そんな孝行息子をつかまえておふくろも親父も「まるっきり主婦のノリじゃん」「若者らしい覇気がない」「爺《じじ》むさいぞ」「いったい誰に似たんだか」などと嘆く始末。そりゃね、両親揃って家事が苦手で何もしないひとたちなんだから。家族の誰かがやらなきゃどうしようもないでしょ。って。いや、そんなことはどうでもいい。

　絶句していると教室の前方扉が開いた。担任の先生かと思いきや、髪をおさげにしてメガネを掛けた女子生徒。一年D組の委員長、弓納琴美だ。中等部一年生の時からずっとぼくと同じクラスだが、彼女が笑ったところをついぞ見たことがない。いつもひとりで勉強や読書、もしくはクラスの雑用に黙々といそしむという、お世辞にも社交的とは言い難いタイプだ。その委員長、今朝はさらに輪をかけて表情が暗く淀《よど》んでいる。

「みなさん、聞いてください。一時限目の授業は中止だそうです」

　彼女のその言葉に、生徒たちはいっせいに静まり返った。いつもなら、どっと歓声が上がってもいいはずの連絡内容だったんだけれど。みんな逆に緊張して固唾《かたず》を呑んでいる、という感じで。

「かわりに臨時の全校集会があります。もうすぐ案内の放送があるそうなので、その指示に従って各自、体育館へ移動してください。以上です」

　委員長が自分の机に戻ると、再び教室内は不安げなざわめきに包まれる。

「あれ？」ふと何かが心に引っかかり、ぼくは前の席に声をかけた。「な、ウエダ。さっきおまえ、何て言ったっけ」

「ん。どの話？」

「肖奈町、とか言ったよね」

「刀根館淳子の住んでいるところか？　そうらしいぜ。おれも知らなかったけどさ」

「テレビで校長と担任の記者会見があったのは昨日だっけ。じゃあ、事件そのものが起こったのは、いつのことなの？」

「えーと。刀根館の供述をもとに彼女の自宅を調べた結果、高築の遺体を発見したのが土曜日の未明——とか言ってたな、たしか。てことは、金曜日の夜あたりじゃねえの」

「なんかおかしくないか、それ」

「は？　おかしい、って何が？」

「だっておれ、見たんだ。金曜日の夜、刀根館さんを。うちの近所で」

「くらっちの家って、えーと、岸良町《きしおか》だったっけ。そこで彼女を見たの？　へえ。でも、だから何？」

「金曜日の夜、刀根館さんが岸良町にいたんだとしたら、いったいどうやって肖奈町の彼女の自宅で高築を殺せるわけ？」

「ああ？　意味が判んねえよ。別に不思議なことなんてないじゃん、何も。同じ市内なんだから。車ならほんの十分か、二十分くらいの距離だぜ」

それはそうだ。その通りなのだが、妙に釈然としない。具体的に事件発生は金曜日の夜の何時頃なのか、さらにウエダに訊こうとしたら、ちょうど校内放送が流れて、体育館へ移動しなければならなくなる。

校長の話は、事前にウエダに情報提供してもらっていなかったとしたら、いったい何を喋っているのかてんで判らなかったであろうくらい具体性を欠いていた。もちろん刀根館さんや高築の名前は出てこないし、経緯《いきさつ》はどうあれ男子生徒ひとりが死去したという肝心の事実にすら言及せず、断じて起こってはいけないことが起こってしまいましたと、ただ繰り返すだけ。普段から話が抽象的過ぎてよく判らないひとではあるんだけれど、今回は事件の顚末《てんまつ》が顚末だけに関係者に配慮してか、生命の尊さや他人《ひと》への思いやりについて改めて考えて欲しい、といった曖昧な説教にくどくどと終始する。校長に教えてもらわなくても事件の概要はみんな噂で知っているらしく、普段は騒がしくなりがちな生徒たちは神妙にしていた。ハンカチを持って泣いている女の子もいる。

集会の後で一応授業が始まったが、短縮されて午前中で終わる。教職員たちはこれからPTAへの説明や理事会への対応やらで大わらわ、ということらしい。

先刻の話の続きを聞こうと思ってウエダを探したのだが、さっさと帰ってしまったらしく、どこにも見当たらない。仕方なくぼくもカバンを手に取って立ち上がったら、ふいに「憶頼くん」と呼び止められた。振り返ってみると、委員長の弓納さんだ。

「悪いけど、掃除を手伝ってもらえないかしら？　当番の子が帰っちゃったみたいで」

「いいよ」と気安く引き受けてロッカーからモップを引きずり出したところで、ふと首を傾げてしまった。「あのさ」周囲を見回してみると既にみんな下校してしまったらしく教室内はがらんとしている。彼女とぼく、ふたりだけだ。「ひょっとして、当番がサボった時はいつもこうして、委員長が代わりに掃除してんの？」

「いつもってわけじゃないけど」愛想のない表情で肩を竦《すく》めて机や椅子を教室の後方へ移動さ

せる。「いちいち注意したりするより、自分でやっちゃったほうが早いし」

「あそう。ちなみに、おれがお手伝いに指名された理由は？」

「憶頼くんなら素直にやってくれそうな気がしたから――というのは冗談」開け放たれた窓越しに廊下のほうを一瞥《いちべつ》しておいてから、弓納さんはこちらへ近寄ってきて、普段にも増して陰気な低い声で呟《つぶや》いた。「ちょっと訊きたいことがあるんだけど」

「え？」

「さっきウエダくんと話してたでしょ。刀根館さんの一件について」

「あれれ。聞いてたの？」

「たまたま耳に入ったのよ。まちがいないことなの、あれって？」

「えと。どの部分が？」

「金曜日の夜、憶頼くんが岸良町で彼女を目撃した、というくだり」

「まちがいないよ。たしかに見た。あれは刀根館さんだった」

「何時頃のこと？」

「えーと。そうだな。だいたい午後九時から十一時半までのあいだで――」

「時間がはっきりしないの？」

「じゃなくて。そのあいだ、刀根館さんは岸良町にいたんだ」

「意味がよく判らない」メガネの奥の委員長の眼が細められ、妙な凄味《すごみ》を帯びる。「もしかして、そのあいだ彼女、あなたと一緒にいたとか、そういうこと？」

「ちがうよ。そうじゃなくて──」

「何時何分頃に彼女を目撃した、というのなら判るけど。午後九時から十一時半までのあいだって、どういうこと。憶頼くん、その二時間半ものあいだ、ずっと刀根館さんを見続けていたっていうこと？　それって具体的にはどういう状況だったの？」

そこでぼくはようやく、金曜日の夜の経緯の詳細を語るのは刀根館さんのプライヴァシイを侵害しかねないという可能性に思い至る。古い蔵の中で中年男性と一緒に閉じ籠もっていたとなれば、弓納さんでなくても、十人聞いたら十人が同じ想像をするだろう。少なくとも軽々しく口にすべき事柄ではないような気がしてきた。

「ごめん。ちょっと詳しいことは、おれの口からは言えない」

「どうして？」

「いろいろ微妙なんだよ。でも、九時から十一時半までのあいだ、刀根館さんが岸良町にいたことはたしかだよ。それは保証する」

弓納さんは釈然としないのか、憮然とこちらを睨《にら》んだが、それ以上は追及してこなかった。やれやれと胸を撫で下ろしていたら、その夜、彼女が何の予告もなしに自宅の〈モルトステイツ〉へやってきたものだから度肝《どぎも》を抜かれる。わざわざ生徒名簿で住所を調べたらしい。しかも弓納さんはひとりではなかった。スーツ姿の初老の男性が一緒だ。

「いきなりお邪魔してしまって申し訳ありません」そう挨拶しながら男性が警察手帳を提示してきたものだから、もっと驚く。「県警の乙加《おとが》といいます。彼女から──」と、野暮ったい私服姿の弓納さんを顎《あご》でしゃくってみせる。「興味深い話を聞いたもので。ところでお家の方は？」

おふくろはずっと仕事場のほうで原稿と格闘中だし、親父がまだ一緒にいるかどうかは判らないが、いずれにしろ仕事でてんてこ舞いだろう。「うちは共働きなもので、いまちょっと留守でして」と詳しい事情はごまかしておく。「あのう、委――じゃなくて、弓納さんとはどういうご関係で？」

「実は私、琴美の母の兄でして。つまり伯父と姪の関係ですね。あ。でも、このことは学校のお友だちなどには黙っていてくれるとありがたいです。この娘《こ》も、身内に警察関係者がいる、とクラスメイトに知られるのは抵抗があるようなので」

その気持ちはなんとなく判る。ぼくも自分の母親がマンガ家であることを、あまり積極的に友だちに教えようとは思わない。別に何がなんでも秘密にしなきゃいけないとかそういうわけでもないし、たまに知人からこっそりサインを頼まれたりすると、それはそれで誇らしかったりするんだけれど。なかなか複雑な子供心なのである。

「ところで、先週の金曜日の夜、刀根館淳子がこの岸良町界隈にいたのを目撃したというんですね？　どういう事情なのか、もう少し詳しくお聞かせ願えませんか」

刑事が相手では教えないわけにはいかないだろう。ぼくは金曜日の夜の経緯を詳しく説明した。ただ、車の中で寝るはめになった直接の原因については内輪のことだし面倒くさかったので、単なる両親の夫婦喧嘩という設定にしておく。

「――午後九時から午後十一時半までのあいだ、彼女はその中年男性と駐車場の蔵の中にいたはずだ、というんだね」腕組みした乙加刑事、顔つきが厳しくなってくるにつれ、口調はくだけたものに変わってくる。「くどいようだが、それはたしかに刀根館さんだったのかい」

「まちがいないです。おれ、彼女と話したことはないけど。すごく綺麗なひとで。中等部に入学した頃から、友だちといつも噂してたから。顔はよく知っている。見まちがいってことはないはずです」

「その蔵だけど、正面の鉄製の扉以外に出入りできるところはないのかな。つまり、仮に扉以外に出入口があったとしたら、刀根館淳子はきみが知らないうちに蔵から一旦出て、また戻ってきていたとか、そういう可能性も考慮しなきゃいけない。どうだろう」

「さあ。高い部分に窓があったような気もするけど。出入りできるのかな。なんなら、いまから見にいってみます？」

「うむ。それはぜひ」

というわけで、懐中電灯を持ったぼくを先頭に、三人連れ立って月極め駐車場へ向かうことになった。まだ午後七時過ぎだが、親父のセダン以外に駐車している車はほんの数台しか見当たらない。

乙加刑事は蔵に近寄り、白い手袋を嵌《は》めた上で鉄製の扉の把手《とって》に触れる。鍵が掛かっているらしく、開かない。あちこち観察しながら蔵の横側へ回ってみると、通常の家屋の中二階に当たる位置に、扉と同じような鉄製の蓋で覆われた小窓があるが、サイズが小さ過ぎて人間が出入りできそうにない。

ぼくたちは一旦敷地を出ると、駐車場を囲んでいるフェンスをぐるりと回り込んで蔵の裏側へ行ってみた。懐中電灯を煉瓦の壁に当てて調べたが、裏口の類いはない。換気用らしき窓が二階部分にあるが、やはり小さ過ぎて人間の出入りは無理のようだ。

「仮に金曜日の夜、この蔵の中へ入っていったのが刀根館淳子だったのだとしたら、彼女は午後九時から十一時半までのあいだ、まちがいなくここにいたことになりそうだが」乙加刑事は悩ましげに顎を撫でる。「この蔵の持ち主が誰なのか知っているかい？」

扉の鍵を持っていたことといい、契約されていないスペースに躊躇《ちゅうちょ》なく外車を停めた行動といい、問題の中年男性は当然、蔵の所有者、もしくはその関係者であると判断するのが妥当だろう。

「多分、もとのお屋敷の持ち主の遺族の方でしょうね。駐車場を管理している不動産屋さんに訊けば判ると思いますが」

しばらく考え込んでいた乙加刑事は、やがて「ありがとう。とても参考になったよ。とりあえず今夜のところはこれで。もしかしたら、また協力してもらうことになるかもしれないが」と言い置いて、弓納さんと一緒に帰っていった。

＊

翌日の火曜日。再び短縮授業で、学校は午前中で終わった。詳しい事情は判らないが、ＰＴ

Aだか理事会だかのお偉いさんが、事件に対する学校側の対応に不満を述べて保護者説明会が紛糾し、やりなおしになったとか、ならないとか。ともかくそんな噂だ。

下校する途中、スーパーに寄って食材を買い込む。これまた我が家ではぼくの役割だ。いつも利用するスーパーが臨時休業だったため、ちょっと遠くにある別の店へ向かうついでに足を伸ばして、普段は馴染《なじ》みのない書店やCDショップをあちこち見て回る。創作料理の差し入れと引き換えにおふくろから小遣いをもらってふところが暖かかったので、つい気が大きくなる。その結果、帰宅ルートが普段と変わって、いつもなら〈モルトステイツ〉へは正面玄関から入るところを、ピロティ駐車場を通り抜けた奥にある裏口のドアを使うことになった。

ふと、ぼくはピロティ駐車場の中で足を止めた。え、と思わず声が出る。なんと、そこに、金曜日の夜、蔵の前で目撃したあの外車が停められているではないか。慌ててナンバーを確認した。まちがいない。同一車だ。

ということは、例のメガネの中年男性はこの〈モルトステイツ〉の住人だったのだ。どこかマンション内ですれちがったこともあるかもしれない。そうか。道理で、見覚えのある顔だと思ったはずだ。あれ。でも、それならどうして、ここから歩いて数分もかからない月極め駐車場へわざわざ車で行ったりしたのかな、と一瞬疑問に思ったが、よく考えてみれば別に不思議でも何でもない。刀根館さんを送り迎えするためだろう。

この外車の持ち主は誰なのか？　好奇心にかられて車体の後ろへ回り、車止めを見てみたが、ネームプレートは取り付けられていない。〈8〉という番号が白く塗られているだけだ。後で管理人さんに確認してみよう。そう思いながらエレベーターに乗る。

四階で降りると、四〇一号室の前に佇《たたず》むひと影があった。ひと待ち顔の様子からしてマンションの住人には見えないが、どうやってオートロックの玄関からここまで入ってこられたのだろう。宅配便の配送員の背中に、こっそりくっついてきたのかな。一見女子大生ふうの若い娘で、時折長い髪を掻き上げる仕種がナルシシスティックだが、CMモデルばりに派手な顔だちが、見る者から鼻持ちならないと感ずる余裕を奪う。脚線美がご自慢らしく、惜しげもなくデニム地のホットパンツから長々と素脚《すあし》を露出させている。タンクトップの生地を形よく押し上げている胸もともセクシーで、ぼくの知り合いには絶対にいないタイプだが、両親の同業者もしくは業界人っぽくもない。もしかして、おふくろのファンかな？

あれこれ頭をひねっていたら、ぼくに気づいたその娘、気安く手を挙げた。「ずいぶん遅かったのね。寄り道？」

「えと。どちらさま？」

「あたしよ。弓納」

「ゆみ……って」げっと喉が勝手に珍妙な音を立てた。「い、いいんちょおなのっ？」

「しっ」ひとさし指を自分の唇に当てて寄越すウインクは、あの陰気で野暮ったいガリ勉娘と同一人物とはとても信じられないくらい色っぽい。「その呼び方はやめて。せっかく変装してきたのに」

「へ」未だ仰天驚嘆さめやらぬこちらは、ただ茫然である。「へんそお？」

「とにかく早く中へ入れて」急《せ》かされるまま鍵を取り出して四〇一号室のドアを開けるぼくよりも先にお洒落なミュールを脱ぎ捨て、当然の顔をして部屋へ上がり込む。「感謝して欲しいわね。こうして気を遣ってあげているんだから」

「は」不覚にも、腰に手を当ててコケティッシュなポーズを決める彼女に見惚《みと》れてしまって、我ながら笑い出したくなるくらい、ぽっかりと間が空いた。「というと。えと。ど、どんなふうに?」

「この近所やマンションにも同じ小椰の生徒が住んでいないとも限らない」

「かもしれないけど。それが?」

「昨夜は保護者連れだったからいいけれど、例えばあたしがひとりでこの部屋へ来たところを誰かに見られたらどうする? 学校で変な噂になったりしたら嫌でしょ」

「別に。なんとも思わないけど」

「あんたのことじゃないわよ。あたしが嫌だって言ってるの」

聞きようによっては失敬千万な科白を堂々と言ってのける。だいたいそれだと、こちらに気を遣ってくれていることにはならないじゃん。矛盾を自覚しているのかいないのか、蓮《はす》っ葉《ぱ》な口調で平然。今日の弓納さん、外見だけでなく態度まで普段とちがう。

「はあ。だからわざわざ変装してくれた、というわけですか。そりゃどうも」

「勘違いしないで。便宜的に変装って言ったけど、むしろいまあなたの見ているほうが、あたしの真の姿なんだから」

「ていうと、学校で見る弓納さんは世を忍ぶ仮の姿ってこと？　じゃ、いつも掛けているメガネも伊達《だて》だったりして」

「当然でしょ」こちらの皮肉や冗談にもいっこうに動じない。「あたし、両眼ともに視力は二・〇だ」

「あのう」他人《ひと》の家で勧められもしないのに勝手にリビングのソファへ腰を下ろし、妙に誇らしげに素脚を組む彼女に、もうご退去願いたいような、このままずっといて欲しいような、なんとも複雑な気分。「つまり学校ではいつも変装してるってこと？　なんでわざわざそんなことすんの？」

「そうね、ひとことで言えば、目立つのが嫌だから、かな。目立つとさ、やっぱりいろいろひとが寄ってくるじゃない。あたしこう見えても、気を遣うタイプなの、すごく。あんまり他人との付き合いが多いとさ、そんな必要のない相手にも、うっかり笑顔を見せてしまったりする。それが嫌なのよ」

「どうして？」

「決まってるでしょ。いちいち笑っていたら顔に小じわが増えるからよ」

「はあ」

「こういうことは若いうちから注意していないとね。せっかくの艶々《つやつや》のお肌も台無し」

たしかに、泥臭い田舎娘だとばかり周囲に看做《みな》されていた娘がメガネを外したら、あら不思議、意外に綺麗だったというのはマンガや映画によくあるパターンだけれど。それは本人に自覚がないという大前提に立ってこそ可愛げもあるわけでさ。こうも高飛車だと鼻白むばかり。おまけにその理由が、顔に小じわをつくらないためだ、とくるんだから。さっぱりわけが判りまへん。

「その点、いつものあたしみたいに地味に無口にかまえていれば、あいつはああいうやつなんだから放っておこうってことになって、お互いに気楽でしょ」

よく考えてみたら、これって要するに、自然体のあたしは他者を惹《ひ》きつけないではおかない美人だから困っちゃうのよねえ、なんて自慢しているだけなんじゃないかしら。学校でこんな尊大かつ高慢な態度を取ったりしたら、そりゃ目立つだろう。嫌な女とばかりに敬遠されたり苛《いじ》めの標的になったりするのは必至で、たしかに普段は変装しておくのが正解かもしれない。決して小じわができる云々《うんぬん》の問題ではなく。

「はあ。そんなものですか。で、今日は何の用なの。おれ、これから昼飯なんだけど。なんなら一緒にどう？　材料はあるから、ふたり分つくっても手間はそんなに」

「おかまいなく。あのね」ソファから立ち上がると、対面式キッチンのカウンターに頬杖をついて、こちらを覗き込んでくる。「どうやら刀根館さんに高築くんを殺せたはずはない——という結論になりそうよ」

「え。それじゃ」冷蔵庫に伸ばしかけていた手が止まる。「事件が発生したのは、彼女が蔵にいた時間帯と重なっているの？」

「ええ。刀根館さんの供述によると——」弓納さん、一旦口をつぐむと上眼遣いに声を低めた。

「いまから言うことは、絶対に他のひとに喋っちゃだめよ」

どうやら彼女、身内のコネを最大限に利用して、伯父さんである乙加刑事からいろいろと捜査情報を引き出してきているらしい。いいのかな、それって。

「だったら、おれも何も聞かないほうがいいんじゃないの」

「情報提供をしてもらったひとは特別よ。ともかく刀根館さんの供述によれば、金曜日の夜、高築くんが彼女の自宅へ押し入ってきたのは午後十時頃のことだったらしい」

「押し入ってきた、ねえ。どうも普段の高築のさわやかなイメージにはそぐわないな。よく知っているわけじゃないけど」

「正確に言えば、一応ちゃんとインタホンを鳴らして正面玄関からやってきたというんだけどね。実際、警察が調べたところでは、例えば窓を割ったり鍵を壊したりして侵入した形跡はない。刀根館さんもインタホン越しに聞いた声が知り合いのものだったから、つい油断してドアを開けたら、彼はいきなり彼女に襲いかかってきた、と」

「刀根館さんの家族はどうしてたの」

「彼女は、お母さんが病死されていて、お父さんとふたり暮らしなんですって。そのお父さんは金曜日の夜、仕事で遠方へ出張中。自宅にはいなかった」

「そりゃまた間の悪い」

「でもこれって、偶然じゃないのかもしれない」

「というと？」

「刀根館さんのお父さんが勤めている会社の社長っていうのがね、何を隠そう、高築くんのお父さんなんだなこれが」

「つまり、高築がその気になれば、父親を通じて刀根館氏の出張の予定を調べるのはたやすいことだった、と？」

「ご明察。もう彼本人に確認する術《すべ》はないけれど、刀根館さんの証言によれば、高築くんはドアを開けるなり狼籍《ろうぜき》に及んだという話だから。彼女が自宅でひとりでいることを事前に知っていたんだろう、と。あまりにも突然の出来事に刀根館さんは、ろくに抵抗もできなかったとか。というより、その前後の記憶が曖昧なんですって。気がついたら裸にされ、犯されていた、という感じで」

弓納さんの直截《ちょくせつ》なものいいに、つい生々《なまなま》しい想像をしてしまった。いつもの野暮ったい委員長とはまったく別人の女の子とふたりきりでいるという状況に、急に息苦しさを覚える自分を持て余す。

「自分がいつの間に台所から包丁を取り出してきたのかも、はっきりとは憶えていないそうよ。ただ、高築くんを刺した時、彼はもう下着をつけていたから、おそらくことが終わった後だったんだろう、と。行為の最中は高築くんも全裸だったそうだから」

昨日ウエダから事件のことを聞かされた時は、刀根館さんは高築に襲われそうになったので抵抗した拍子に彼を刺してしまった、すなわち暴行自体は未遂に終わったというイメージを抱いていたのだが、噂の流れる過程で情報が錯綜し、変容したのだろう、どうやらずいぶん事情がちがうようだ。もちろん専門的なことはよく知らないけれど、状況を聞く限りではウエダが言っていたような正当防衛ではなく、刀根館さんが過剰防衛に問われる可能性もありそうな印象である。

「彼を何回刺したのかも判らない。ふと気がつくと眼の前に高築くんが血まみれになって倒れていた。脈をとってみたけれど死んでいる。自分が殺してしまったんだという実感もなかなか湧いてこなくて、刀根館さん、しばらく茫然自失していたんだけど、ふいに病院へ行かなくちゃと思いついて——」

「病院？　もう死んでいるのに？」

「高築くんじゃなくて、自分のために」

「刀根館さんも怪我をしていたの？」

「そうじゃなくて。あのね。男に乱暴された以上、それ相応の処置というものをしなくちゃいけないでしょ、女は」

弓納さんの憐れむような、それでいて責めるような眼つきに心が千々に乱れ、自分がいったい昼食に何を用意するつもりだったのかも忘れてしまった。諦めてコーヒーメーカーだけをセットし、ぼくはリビングのほうへ移動する。

「彼女は服を着て、救急病院へ行った。歩いていったのかタクシーを拾ったのかも憶えていないらしいけれど、ここから後の経緯は病院関係者からも証言が得られているわ。刀根館さんがふらふらと夜間入口のところへ現れたのは、もう日付が変わった土曜日の早朝。午前四時頃のことだったとか」

　高築が刀根館家へ現れたのが前日の午後十時だったのだとしたら、ずいぶんと時間が空いている。ショックのあまり刀根館さんはそれだけ長いあいだ茫然自失していた、ということなのだろうか。

「彼女は当直の看護師に、性的暴行を受けたので処置をして欲しいと訴えた。最初は、戸外で見知らぬ暴漢に襲われたというふうに話をしていたらしいわ。でもそれにしては刀根館さんの服は土で汚れたりしていないし。よく見ると、彼女の両手は乾いた血で赤黒く染まり、頬から首筋にかけても血痕でまだらになっている。なのに刀根館さん自身が負傷している様子はないと気づいた看護師が、これはただごとじゃないと警察に通報した」

「それで事件が発覚したのか」

「警察が来て、彼女は暴漢を殺害してしまった事実はすぐに認めたけれど、現場が自宅だとはなかなか喋らなかったらしいわ。ようやく打ち明けた時には、もうすっかり夜が明けて朝の九時頃になっていたんだとか」

　弓納さんもゆっくりリビングのほうへやってきた。ソファには座らず、どこか颯爽《さっそう》と歩き回りながら説明を続ける。

「刀根館家を捜索した警察は、半裸状態の高築くんの遺体を発見した。喉や胸をめった刺しにされていたそうよ。凶器の包丁もすぐ近くに転がっていて、刀根館さんの指紋が検出された」

「死因は？」

「外傷性ショック死。検死の結果、死亡推定時刻は金曜日の夜、午後九時から土曜日の午前三時までのあいだと考えられているんだけれど、現場の状況からして、おそらく午後十時二十分以降だろう、と」

「どうしてそんなに限定できるの？　刀根館さんが証言しているわけじゃないよね。その前後の記憶は曖昧だという話だったもの」

「高築くんの遺体が発見された現場は、刀根館家の玄関から入ってすぐ左にある和室で、その床の間にあった置き時計が倒れた拍子に中の電池が外れ、十時二十分で止まっていたんだって。おそらく彼女が乱暴された時、どちらかの身体が触れた結果だろう、と。従って高築くんが刺されたのはそれ以降ということになる」

例えば刀根館さんが、この状況を楯《たて》に取って十時二十分頃に自分は家にいなかったと主張したとすれば、そんなアリバイに信憑性《しんぴょうせい》なんか皆無だったはずだ。落ちて壊れた拍子に止まった時計によって特定される犯行時刻とは、それこそアリバイもののミステリで使い古された偽装工作のパターンなわけで、先ずその前提を疑ってかかるのが常識というものだろう。

実際、今回の事件における置き時計の時刻も偽装工作である可能性は大きい。だってその頃、刀根館さんが肖奈町の自宅にいたはずはないからだ。しかし彼女はその時間帯のアリバイを主張しようとはせず、自分が高築を殺したと供述している。だからこそ警察にしても、置き時計による時刻特定がトリックかもしれないという発想や疑念の湧いてきようがないわけだ。

「憶頼くんの証言が如何《いか》に重要か、これで判ったでしょ。もしも彼女が金曜日の午後九時から十一時半までのあいだ岸良町にいたのだとしたら、これら彼女の供述はすべて、まったくのでたらめだということになる」

「そういえば、あの月極め駐車場の蔵の持ち主って、誰なのか判ったの？」

「ううん。警察はもう調べたかもしれないけれど。あたしはまだ知らない。昨夜別れたきり伯父さんには会っていないから」

「殺したのに殺していないと主張するのならまだ判るけど。逆なんだねこれは。刀根館さんはいったい何のために、そんな虚偽の証言をしているのかな」

「他にあり得ないわ」弓納さんは立ち止まって、ぼくの顔を覗き込んでくる。「誰かを庇っているのよ」

前屈みのポーズによって強調される彼女の胸もとから眼を逸《そ》らせ、ソファから立ち上がって、できたばかりのコーヒーをふたり分のカップに注ぐ。「誰か、って？」

「高築くんを殺した真犯人」

「だから、それって誰なの？」

「刀根館さんにとっては命にかえても守らなければいけないような大切なひとよ」

「例えば？」

「それはまだ判らないわ。案外、彼女のお父さんなのかもね」

「え。でも、出張中だったんだろ。どこへ行っていたのかは知らないけど」

「こうなった以上、警察はその事実関係も含めて事件を調べなおさなければいけなくなるでしょうね。もしかしたら刀根館さんのお父さんは金曜日の夜、ほんとうは出張なんかしてなくて、自宅にいたのかも」

「だとしても、どうして刀根館さんのお父さんが高築を殺さなきゃいけないの？」

「動機については本人に訊かなきゃ。でも、こういうのはどうかな。金曜日の夜、刀根館さんが独りで留守番をしていると思い込んで彼女の自宅へ押しかけた高築くんは、そこで留守のはずの刀根館氏と鉢合わせしてしまった。高築くんが娘に対してよからぬことをする目的でやってきたと悟った刀根館氏、彼を問い詰め、言い争いが高じた結果、惨劇が起こった、と」

「それはおかしいよ」

「どこが？」

「高築は窓を割ったりして刀根館家へ忍び込んだわけではなく、インタホンを押して玄関から堂々と入ってきた。刀根館さんはそう証言している。仮にそれが単なるでっちあげだとしても、刀根館家へ何者かが強引に侵入した形跡が見当たらないことはたしかなんだろ？　刀根館さんが自宅にひとりでいるとの思い込みゆえに悲劇が起こったのだという前提に立てば、どのみち高築は正面玄関から堂々と刀根館家へ入っていったことに変わりはないと考えられる。だとすれば、娘の代わりに応対に出てきた刀根館氏を見た時点で高築は自分の勘違いに気づき、回れ右してさっさと帰っていたはずだ」

「そうとは限らないわよ。出迎えたのが刀根館さんのほうだったとしたら、高築くんは彼女がひとりで家にいるとばかり思い込んでしまったのかも」

おいおい、それは仮定の出発点自体がまちがっているぞと一蹴《いっしゅう》しようとしてぼくは、ふと、そう指摘する前にタイムテーブルを整理しておく必要があると思い当たった。

「ひとつ訊いてもいいかな。高築が刀根館家へやってきたのは午後十時頃だったとされているけれど、刀根館さんの供述以外に何か、そのことを裏づけられる証拠とかはないの？」

「そういえば、高築くんが自宅を出たのは午後九時半過ぎだったと、彼のお祖母《ばあ》さんが証言しているという話ね」

「お祖母さんが一緒に住んでいるのか」

「ええ。金曜日の夜は高築くんのご両親とも不在だったんだって。お父さんは仕事、お母さんは同窓会で。高築くんは九時半頃、友だちの家へ行ってくるとお祖母さんに言い置いて出かけている。普段はそんな時間に遊びに出たりしないんだけれど、両親が揃って留守の時くらい羽を伸ばしたいんだろう、と普段から孫には甘いお祖母さんはそう思って、特に不審には感じなかったらしいわ」

「そういや、高築の家《うち》ってどこ？」

「何いってんの。ここよ」

「は？」

「このマンション。〈モルトステイツ〉の最上階。東側の角部屋が高築家よ。知らなかったの、くらっち？」

ついさっきまでは憶頼くんと呼んでいたのが、いまや「くらっち」だ。ほんとに別人を相手にしているみたいな変な気分。「面目ない。知らなかった。最上階の東の角部屋か。てことは、うちのおふくろの第一希望だったのに結局入居できなかったメゾネットタイプだ」

「抽選に外れたとか」

「いや。高価《たか》すぎて手が出なかったの」これはほんとうの話。「九時半にこのマンションを出た高築は、どうやって肖奈町へ行ったのかな。まさか歩いたわけじゃないよね」

「自転車よ。ちなみにそれは刀根館さんの家の前で発見されているし、十時頃、高築くんらしき人物が自転車から降りて刀根館家へ入ってゆくのを近所のひとが見ている」

なあんだ、そんなに明確な目撃証言があるのならもっと早く言ってくれよと呆《あき》れると同時に、ふと引っかかるものを感じた。それが何なのか即座には判らず、もどかしい。とりあえず理詰めで弓納さんの仮説を覆《くつがえ》しながら、自分の思考を探ってみることにする。

「話を戻すけど、仮に夜の十時にインタホンが鳴ったら、普通は、こんな時間に誰だろうと警戒するんじゃないかな。少なくとも高校生になったばかりの娘を玄関へ行かせるのは不自然だよ。もし刀根館氏がその時家にいたのなら、自分で応対するだろう」

「たまたまその時、お父さんは入浴中だったとか。そういう事情だったら刀根館さんが応対するしかないでしょ。それに、訪問者が全然知らないひとならばともかく、同じ学校の同期生だったら油断して、気安く上げてしまったとしてもおかしくない。そうよ。お父さんが家にいたからこそ、彼女は安心して高築くんを招き入れてしまった。そう考えたほうがむしろ自然だわ。かたや高築くんは刀根館さんがひとりだとばかり思い込んでいるから、躊躇なく彼女に襲いかかった。そこへ出張中で留守のはずのお父さんが現れる。娘の窮地を救おうと必死になるあまり、つい暴漢を刺してしまった、と」

「弓納さんは肝心なことを忘れているよ。いま言った仮説はすべて、金曜日の午後十時に刀根館父娘《おやこ》がふたり揃って自宅にいたという前提に立っているけれど、だったらあそこの駐車場の蔵でおれが目撃した女の子はいったい誰だったたっていうの?」

「あ痛」それまでクールな態度を崩さなかった彼女、思わずこちらが憐憫《れんびん》の情を催してしまうほど地団駄踏んで口惜しがる。「そ、そうか。そうよね。あーくそ。うっかりするにもほどがある。ばかかあたしは」

「そもそも、仮に高築を殺したのが刀根館氏だったとしたら、逮捕された娘を父親として放っておくはずがないだろ。いま頃とっくに自首しているはずさ」

「それは判らないいんじゃない。いろいろ事情があるのかもしれないし」

「事情って、どんな?」

「だからそれはいろいろ。たしかに高築くんがやってきた時、刀根館さんは自宅にいなかったんだろうけれど、出張中のはずのお父さんがそこにいて、彼と鉢合わせした可能性はまだ残っている」

「だからさ、それはさっきの議論の蒸し返しじゃん。仮に刀根館氏が金曜日の夜に自宅にいたのだとしたら、高築に応対したのは彼しかいない。その時点で高築だって、自分が事前に得ていた出張情報が誤りだったと気づいて、さっさと辞去していたはずさ。少なくともふたりのあいだで諍《いさか》いに発展するような出来事があったとは考えにくい」

「あ。判った」負けず嫌いなのか、こちらの指摘に何も言及せず、一旦ソファに座ってコーヒーを飲みながら態勢を立て直していたらしい弓納さん、にかっと笑った。「刀根館さんが庇おうとしているのはお父さんじゃなくて、恋人よ」

「恋人？」こらこら、笑ったら小じわが増えるんじゃなかったの、とはもちろん言わないでおく。「誰のことそれ」

「知らないわよ、そんなことまでは」揚げ足を取られたと思ったのか、一転ぷっと頰を膨らませた。「高校生とはいえあれだけ綺麗なひとなんだから。こっそり大恋愛をしていたとしてもおかしくないでしょ」

「それはそうだけどさ」

「刀根館さんは金曜日の夜、お父さんが留守なのをいいことに、その恋人を自宅に呼び寄せていたんだわ。きっとそうよ。高築くんはその恋人と鉢合わせして、諍いになった挙げ句に殺されてしまった」

「ちょっとちょっと。だからね、何度も言うようだけれど、その時間帯、刀根館さんは自宅にいなかったんだよ」

「判ってるってば。この場合、それは別に問題じゃないのよ。彼女の恋人が刀根館家へやってきたのは、高築くんよりもずっと早かったと想像される。その時、刀根館さんもまだ自宅にいた。そして恋人に、ちょっと待っていてねと言い置き、自宅を後にする。恋人はひとり残って刀根館さんを待っている。そこへ高築くんがやってきたってわけよ。ともに刀根館さんに夢中の男ふたり、直感的にお互いを敵だと悟り、激しい言い争いはやがて刃傷沙汰《にんじょうざた》に発展。結果、高築くんは負けて、殺されてしまう」

「高築が半裸状態だったのはなぜ？」

「そんなの、刀根館さんが代わりに罪を被るための偽装に決まっているでしょ。帰宅して事件の経緯を知った彼女は、何がなんでも恋人を守ってあげなければと決意し、自分が高築くんを殺したのだというシナリオをでっちあげた」

「でもね、弓納さん、仮にその考え方が正しいとするとだよ。刀根館さんはわざわざ自分に会いにきてくれた恋人に待ちぼうけを喰らわせておいて、そのあいだ、別の中年男とあそこの蔵に籠もっていた――ということになってしまうんだけど」

「そうね。つまり彼女は二股《ふたまた》をかけていたってわけだ」

「刀根館さん、そんなことするかなあ」

「あらら。くらっちも所詮、男の子ね。ほんと。イメージに弱いんだから。女ってね、見かけによらないものよ。純真そうな美少女に限って、びっくりするようなインモラルなことを平気でしたりするんだから」

女は見かけによらない。なるほど。それは真実だろう。なにしろ究極とも呼ぶべき実例が、いまぼくの眼の前にいるんだし――と心の中でこっそり苦笑。

「おれが言ってんのは、そういうことじゃないよ。仮に刀根館さんが二股をかけていたとしても、ひと晩にふたりの男をかけもちするなんて。なんでそんなせわしない真似をしなきゃいけないの」

「うっかりダブルブッキングしてしまったんじゃない？　恋人を自宅に呼び寄せる段取りになっているのを忘れて、中年男とも会う約束をしてしまった。あるいはその逆かもね。どちらか一方もしくは両方の約束を取り消すことも考えたけれど、変に勘繰られるかもしれないと用心して、綱渡りのようなかけもちで乗り切ろうとしたってわけよ」

「もしその仮説が正しいのだとしたら、刀根館さんは恋人を庇うために自分が高築を殺したと主張していることになるわけだろ。そこまで想っている相手がいるのに、そもそも二股なんてかけるかな」

「それは一概には言えないわ。彼女にとって愛情とセックスは別物かもしれないし。あるいは惨劇が起こったことで初めて、その恋人への激しい執着を刀根館さんは自覚したのかもしれないでしょ」

「なるほどね。そういう可能性も絶対にないとは言えない。でもおれはやっぱり不自然だと思う。一番の難点は、恋人を自宅で待たせておくなんてリスクを、なぜ敢えて冒さなければいけないのかということだ。しかも二時間半ものあいだ。肖奈町からここへの送り迎えを中年男に車でやってもらったとして、その往復時間も含めると約三時間。そんなに長く待たされたら恋人だって不審を覚えるかもしれない。刀根館さんにとってそのリスクを回避するのは簡単なことだ。恋人に自宅へ来てもらう時刻を、例えば午前零時に変更してもらうとか、そういう措置を事前に講じておけばいい。少なくとも、弓納さんが言うように、二股かけている男たちに変に勘繰られたくないというのが綱渡り的なかけもちの目的なのだとしたら、それくらいの工夫は当然したはずだろうに」

「ったく。よくもまあそこまで細かく反論してくれるわね。だったら、くらっちはどう考えるっていうのよ、この事件のことを。え。ひとにばかり頭を使わせないでさ、たまには自分の意見を述べたらどう」

「おれ？　おれなら素直に考えるけど」

「素直に考えたらどうなるのよ」

「高築が到着した金曜日の午後十時、刀根館家には誰もいなかった。その前提に立ってすべてを考えるべきだと思うよ。お父さんは出張中で、そして刀根館さんはあの駐車場の蔵の中にいたんだから。ね」

「ちょっと待ってよ。じゃあ高築くんはいったいどうやって刀根館家へ入れたの？　ちゃんと近所の住民が目撃しているのよ、家の中へ入ってゆく彼の姿を」

「でもそれって、ドアを開けて高築を迎え入れている刀根館家の者とおぼしき人物も一緒に目撃されているの？」

「え。さあ。それは知らないけど……言われてみると、そういう感じじゃなかったような気もするわね。でも」

「家に誰もいなくても、高築はちゃんと刀根館家へ入れた——そういうことなんじゃないだろうか」

「だから、どうやって？」

「なんでもないことさ。合鍵をあずかっていたんだ、彼女本人から」

「彼女……って、刀根館さんのこと？」

「そう」喋っているうちに、さっき何が心に引っかかったのかがようやく判ったような気がした。「刀根館さんは、いつかは判らないけれど、金曜日よりも以前に、こっそり自宅の鍵を高築に渡しておいた――あたしはちょっと留守にしているけど、これで玄関のドアを開けて中で待っていてちょうだい、と」

「で、でも、それじゃ、ふたりは合意の上だった……というの？」

「すべて虚偽のはずの刀根館さんの証言の中で、事実と合致する点がひとつある。それは高築が刀根館家へやってきた時刻だ。午後十時に自宅にいなかったはずの刀根館さんが、その時間に高築が自宅へやってきたことを、いったいどうやって知り得たのか？　単なる偶然の一致ではないとすれば、他に考えられない。事前に彼女自身が高築に、そうしろと指示していたからだろう」

説得力を感じたのか、弓納さんの眼に初めて畏怖にも似た翳《かげ》りが生じる。

「だったら、どうして帰宅した刀根館さんは高築くんを殺したりするはめになったの？　事前に彼に合鍵を渡していたのなら、これはレイプじゃなくて、むしろ彼女から誘――」

「合意の上だと思っていたのは高築だけで、刀根館さんのほうは最初から彼を殺すつもりだったんだ」

「なんですって」

「あのさ、おれが金曜日の夜、刀根館さんの姿を目撃したのはまったくの偶然だったと判断して、まずまちがいないよね」

「それはそうでしょう。憶頼くん、誰かに指示されて外出したわけじゃないんだし」

呼び方が「くらっち」から再び憶頼くんに逆戻りだ。そのせいか、メガネを掛けていない彼女の顔に、いつもの「委員長」の面影が浮かぶ。

「つまり、刀根館さんにしてみれば、おれという目撃者の出現によって自分にアリバイが発生するという事態はまったくの計算外だった。もっと正確に言えば、彼女にとって、自分のアリバイを知る人物はたったひとりしかいてはいけなかった」

「それって」弓納さん、だいぶ落ち着きを取り戻した表情で頷《うなず》いた。「そうか。蔵で密会していた中年男のことね」

「問題の中年男を仮にAさんとしておく。Aさんの立場になって考えてみよう。刀根館さんの実名が報道されずとも、彼女と近しい立場にあると思われるAさんだ、遅かれ早かれ事件のことを知るだろう。刀根館さんが同期生を刺殺して逮捕された、と。さて。Aさんはどう反応する？」

「驚くでしょう。高築くんを殺したと主張するその時間、刀根館さんは自分と一緒に蔵の中にいたはずなのに。いったいどういうことなのか、と。あ。そうか。なるほど」弓納さん、眼を瞠《みは》って身を乗り出してきた。「刀根館さんの狙いはそれなのね？　彼女、Aさんが警察へ出頭して自分の無実を証明してくれるのを待っているんだわ。アリバイの信憑性をより確実にするために、自ら主張するのは控えているんだ」

何かちがうような気がする……考え込むぼくを尻目に弓納さん、さらに勢い込む。

「そうか。なるほど。最初から刀根館さんは高築くんを殺すつもりだったのね。お父さんが不在の日を選んで。事前に言葉巧みに彼に自宅の鍵をあずけた。目撃者がいた場合を想定して、絶対に十時に来るようにと言い含めておく。なにしろあんな綺麗な娘《こ》から誘われたんだもの、真面目な高築くんだってつい理性を失って言いなりになった」

「無人の刀根館家へ上がり込んで、午前零時近くまで彼女の帰りを待った――」

「高築くんが刀根館さんに殺されたのは、実は彼女が帰宅した後のことだったのね。アリバイがある云々の話になったからうっかり勘違いしそうになるけれど、彼女が高築くんを殺したという事実に変わりはないわけだ。乱暴されたことも含めて刀根館さんの供述は全部でたらめだし、電池が外れて止まってしまったという置き時計も偽装工作だった」

「自分は十時二十分頃たしかに自宅にいた、という主張を補強しようとしたんだ」

「高築くんを殺害した後、彼女は計画通り救急病院へ向かう。最初から犯行を告白するつもりでね。ただし現場が自宅であることはなかなか明かさず、事情聴取を朝の九時まで引っ張った。そもそも午前四時になるまで病院へ行くのを待っていたのも時間稼ぎのためだったのよ。高築くんの遺体があまりにも早く発見されてしまっては死亡推定時刻に幅を持たせられないかもしれない、その結果、自分の供述が疑われかねない、と。そう計算したのね、きっと」

なるほど。そこまで頭の回っていなかったぼくは素直に感心してしまう。

「あとは事件のことを知ったAさんが、自分のアリバイを証明してくれるのを待つばかりってわけよ。そうなれば刀根館さんは、実はあたしは殺していない、犯人を庇おうとして咄嗟《とっさ》に嘘をついたんだ、と供述を翻すだけ。具体的に誰を庇いたかったと言うつもりなのかは判らないけれど、かくして彼女は、ひとをひとり殺害しておきながら堂々と無罪を勝ち取れる。そういう計――」

「待った。死亡推定時刻に幅を持たせるためにあの手この手で時間稼ぎをした、というところまではいい。納得できる。でも、その後はいただけない」

「というと、どの部分が?」

「はたしてAさんがちゃんと警察に出頭して彼女のアリバイを証言してくれるのか、という問題がある。そうだろ。そんな時間に蔵の中で女子高生とふたりきりで籠もって、あなたはいったい何をしていたんだ、と。そう追及されたらAさん、どう答える?」

「え。それは……うーん」

「まずいだろやっぱり。実際に身に疚《やま》しいところがあろうとなかろうと、淫行を疑われるのは避けられない。もしもAさんが妻子持ちだったりしたら、絶対に刀根館さんのアリバイの証言なんかしてくれないぜ」

「でも判らないわよ。Aさんがどれだけ刀根館さんに夢中なのかにもよるし」

「いや。この場合、それは問題じゃない。刀根館さんがどう考えたか、なんだ。同じアリバイ工作をするなら、Aさんにとってもっと証言しやすいシチュエーションを、彼女は他にいくらでも設定できたはずだ。そうだろ。なのになんでわざわざ、密室にふたりきりで籠もっていたなんて、いかがわしさの極《きわ》みみたいなシナリオを書く必要がある?」

「言われてみれば、その通りだけど」

「ということは、だ。むしろ話は逆なんじゃないだろうか」

「逆? 何、逆って」

「刀根館さんの目的はAさんにアリバイを証言してもらうことではなかった。むしろAさんが警察に出頭しようと思ってもできない状態に追い詰めようとした……」

追い詰める——何げなしに使った言葉だったが、その刹那《せつな》、眼前の世界の黒白が反転したかのような錯覚に陥る。すべてが判ったような気がした。

「何それ? 意味ないじゃん。だって状況に鑑《かんが》みれば、Aさんはむしろ出頭なんてしたくないわけでしょ。それをさらに、できないように仕向けるなんて無駄もいいところで」

「Aさんは警察に出頭したいんだよ。それは自分が事件に関して証言しなければいけないことがあるからだ。ただし、それは決して刀根館さんのアリバイなどではない」

「事件に関してAさんが証言できることっていえば、彼女のアリバイだけじゃない」

「いや、ちがう。よく考えてごらん。刀根館さんは、高築が彼女に対してどういう行動をとったと供述している?」

弓納さん、口を半分開け、睨むようにしてぼくに眼を据える。その唇が震えているように見えたのは気のせいだろうか。

「高築は彼女を強姦した――刀根館さんはそう言っているんだ。しかしAさんだけは、それが嘘であることを知っている。なぜなら彼女が高築に襲われたと主張している時間、彼は刀根館さんと一緒にいたんだから。Aさんはできることなら警察に出頭し、そのことを包み隠さず話して、高築の不名誉を晴らしてやりたい。しかし――」

「そう簡単にはできない。なぜなら刀根館さんと一緒にいた状況が状況だから……」

「そういうこと。もしもこの仮説が当たっているとしたら、Aさんとは高築と極めて近しい立場の人間という理屈になる。高築がそんな汚名を着せられたまま死ぬのは絶対に我慢ならないような――」

「歳恰好からすると、もしかしてAさんて、高築くんのお父さんとか……」

あ。思わず声が出ると同時に、ぼくは玄関ドアへ突進していた。「ちょ、ちょっと。どうしたのよ？　憶頼くん。待って」と弓納さんも慌てて付いてくる。四階で止まったままのエレベーターに、先に乗ったぼくを突き飛ばさんばかりの勢いで飛び込んできた。

「どうしたのよ急に」

「金曜日の夜、おれが見た車……さっき階下のピロティ駐車場に停められてた」

「なんですって」

一階の管理人室へ行ったぼくは問題の外車の持ち主を確認した。すると案の定、該当車輛は最上階の高築氏のものだった。さらに管理人さんによれば、くだんの月極め駐車場は左雨《さつさ》家のものだという。もとのお屋敷の持ち主の遺族で、そこの三女が高築氏の妻、すなわち敏朗の母親だ。高築家は蔵を所有しているわけではないが、住居が近い関係で掃除などの管理を引き受けているらしい。当然、高築氏は蔵の鍵を使おうと思えばいつでも使える立場にあったわけなのだ。

「——これで」四〇一号室へ戻ってきた弓納さん、茫然としている。「決定的……ね」

「高築氏は勤め先の社長という立場上、刀根館氏が金曜日の夜、出張中で不在であることを知っていた。その日を狙って刀根館さんを呼び出し、あの蔵へ連れていった。ホテルなどよりもひと目を気にせずに済むという配慮からなのかな。しかし泣き寝入りするつもりのなかった刀根館さんは、高築氏の命令に従うふりをして裏で工作し、彼に一矢《いっし》報いてやろうと——」

「でも、動機は？」

「刀根館さんの？　だから言ってるだろ。高築氏を窮地に陥れてやろうとしたんだよ」

「仮に刀根館さんが高築氏からむりやり関係を迫られ、その意趣返しを企んだのだとしても、どうしてわざわざこんなややこしい策略を巡らせなければいけないの。何の必然性があって？　しかも彼女は、そのためにひとをひとり殺しているのよ。ことは極めて重大だわ。そんな極端に走らなくても、はっきり高築氏を拒絶するとか、それが無理なら信頼できる年長者に訴えて助けを求めるとか。ね。いろいろ手を打てたはずなのに」

「無責任な想像だけど、高築氏は何か刀根館さんの弱みを握っていたのかもしれない」

「弱み……」

「具体的に何かは判らないけれど、彼女が抵抗しようにも抵抗できないほど強力なネタだったんじゃないだろうか。あるいはその弱みとは刀根館さん本人ではなく、彼女のお父さんに関することだったのかもしれない」

「お父さんの……って、例えば？」

「例えば、刀根館氏が会社のお金をこっそり使い込んだとか、人妻と不倫したとか。とにかくそういう不祥事の類いだね。高築氏は彼女に、その動かぬ証拠を握っている、自分の言うことを聞かなければおまえの父親を破滅させてやるぞ、と脅迫した」

「よくもまあそんなえげつないことを思いつくものね。高築氏だけじゃない。憶頼くん、あなたにしても」

「あくまでも例えばの話だよ。ともかく断ろうにも断れない、誰かに相談しようにも相談できない状況に刀根館さんは追い詰められてしまったんだ。壁際まで。しかし彼女は、そこで泣き寝入りするような娘《こ》じゃなかった。ただで高築氏の思い通りにはさせるまい、と。壁を飛び越えられないならばいっそ壊してしまえとばかりに、脅迫者を逆に追い詰め返すという荒技に出たんだ」

「自分を追い詰めた高築氏を、逆に追い詰め返すために、すべてを計画した……」

「そう。関係を執拗に迫る高築氏についに屈伏するふりをして、刀根館さんは彼にいろいろ条件を提示したんだろう。例えば、会うなら父親が出張中の夜にして欲しいとか、自宅での密会は嫌だとか、絶対に他人に目撃される恐れのない場所を選んでくれとか」

「自分の計画に都合のいいように、すべてのお膳立てを調えたのね」

「最初は高築氏本人を殺すことも考えたかもしれない。しかし自分の恨みの深さを思い知らせるために、敢えて刀根館さんは無関係な高築を巻き込み、殺したんだ」

「逮捕されることも厭《いと》わず……」

「高築氏にしてみれば、自分が薄汚れた欲望に身を委《ゆだ》ねたばかりに、何の罪もない息子が死ななければならなかったという苦悩を背負わされるわけだ。たまらないよ、これは」

「このままだと高築くんは同期生をレイプした卑劣漢という汚名を着せられてしまう。死んだ息子が浮かばれない。なんとしてもその無念を晴らしてやりたい。実際、晴らせるのは高築氏自身だけなのよね。でも、そのためには、女子高生を脅迫して淫行に及んだという己れの罪と恥を世間に晒さなければいけなくなる。究極の板挟みだわ。進むも地獄、退くも地獄、という感じで」

「まさに、ね。刀根館さんにとっては、高築氏がこれからどういう選択をしようと、もはや関係ない。なぜなら、どちらに転んでも勝つのは彼女のほうなんだから」

「刀根館さんは知恵をしぼったのね。脅迫者を逆に破滅させるという大逆転劇を演ずる最強のカードを手に入れるために。それと引き換えにできるのなら、逮捕されるなんて、彼女にとっては何ほどのことでもなかったのかもしれない……」

白魔術・黒魔術（集英社文庫版解説）

巽　昌章

カレーは辛く、ケーキは甘い。これを誤りということはできないでしょう。しかし、よく煮込まれた野菜のうまみによってしっかり支えられたカレー、ちりばめられたパイ皮のかすかな塩味がクリームを引き立てるケーキといったふうに、美味に酔う人の前に立ちあらわれるのは、甘い辛いといった単純な形容を許さない無数の味が織り成すタペストリのようなものだとも考えられるはずです。それでいて、やはり、カレーは辛いという、おおもとの認識が揺らぐことはない。ひとつの不思議です。

では、パズラーはどうか。難解な事件を推理によって解き明かしてゆく面白さを身上とする、あくまで理詰めの小説、それがパズラーであり、いってみれば読みどころを論理展開の妙味に絞り込んだ、推理小説の中で最も禁欲的な分野のはずですが、やはりそこには、多彩な味わいが寄り集まってひとつの統一を形作るという不思議が出現することがあります。論理の面白さという特性のみを追求しているようでいて、その論理自体のうちに、意想外の奥深い味が宿るともいえる。表題に偽りなしの優れたパズラーを集めた本書は、まさにその好例なのです。

実際、ここに収められた六篇はなかなかに多彩です。青春時代の記憶をめぐる心の遍歴が神秘な微光に包まれた結末にたどりつく「蓮華の花」、アメリカを舞台に英米本格短編のスタイルを再現してみせた「卵が割れた後で」、作者が敬愛する都筑道夫さんに捧げた安楽椅子探偵もの「贋作『退職刑事』」、いわゆる日常の謎を扱った「機械じかけの小鳥」、やはりアメリカを舞台に、ホラー映画めいた猟奇的事件を描く「チープ・トリック」、そして、〈アリバイのあるはずの人間がなぜ殺人の罪を認めたのか?〉という謎に高校生コンビが挑んだ「アリバイ・ジ・アンビバレンス」。外形だけを見ても、この顔ぶれは、パズラーという縛りの中で作家がどれだけ自由に振舞えるかのお手本だといってもよいくらいですが、また、六つの短編を読み進んでゆくにつれ、読者は、それらに、実に様々な感情が秘められていることをも悟ることでしょう。畏怖、悲哀、笑い、狂気、いわくいいがたい底なしの不安、あるいは、絶望の中での反抗。

しかしそうした感情の諸相を潜り抜けた果てに、やはりこれは「謎と論理のエンタテインメント」以外の何ものでもないのだというおおもとの認識に戻ってゆく。というのは、自在さの中でも、論理の迷路に読むものを誘い込もうとする作者の手つきは一貫しており、感情のドラマの背後には常に、思考が織り成すスリリングな絵柄を提示しようとする姿勢が示されているからです。

「謎と論理のエンタテインメント」を体現した好個の例として、「贋作『退職刑事』」を取り上げてみます。この短編は、老いた元刑事が、現役刑事の息子から持ち込まれた事件の謎をいながらにして解き明かす、都筑道夫さんの名シリーズへのトリビュート作品ですが、オリジナルを知っている方なら、まずその同化ぶりに舌を巻くことでしょう。探偵役の親子の風貌をほとんど描写しないスタイリッシュな構えや、文体の癖だけでなく、推理過程そのものの特徴が、なんとも鮮やかにとらえられているのです。

一見ありきたりな殺人事件。被害者の元亭主が殺害を自供したので一件落着なのだと言い張る息子刑事に対して、退職刑事が細かい矛盾を指摘し、事件はどことなく謎めいたものに見えてきます。そのとき、凶器のパンティストッキングといういささか下世話な手掛かりに光が当てられ、するすると推理の糸が繰り出されはじめる。こうした呼吸は、まさに元祖退職刑事の芸風を継ぐものです。

そして、坦々と続く推理の道のりに付き合っているうち、おもむろに「論理のアクロバット」が出現します。退職刑事がいきなり、息子に向かって、元亭主のアパートの前で不審人物が目撃されたろうと問う。まさに図星。しかし、なぜそんなことがわかるのか？ 退職刑事が解き明かすその理由が、アクロバティックだというわけです。

都筑さんにならって、作者がパズラーの真髄と考える「論理のアクロバット」という言葉、本書を読めばわかると言えばそれまでですが、もともと経験的に見出され、論じられてきたものであるだけに、統一的に説明するとなるとなかなか難しい。理詰めの推理を進めてゆくうちに、どこかで生じる、魅惑的な発想の飛躍であるといっておきましょうか。私の見るところ、おそらく飛躍の瞬間には、逆転と類推というふたつの要素のいずれかが働いています。私たちの価値観を転倒させ、あるいはその壁を跳び越える、といえば大層ですが、たとえば、おまけのシールが欲しくてチョコを買うのは、一種の逆転です。強盗事件を捜査している刑事が、幼い息子からこの話を聞き、それになぞらえて、「犯人は手提げ金庫の中の金ではなく、金庫の方が欲しかったのではないか」と考えたとすれば、これは逆転かつ類推です。そうした発想の飛躍をいかに演出するかに、推理作家は腐心しているわけであり、この短編で退職刑事が指摘する秘められた可能性も、また、逆転と類推の産物でした。

しかも、「贋作『退職刑事』」には、都筑作品の巧妙な模倣であり、模範的なパズラーでありつつ、最後まで読めば西澤保彦という作家の特性が刻印されているという、第三の魅力が封じ込められてもいます。退職刑事の推理を通じて浮かび上がる、事件関係者の隠れた一面は、西澤作品の登場人物にときおりみられる、ある不気味な特徴をうっすらと帯びているからです。さまよう影のような、あるいは脱皮を繰り返す爬虫類のような特徴を。巷《ちまた》の事件の卑小な一人物であったはずが、推理という特殊なめがねを使って、抽象的に把握されることにより、なぜか不可解な別の顔を覗かせてしまう。この言い方が大げさだと思われる方は、他の収録作品を注意深く読んでみて下さい。とりわけ「蓮華の花」や「機械じかけの小鳥」を。そこには、私たちの周囲をさまよう、得体の知れない何ものかの姿を摑みとろうと格闘している作者の姿があらわれているはずです。

実は、ここにこそ、パズラーがときおりもたらす奇妙で奥深い味わいの秘密があります。推理という作業は、人間生活の見えない部分にまで手を伸ばそうとする試みであり、あくまで筋の通った説明を希求しながら、そこには、おのずと行き過ぎが生じがちです。つまり、この世界の中に、いわば論理的過ぎる映像、筋を通し過ぎて奇妙な図式と化した人生を見出してしまう傾向があるのです。論理を使って生み出された不安な幻視ともいうべきものを。しかも、そのときすでに、「論理のアクロバット」によって、私たちの常識的な価値観は揺さぶられている。謎を解き明かし、読者を安心させて終わる一面を白魔術と呼ぶとすれば、パズラーにはもうひとつの顔、黒魔術の顔があるのです。

巻頭の「蓮華の花」では、生活の苦痛に膝を屈しつつある主人公が、ふとしたことから、死んだと信じていた高校時代の同級生が実は生きていると知らされます。なぜ自分は彼女が死んだと思い込んでしまったのか、その誤った記憶の源には何が眠っているのか。揺れ動く彼の心を、ほろ苦い青春の回想がしだいに侵食しはじめます。死んだはずの女の子が生きていた、という逆転の図式から始まる理詰めの探索が、主人公を取り巻く何人かの人間の生の軌跡を、ひとつの大きな絵柄に変えてゆくのです。その果てに、やがて、もしも自分の半生を規定してきた記憶にトリックが仕掛けられていたとすれば、一体人生とは何なのだ、そんな疑問がゆるゆるとわきあがる。しかし、誰も彼の問いに答えてはくれません。

ここにも、西澤保彦という作家がこだわり続ける、隠れたテーマが埋め込まれています。私たちは皆、何ものかに操られているが、その何ものかとは、こいつだと指さして糾弾できる存在ではなくて、摑もうとすると指の間をすり抜ける、霧のようにとらえどころのない非・存在ではないのかという疑いです。推理することは、そうした得体の知れないものたちの領域へと一歩踏み込む行為にほかならない。

実のところ、私たちだって、無数の人々の関わりによって人生を規定されてきたはずだし、日々、マスコミやインターネットや近所の噂を通じて流れ込む情報の奔流を浴びて、自分でもそれと気づかないままに判断を左右されています。それらの背後に、奸智《かんち》にたけた犯人や政界の黒幕といった特定の悪者などいないことは、誰もが理解しているはずですが、それでもなお、ふと巨大な何ものかの影を見てしまうことはないでしょうか。

逆に言えば、私たちは、自分が無数の偶然、無数の思惑によって生かされているという認識に耐えられず、なぜか「責任者」を捜し求めようとしてしまう。そうした心のありさまを受けとめ、虚構の物語のうちに造形して見せるのは、まさに小説の領分に属する仕事でしょう。パズラーにはそんなこともできる。いや、なぜか、そんなことをしてしまう。本書の妙味は、ついにここに至るのです。

情念と論理のイリュージョニスト（創元推理文庫版解説）

阿津川辰海

『パズラー　謎と論理のエンタテインメント』には、西澤保彦作品の魅力のすべてが詰まっています。

もちろん、SF設定と本格推理を巧みに融合させた西澤（以下、敬称略）の傑作群のことを忘れたわけではありません。しかし、そうした作品群においても、西澤の謎作り・謎解きの手つきの魅力と、フェティッシュな妄想の危うさという魅力は共通しています。『パズラー』には、そうした魅力の粋が詰まっているのです。

西澤の独立短編集のレベルはとにかく高い。本書をはじめとし、『動機、そして沈黙』（中公文庫）、『赤い糸の呻き』（創元推理文庫）、『偶然にして最悪の邂逅』（東京創元社）の四冊が刊行されていますが、これらの作品群は西澤流本格の「幅の広さ」と同時に、「一貫した魅力」を常に見せてくるのです。

当然、SF本格の〈チョーモンイン〉シリーズ、論理の冒険を常に見せてくれる匠千暁《たくみちあき》シリーズ、都筑流のシリーズ探偵フォーマットを確立し、同時に崩していく腕貫《うでぬき》探偵シリーズも魅力的ですが、そうしたシリーズとしてのフォーマット抜きでも、これだけ多彩に読ませてくれる独立短編集は贅沢だと思うのです。

以下、各作品をネタバレ抜きで鑑賞していきましょう。初出も示しますが、それを書いておくのは、この本には一九九七年から二〇〇二年の間、西澤が各出版社から依頼を受けた雑誌やアンソロジーにおいて、それぞれのコンセプトに合わせた作品を、一球一球全力で投じた球が集まっていることを示したいからです。だからこそ、この短編集は贅沢なのであり、西澤の魅力を語るにおいて、一編一編が外せない作品集なのです。

○「蓮華の花」（初出：『新世紀「謎《ミステリー》」倶楽部』、角川書店、一九九八年）

西澤が何度も挑戦しているお気に入りの題材「同窓会もの」の傑作のひとつ。その後、『夏の夜会』「エスケープ・ブライダル」「エスケープ・リユニオン」（『必然という名の偶然』収録）などで繰り返し登場しますし、最新の独立短編集『偶然にして最悪の邂逅』の中でも、三十八年ぶりに現れた幽霊との対話を描く「ひとを殺さば穴ふたつ」、四十年以上前の殺人事件を旧友たちと語る「間女《まじょ》の隠れ処《が》」はかなり似たテイストの作品と言えるでしょう。同短編集の「ひとり相撲」では、「蓮華の花」のもう一つのテーマである「記憶の謎」の変奏曲のような仕掛けもあります。

「蓮華の花」はまた、全小説家志望者、若手作家に読んでほしい作品です。同じく小説家を主人公とした長編『黄金色《きんいろ》の祈り』と共に、「自分はなぜ今、書けているのか、書こうとしているのか」をわが身に引き寄せて読んだ結果、とても憂鬱になった思い出の一編です。要するにめちゃくちゃ好きってことですね。

初出を見ると、デビューから三年目でこれを書いたと分かり、驚きに打たれます。

○「卵が割れた後で」（初出：「ミステリマガジン」、早川書房、一九九七年一月号）

海外ミステリが強い早川書房の雑誌で、この英米短編の風味の作品を出してくるあたりが、さすが職人という感じです。

「神父さま」というキャラのあだ名に、西澤も敬愛するブラウン神父を思い出すこともあってか、アメリカが舞台にもかかわらず、手掛かりの出し方や謎解きの手つきにイギリス・ミステリらしさを感じます。後述する「チープ・トリック」がアメリカ流のサイコ・スリラー、ホラーに見えるからこそ、なおさら引き立ってくるのでしょうか。

アメリカで学ぶ日本人たちの人間関係が描かれることもあって、作者自身のバックボーンも覗けるような、そんな一編に仕上がっています。

なお、「卵が割れた後で」に登場する刑事は長編『ファンタズム』にも登場しています。実は事件の舞台は「チープ・トリック」とも共通していて、西澤はこれを指して「『パズラー』を「ノンシリーズ短編集」と称するのはますます無理が生ずる」（『ミステリ作家の自分でガイド』、原書房）と語っているが、むしろこれは、一つの世界が緩やかにつながっていく楽しみと受け止めるべきでしょう。

ちなみに『ミステリ作家の自分でガイド』の刊行は二〇一〇年だが、翌年に刊行の『赤い糸の呻き』の冒頭を飾る「お弁当ぐるぐる」はその後、ぬいぐるみ警部シリーズとしてシリーズ化するし、『偶然にして最悪の邂逅』でも後半二編には徳増大希《とくますだいき》という小説家が共通して登場します。西澤の世界観の広がりは、まだまだ続いているようです。

○「時計じかけの小鳥」初出：（『名探偵は、ここにいる――ミステリ・アンソロジー〈1〉』、角川スニーカー文庫、二〇〇一年）

西澤流本格、ここにありと言いたくなる傑作です。

まず発端の謎がとても魅力的なのです。創元推理文庫がまだ白い背で、おじさんマークが入っていた頃のクリスティの『二人で探偵を』という、新刊書店にまず置いていないはずの本を買っていったら、中に謎の紙片が挟まれていた――。これだけなら、ビブリオ・ミステリ風に展開しそうですが、そうはならない。紙片を見つけた奈々は、ただ論理だけを武器とし、紙片の裏側に隠された物語、自分の周りに起きていた「ある事件」を掘り起こしていきます。

さて、ここで「論理」という言葉を使いましたが、実は西澤作品において、「論理」はほとんど「妄執」に近接しています。高度に構築された論理は、それを組み上げる狂おしいまでの情念と区別がつかないのです。奈々が組み立てる議論は、ある部分では「妄想」といっても過言ではない推理に立脚しています。もちろん、奈々が『二人で探偵を』を手に取ったこと、つまり書店の棚に並んでいたこと、本の末尾に書かれたメモ、といった手掛かりからの推論は「論理」そのものですが、ではなぜ、奈々の知る「その人物」がその日書店に行ったのか、という段に及んだ瞬間、「論理」は最初の飛躍に辿り着きます。奈々は「こういう場合ならその人物が書店に行くはず」と推理し、隠された犯罪を見つけてしまうのです。

こうしたやり口は、コリン・デクスターの、特に初期作に近い。モース警部は事件に対して、まず大胆な仮説を立て、そこから論理を組み立てていく。『キドリントンから消えた娘』では、そもそも失踪した娘が「生きている場合」「死んでいる場合」に場合分けして、それぞれの仮説を考えてしまったりするのです。

こうした論理の組み立て方は、もちろん推論のやり口ではあるのですが、そこに込められた熱はもはや妄執の域と言ってもいいでしょう。特にデクスター作品では、科学鑑定の結果をちゃんと待っていれば、そもそもそんな仮説は立たない、という場面が多い。その試行錯誤の過程がめちゃくちゃ面白いわけですが、要するに、鑑定の結果も、聞き込みの結果も関係なく、まずモースは、考えざるを得ない人なのです。思考し続けることをやめられない人なのです。

お風呂に浸《つか》かりながらもずっと、紙片の謎を追いかけて、自分の頭の中だけで何度も論理の脱構築を繰り返す奈々の姿には、モースに似た熱と妄執を感じます。だからこそ、最後に辿り着く結論は心を鷲摑みにされるような衝撃に満ちている。奈々が掘り当てた真実を口に出さず、ただ自分の中に宿しておき、それが気の利いた結末になっているのは、モース警部を軽々と超えているかもしれません。

○「贋作『退職刑事』」（初出：芦辺拓編『贋作館事件』、原書房、一九九九年）

やはり、推理作家たるもの、一度はパスティーシュに挑むべきでしょう（勝手な持論）。『パズラー』は「謎と論理のエンタテインメント」という、都筑道夫の『七十五羽の烏』『最長不倒距離』で使われた言葉を用いており、献辞も「都筑道夫先生へ」となっています。本書全体が都筑道夫のいう「論理によって作られた謎」、すなわちパズラーを題に置いていることからも、西澤の気概は溢れんばかりです。ちなみに、西澤は私が大好きなノンシリーズ短編集の一つ、恩田陸の『象と耳鳴り』にも解説を書いていて、そこでも都筑道夫のパズラー理論を引き合いに出しています。ここまで都筑道夫に憑《と》りつかれた（いい意味で！）作家は、西澤のほかは法月綸太郎くらいしかいないのではないでしょうか。

閑話休題。「贋作『退職刑事』」が面白いのは、文体模写（読点の打ち方までそっくり）も話の進め方（1節までは固有名詞抜きで謎だけを提示し、父が鋭い指摘を一つして興味を示したら、2節で各登場人物の名前が現れるという構成までそっくり）も完璧に都筑道夫の『退職刑事』シリーズをなぞっている上、論理展開まで本編顔負けという、その「贋作」度です。『贋作館事件』というパスティーシュだらけのアンソロジーで、他の作家がミス・マープル、ブラウン神父、黒後家蜘蛛の会、ルパンと古典に手を伸ばす中、一人現代寄りの都筑道夫に手を出しているところも、チャレンジングな気概を感じます（なお、北森鴻も題材が連城三紀彦でした）。

しかし、男女関係の錯綜の仕方は西澤流というのが、自分のテイストの出し方として面白いところです。

もちろん、『退職刑事』を一作も読んだことがなくても、原典ネタなども含んでいないので、単体で面白く読めます。実は中学の時の私も、これで『退職刑事』を知り、創元推理文庫版の『退職刑事』を一巻から読み通したのでした。創元推理文庫版の『退職刑事6』は西澤保彦が解説を書いていて、これまた絶品ですよ。

ちなみに西澤は、その後の独立短編集『赤い糸の呻き』で、もう一度都筑のパスティーシュを試みていて、それが『七十五羽の烏』に始まる物部太郎《もののべたろう》シリーズの贋作「墓標の庭」です。ゴーストハンターである物部太郎が幽霊の謎に挑む短編ですが、幽霊に関する謎解きが、まったく別の角度で繋がっていくところが、都筑の言う「モダーン・ディテクティヴ・ストーリイ」の実践のようでもある、これまた素晴らしい作品です。

ちなみに、最新短編集『偶然にして最悪の邂逅』の表題作で、登場人物の一人が「センセー」と呼ばれているのは、都筑道夫の時代探偵小説『砂絵』シリーズの探偵役、「砂絵のセンセー」を意識したものかも……というのは考えすぎでしょうか。どうも私も、都筑道夫の話になると長くなってしまいます。

ところで、都筑自身もパスティーシュの名手でした。古今東西の名探偵を主人公にした『名探偵もどき』や、自身が翻訳を務めたカート・キャノン『酔いどれ探偵街を行く』の続編を『酔いどれ探偵』（新潮文庫で改題）で書き継いでしまったエピソードなどが有名です。そうした特性すら受け継ぎ、見事な文体模写をした「贋作『退職刑事』」は、まさに都筑道夫に捧げるのにうってつけの傑作と言えるでしょう。

○「チープ・トリック」（初出：二階堂黎人編『密室殺人大百科〈下〉――時の結ぶ密室』、原書房、二〇〇〇年）

この短編集中では、最もストレートに「黒西澤」の雰囲気が現れた作品でしょうか。性描写も含むスリラーめいた書き方には、アメリカのサスペンスに近いものを感じますが、西澤の後の作品にも通じるものがあります。パズラーの魅力と、こうした性描写が平然と同居しているあたりの感覚も、実は都筑道夫のパズラーに近いのかもしれません。

密室ミステリ・アンソロジーに寄稿されたこともあり、西澤には珍しい直球の密室ミステリに仕上がっています。メインのトリックだけでなく、複数の仕掛けを組み合わせて「現象」を作り上げていることと、語り手と聞き手がぐるぐると入れ替わるような酩酊《めいてい》感が見事です。

西澤で密室といえば、あとは『念力密室！』が思い浮かぶくらいで、そこでも「サイコキネシスで密室を作ったことだけは分かっているが、なぜそうしたのか？」と動機に着目した謎作りを行っています。そういう意味では、これだけ直球の密室ミステリというのは、西澤作品では希少かもしれません。そういう意味でも嬉しさがある作品です。

○「アリバイ・ジ・アンビバレンス」（初出：『殺意の時間割――ミステリ・アンソロジー〈4〉』、角川スニーカー文庫、二〇〇二年）

再び、「西澤流本格、ここにあり」と叫びたくなるような逸品です。「アリバイのある容疑者が、なぜ自白したのか？」という謎は、まさしく都筑道夫が言う「論理によって作られた謎」の感覚だと言えるでしょう。わずか一行で心を鷲掴みにし、興味を掻き立てられる謎です。

おまけに、そのアリバイ成立というのが、主人公の男の子が家の事情でやむを得ず車中泊をし、偶然目撃したものだったという設定で、偶然の使い方が利いています。どうしようもなく興味を掻き立てられる「なぜ？」の謎が、ディスカッションによって解きほぐされていく過程は見事です。

そして立ち現れるのは、まさしく「アンビバレンス」に追い込むための、透徹した論理のたくらみなのですが、それ自体、犯人が仕掛けた「妄執」であると言うこともできます。西澤保彦が描く論理は情念と一致する、これぞ西澤流本格だ、と言いたくなるのは、その魅力が見事に現れた一編だからでしょう。

＊

各編を見て分かった通り、『パズラー　謎と論理のエンタテインメント』には、西澤保彦の魅力を体現するような作品が、数多くまとめられているのです。昔ながらのファンが、『パズラー』以降の作品の要素を見いだしながら味わう意味でも、初めて西澤作品に触れる人にも、自信を持ってオススメできる作品集でしょう。

さて、せっかく西澤のノンシリーズ作品を取り上げたので、私が各編解題の中で繰り返した

「西澤作品の論理とは、妄執、情念のこと」という主張についてもう少し掘り下げたいと思います。

その手掛かりに使うのは、ネタバレはしませんが、創元推理文庫に入っているもう一つの独立短編集『赤い糸の呻き』の表題作です。『パズラー』の解説としては完全な蛇足《だそく》になってしまいますが、お付き合いください。

この『赤い糸の呻き』のあとがきで、西澤保彦は表題作について、石持浅海の「暗い箱の中で」（『顔のない敵』収録、光文社文庫）を取り上げ、「自分も同じ趣向に挑戦」したと述べています。停止したエレベーターの中に閉じ込められた人々の中で、殺人事件が起こるという、「世界最小の嵐の山荘」を作り上げた作品で、二作品とも違ったオチがついており、どちらも傑作です。未読の方はぜひご一読を。

ここでこの短編を取り上げたのは、私の頭の中で、西澤保彦と石持浅海の二人はどこかが似ている、と感じてきたからです。それは、自分が立脚しているこの世界のありようを、二人の作品が揺るがしに来る、スリリングな読書体験によるものだったと思います。

しかし、この二人の作品は、ある部分で決定的に違います。それこそが「論理」と「情」の扱いの違いです。

石持浅海は、徹底した合理主義者、リアリストだと思います。彼が組み立てる論理はまっすぐであるがゆえに時に危うい。合理性を重視するがゆえに、ある地点で情を「踏み越える」。石持浅海はまず現実を描く作家だからこそ、倫理規範は私たちと同じものを共有しており、ある瞬間に、そこが踏み越えられる。それこそが、自分の立脚する世界が揺らぐ感覚をなしているのです。「暗い箱の中で」でも、石持はエレベーターの中でディスカッションを始めさせます。登場人物が「今」、相対しているこの「現実」から、彼の論理は始まるのです。

一方で、西澤保彦作品において、論理と情は、根本的に区別がありません。例えば本書の「蓮華の花」で展開される、主人公の母が「私のおかげ」を押し付けてくる理屈というのは、手柄を欲する母の情念であると同時に、全てをその理で押し通そうとする論理でもあります。そうすると、「情念」の小説に思える「蓮華の花」の結末にも、妄執のごとき思いに突き動かされたある人物の「理」の手つきが見えてくる。情念と理に区別はなく、強すぎる情念がやがて現実の論理を侵食し、区別そのものをなくしていく。西澤作品が、いつもどこか、現実から遊離した不思議な雰囲気をたたえている理由は、そこにあるのではないでしょうか。

先述の「赤い糸の呻き」でも、西澤はエレベーターの中の視点だけでなく、それを後から振り返る視点を入れて距離を置いています。『パズラー』の集英社文庫版解説でこうした西澤作品の魅力を「白魔術、黒魔術」と言い表した巽昌章の感覚の鋭さには、頭が下がります。

こうした西澤と石持の違いについては、どちらが良いということではなく、どちらも魅力的な姿勢で、学生の頃から私を虜《とりこ》にしてきた謎解きミステリの感覚です。

いきなり『赤い糸の呻き』も一緒に読んでくれとは言いませんから、まずは一つ、この『パズラー』を読んで、「謎と論理のエンタテインメント」の魅力を味わってください。論理によって作られた謎、情念によって作られた謎を味わい、解きほぐされるのを見ることでしか、味わえない感覚が、この本には確かに宿っているのですから。

本書は二〇〇四年、集英社から刊行され、〇七年集英社文庫に収録された。

検印
廃止

著者紹介　1960年高知県生まれ。アメリカ・エカード大学卒。第1回鮎川哲也賞最終候補を経て95年『解体諸因』でデビュー。匠千暁シリーズや，腕貫探偵シリーズで人気を博す。

パズラー
謎と論理のエンタテインメント

2021年5月28日　初版

著者　西《にし》澤《ざわ》保《やす》彦《ひこ》

発行所　(株) 東京創元社
代表者　渋谷健太郎

162-0814/東京都新宿区新小川町1-5
電話　03・3268・8231-営業部
03・3268・8204-編集部
URL　http://www.tsogen.co.jp
暁印刷・本間製本

乱丁・落丁本は、ご面倒ですが小社までご送付ください。送料小社負担にてお取替えいたします。

ISBN978-4-488-43814-2　C0193

鮎川哲也短編傑作選Ⅱ

BEST SHORT STORIES OF TETSUYA AYUKAWA vol.2

下り〝はつかり〟

鮎川哲也　**北村薫 編**

創元推理文庫

◆

疾風に勁草を知り、厳霜に貞木を識るという。
王道を求めず孤高の砦を築きゆく名匠には、
雪中松柏の趣が似つかわしい。奇を衒わず俗に流れず、
あるいは洒脱に軽みを湛え、あるいは神韻を帯びた
枯淡の境に、読み手の愉悦は広がる。
純真無垢なるものへの哀歌「地虫」を劈頭に、
余りにも有名な朗読犯人当てのテキスト「達也が嗤う」、
フーダニットの逸品「誰の屍体か」など、
多彩な着想と巧みな語りで魅する十一編を収録。

◆

収録作品＝地虫，赤い密室，碑文谷事件，達也が嗤う，絵のない絵本，誰の屍体か，他殺にしてくれ，金魚の寝言，暗い河，下り〝はつかり〟，死が二人を別つまで

名作ミステリ新訳プロジェクト

MOSTLY MURDER◆Fredric Brown

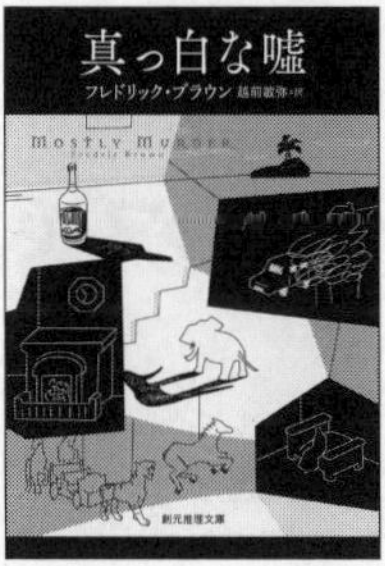

真っ白な嘘

フレドリック・ブラウン
越前敏弥 訳 創元推理文庫

◆

短編を書かせては随一の巨匠の代表的作品集を
新訳でお贈りします。
奇抜な着想と軽妙なプロットで書かれた名作が勢揃い！
どこから読まれても結構です。
ただし巻末の作品「後ろを見るな」だけは、
ぜひ最後にお読みください。

収録作品＝笑う肉屋，四人の盲人，世界が終わった夜，メリーゴーラウンド，叫べ、沈黙よ，アリスティードの鼻，背後から声が，闇の女，キャスリーン、おまえの喉をもう一度，町を求む，歴史上最も偉大な詩，むきにくい小さな林檎，出口はこちら，真っ白な嘘，危ないやつら，カイン，ライリーの死，後ろを見るな